고전문학 인식론의 과제

현대 독자가 과거의 시가를
만났을 때

저자 소개

염 은 열

서울대학교 국어교육과를 졸업하고 같은 학교 대학원에서 공부하였으며, 현재 청주교육대학교에 재직하고 있다. 1996년 첫 소논문을 발표한 이래 지금까지 다수의 논문과 『고전문학과 표현교육론』과 『고전문학의 교육적 발견』, 『공감의 미학 고려속요를 말하다』라는 저서를 썼다. 고전문학을 읽고 이야기하고 가르치는 일을 좋아하며 고전문학에 대한 이해가 우리의 언어생활과 문화를 풍요롭게 한다고 생각한다.

고전문학 인식론의 과제

현대 독자가 과거의 시가를 만났을 때

초판1쇄 발행 2014년 8월 11일 | **초판2쇄 발행** 2015년 7월 6일

지은이 염은열
펴낸이 이대현
편집 이소희 | **디자인** 이홍주
펴낸곳 도서출판 역락 | **등록** 1999년 4월 19일 제303-2002-000014호
주소 서울시 서초구 동광로46길 6-6 문창빌딩 2층
전화 02-3409-2058(영업부), 2060(편집부) | **팩시밀리** 02-3409-2059
이메일 youkrack@hanmail.net

ISBN 979-11-5686-082-2 93810
정 가 15,000원

*파본은 구입처에서 교환해 드립니다.

이 저서는 2010년 정부(교육부)의 재원으로 한국연구재단의 지원을 받아 수행된 연구임
(NRF-2010-812-A00111)

고전문학 인식론의 과제

현대 독자가 과거의 시가를 만났을 때

염은열

역락

머리말

현대 독자가 과거의 시가를 만났을 때. 고전문학 인식론의 문제를 풀어본 말이다. 고전문학을 교육적으로 인식하는 문제. 그 문제는 중요하고 매력적이지만 복잡하고 무척 도전적이다. 그래서 만남이라는 구체적인 상황 내지 사건을 떠올림으로써, 보다 자유롭게 이 문제에 대해 사유하고 싶었다.

필자는 고전문학교육에 관심을 갖게 되면서 줄곧 '고전문학 인식론'의 문제에 매달려왔다. 그 문제는 어쩌면 그간 모든 논의의 출발점이자 종착점이었는지도 모르겠다. 그래서 공부가 늘 무겁고 공부할 때는 늘 비장했다. 고전문학을 대상으로 하는 인식론은 민족문학이라는 당위론에 눌리거나 그 거대 담론에 포괄됨으로써 정작 수면 위로 떠오르지도 못했고, 때로 천박한 상업주의와 조급한 실용주의의 관점에서 고전문학의 효용 가치를 따지는 수준에 머물고 말았다. 고전문학교육의 장에서도 고전문학의 '무엇'을 가르칠 것인가보다는 '어떻게' 가르칠 것인가가 논의의 중심에 놓임으로써 고전문학 인식론의 문제는 비껴가기가 일쑤였다.

그러나 교육의 문제는 방법의 문제가 아니라 인식의 문제이다. 고전시가를 연구하고 가르쳐온 연구자로서 이 문제, 곧 인식의 문제에 도전해보고 싶었다.

그래서 필자 자신이 고전시가를 인식한 경험에 대해 성찰함으로써 이 문제에 대한 탐구를 시작했다. 처음 만났을 때의 당혹스러움이나 곤란함이 교육이 일어나기 위한 의미 있는 사태임을 알게 되었고, 그 곤란함을 해소하기 위한 탐구의 과정에서 기존의 접근 방법에 문제가 있음을 깨달을 수 있었다. 그 문제를 해결하고자 어떻게 접근해야 할 것인가에 대해 고민하였고, 새로운 눈으로 고전시가를 바라봄으로써 결국 고전시가의 '새로움'을 경험했다.

이 책은 그 경험을 바탕으로, 현대 독자가 고전시가를 만날 때 어떤 문제나 어려움이 있을 수 있는지, 그 어려움의 본질은 무엇이며, 어디에서 기원했는지, 그 어려움을 해소하기 위한 새로운 접근 방법은 무엇인지 탐구해본 결과이다. 그 결과가 현대 독자들이 고전시가를 배우는 데 조금이라도 도움이 되기를 바란다.

책을 쓰는 일은 여러 사람들의 도움이 없이는 힘든 일이다. 학문의 길을 열어주시고 본(本)을 보여주신 김대행 선생님과 그 길을 풍요롭게 하고 넓혀 준 선학들, 그리고 그 길을 지금 함께 걷고 있는 동학들에게 먼저 고마움을 전한다. 책을 예쁘게 만들어주신 역락의 이대현 사장님과 이소희 대리에게도 고마움을 전한다. 마지막으로 늘 허둥대는 저자에게 언제나 큰 힘이 되어주는 남편과 우리 딸 하윤이에게도 고마움을 전한다.

2014. 8.

청주에서 저자

차례

머리말 | 4

제1부 교육적 인식론의 출발 • 11

1. 과거의 문학 ____ 15
1) 과거와 현재의 연속성 15
2) 유산으로서의 과거의 문학 18
3) 과거의 문학, 고전시가 23

2. 현대 독자와 과거 시가의 만남 ____ 31
1) 〈인식의 출발〉 거리와 차이의 확인 31
2) 〈인식의 태도〉 타자에 대한 인정 38
3) 〈접근 방법〉 타자와의 시공간적 거리에 대한 인식 59

제2부 고전시가 인식의 역사 • 73

1. 전통으로서의 발견과 구성 ____ 75
1) 전통론의 전개와 영향 75
2) 〈사건 1〉 국문 고전시가의 발견 83
3) 〈사건 2〉 민족 정서 '한(恨)'의 발견 86
4) 〈사건 3〉 민족적 형식과 갈래의 발견 94

2. 교육 담론으로서의 선택과 재생산 ____ 105
1) 고전시가 레퍼토리의 구성 106
2) 정전의 구축 : 교과서 수록 양상 110
3) 교육을 통한 인식의 확대 재생산 116

3. 근대적 시선에 따른 특권화와 배제 ____ 129
1) 근대, 서구, 문자 중심의 접근 129
2) 진화론적 관점에 따른 가치 평가 131

제3부 고전시가와 현대 독자의 소통 가능성 탐색 • 139

1. 〈탐색〉 고전시가 학습의 본질 ___ 141
   1) 교육의 본질과 대상의 '낯섦' 141
   2) 고전시가 이해의 '어려움' 148
   3) '교육'이라는 시선의 윤리성과 생산성 152

2. 〈해체〉 문자 중심의 프레임 넘어서기 ___ 157
   1) 비선형적(non-lineary)으로 즐기기 161
   2) 맥락 끌어오기 : 하이퍼링크 만들기 170
   3) 구성적으로 읽기 : 건축가처럼 읽기 175

3. 〈구성〉 교육의 눈으로 다시 읽는 고전시가 ___ 181
   1) 상대가요 읽기 181
   2) 향가 읽기 186
   3) 고려속요 읽기 199
   4) 악장 읽기 206
   5) 시조 읽기 214
   6) 가사 읽기 220

4. 만남과 소통의 조력자, 교사 ___ 225

제4부 결론 • 235

참고문헌 | 245
찾아보기 | 253

제1부
교육적 인식론의 출발

1. 과거의 문학

2. 현대 독자와 과거 시가의 만남

현대 독자가 과거의 시가를 만났을 때, 혹은 만나야 한다면, 그것도 아니면 만났거나 지금 만나고 있다면…. 고전문학교육에 대해 탐구하기 전, 늘 꺼내드는 화두이자 필자 자신에게 보내는 공부 시작의 신호이다. 생각이 정리되지 않을 때나 막혀 답답할 때는 밖으로 나가 이 화두를 여러 가지 질문으로 바꿔 던지면서 걷고 또 걷는다. 걸으면서 생각하고 또 생각한다.

이 화두로 시작해야, 인식 주체로서의 현대 독자를 잊지 않게 되고, 교실이든 교실 바깥이든 간에 만남의 장에 관여하는 복잡한 변인들과 그것들이 얽혀 만들어낸 고전문학교육 현상들에 대해 직시하고 성찰할 수 있다. 유행하는 방법론을 따르고 싶은 욕망도, 현학하고픈 욕망도, 교육과정 등 제도에 추수되는 나약함도 이겨낼 수 있다. 만남의 주체가 되는 학생 혹은 대중들[현대 독자]은 누구이며 그들이 만나야 하는 과거의 유산[고전시가]은 또 어떤 가치와 의미를 지니는지, 이들의 행복한 만남을 위하여 나는 무엇을 할 수 있을지 저절로 고민하게 되기 때문이다.

고전문학교육 논의의 모든 기저에는, 고전문학을 교육적으로 인식하는 문제가 전제되어 있다. 이 문제로부터 시작하여 이 문제로 수렴된다고 해도 틀린 말이 아니다. '현대 독자가 과거의 문학을 만난다.'는 기본 문장으로 표현되는 화두는, 본질적이고 진지하며 그래서 무겁고 도전적인 물음이다.

누구와 누구, 혹은 무엇과 무엇의 만남인가, 만남의 목적은 무엇이며, 또 어떤 맥락에서 만나는가에 따라 만남의 장에서 교류되고 소통되고 생산되는 것은 달라질 수밖에 없다. 고전시가 교육의 문제는 모두 고전시가와 현대 독자가 교육의 장에서 만나는 문제와 관련된다.

이 시공간을 초월한 만남에 대한 성찰은, 고전문학을 교육적으로 대상화하는 논의이자 일종의 교육 인식론에 다름 아니다. 구체적으로 현대 독자에게 과거의 문학인 고전시가가 어떤 의미와 가치를 지니는지, 그 의미와 가치를 어떻게 발견할 것인지, 나아가 그 의미와 가치를 어떻게 공유할 것이며 그러한 공유가 지닌 사회적 의미는 무엇인지 등에 대한 탐구와 연결된다. 이러한 탐구가 먼저 있어야, 말을 바꾸면 만남의 성격과 지향에 대한 진지한 성찰이 먼저 있어야, 만남을 통한 인식의 확대 및 문화적 풍요로움을 기획할 수 있음은 물론이다.

1.
과거의 문학

1) 과거와 현재의 연속성

미래는 아직 오지 않았고 과거는 도처에 있다. 그리고 현재는 곧바로 과거가 되어 미래를 구성하는 토대가 된다. 과거와 이어진 현재는 사실 과거의 흔적들로 가득 차 있다. 우리의 삶과 행동 곳곳에는 과거로부터 물려받았거나 과거에 습득한 것들이 자연스럽게 녹아 작동하고, 우리는 이처럼 위대한 과거에 기대어 자신만의 역사, 즉 자신만의 현재와 미래를 만들어나간다.

그러나 평소 우리는 과거로부터 물려받은 것이나 과거의 흔적들을 의식하지 못한 채 살아간다. 시간적으로 먼 과거의 것일 때는 더욱 그 흔적을 의식하기 어렵다. 우리의 관심과 시야가 늘 현재에 초점을 맞추고 있어서 그렇기도 하지만, 과거로부터 물려받은 것들이 대개는 삶의 방식으로 체화(體化)되어 감각처럼 존재하고 작동하기 때문이다. 그래서 따로 떼어내 의식하기도 어렵고 새삼 인식의 대상으로 삼을 필요성조차 느끼지 못한다. 그럼에도 불구하고 '과거'가 우리들의 현재와 이어지고 미래를 구성한다는 점은 분명하다. 그런 점에서 개인이나 우리 사회 모두 과거에 대해 성찰하고 과거로부터 배우지 않고서는 발전을 꾀하기 어렵다.

물론 이처럼 '과거'를 강조할 때 초래될 수 있는 위험이나 부작용도 있다. 과거의 권위를 지나치게 강조하면 '과거'라는 유령에 지배당할 수 있고, 과거에 대한 노스텔지어(nostalgia)는 개인의 창조성을 발휘할 수 없게 할 수 있으며, 무조건적인 호고(好古) 취향은 과거의 유산을 박제화할 가능성이 있다.[1]

과거를 강조하지 않더라도 '과거'라는 것 자체로 우리에게 부담으로 다가오기도 한다. 그러나 분명한 것은 과거는 현재를 이해하고 미래를 기획할 때 참조할 수 있는 확실한 자료이며 그런 점에서 부담일 때조차도 과거는 자원이고 축복이라는 점이다. 역사를 통틀어 볼 때 돌연한 사건이나 변화는 있을 수 없으며, 따라서 과거의 유산을 어떻게 인식할 것인가의 문제는 오늘날에도 여전히 유용한 실제적인 물음이자 미래지향적인 탐구과제가 된다. 과거를 제대로 인식함으로써 우리는 우리 자신과

---

1) 데이비드 르웬델, 『과거는 낯선 나라다』(김종원, 한명숙 옮김), 개마고원, 2006, 176~183면.

우리가 서 있는 현재에 대한 이해를 깊게 할 수 있으며, 이미 가지고 있는 것 혹은 과거로부터 물려받은 풍부한 유산을 바탕으로 현재를 살아가는 데 유용한 통찰력과 지혜를 얻을 수 있다.

부담이자 축복이라는 양면성에 주목한다면, 과거(의 유산)와 현대(인)의 관계는 '부모와 자식간의 관계'와 흡사하다.[2] 종국에는 그 그늘에서 벗어나 독립해야 하는 발달 과업이 있지만, 자식은 부모가 이룩한 모든 것의 수혜자이자 부모의 신체적·정신적·문화적 계승자이기 때문이다. 자식은 부모를 딛고 성취하는 존재이므로, 이 둘 사이에는 언제나 원심력과 구심력이 동시에 작동하고 그로 인해 생겨나는 갈등과 좌절과 성취가 존재한다.

과거와 현재의 관계 또한 이런 측면이 있다. 과거에 대한 부정이나 무관심, 거부조차도 그 연관성을 드러내는 표지로 볼 수 있으며, 인류의 역사는 결국 과거'들'과 현재'들' 사이의 끊임없는 길항 속에서 구성된 것이라고 할 수 있다. 전(全)역사를 통해 볼 때 인류는 과거를 제대로 인식하고 과거를 인정하고 과거에 기반을 두고 현재를 모색하는 가운데 변화와 발전을 도모해왔다고 할 수 있다.

과거와 현재의 이러한 연속성에 대한 인식, 나아가 역사적 자아 혹은 역사적 개인[3]으로서의 자각은 오늘날 우리들의 정체성

---

2) 데이비드 르웬델, 앞의 책, 193~196면.
3) 역사의 연속성 속에 있는 자아라는 점에서 역사적 자아라는 명칭을 사용하였다.

형성과 성장에 매우 중요한 문제가 된다. 역사적 개인으로서의 정체성을 인식한다는 것은 자신이 처한 상황이나 문제, 욕망, 감정 등을 메타적·통시적으로 조망할 수 있는 여유를 갖는다는 것을 뜻하고, 특정 사건이나 현상을 그 자체로 보지 않고 역사적 현상이나 연원을 가진 사건 혹은 현상으로 볼 수 있다는 것을 의미하며, 나아가 역사공동체에 속한 구성원들 간의 소통 및 문화 생산의 토대를 마련하고 공유한다는 의미가 있다.

그런 점에서 과거에 대한 인식은 오늘을 이해하고 미래를 준비하는, 현재적·미래적 가치를 지닌다.

2) 유산으로서의 과거의 문학

과거의 문학도 도처에 있다. 현대화된 텍스트나 광고, 영화의 소재로 가시화되어 존재하기도 하지만 오늘날의 여러 문학작품이나 언어문화, 언어생활 전반에 녹아 작동하기도 한다. 과거의 '어떤' 문학이 어떤 선택의 경로를 거쳐 노골적으로 혹은 암시적으로 현재화하여 존재하게 되었을까. 선택된 과거의 문학이나 언어 문화가 현재 우리의 문학활동이나 언어 및 문화 생활에는 어떤 영향을 미치고 있는 것일까. 나아가 현재를 풍요롭게 하고 미래를 대비하기 위하여 우리는 과거의 문학을 어떻게 바라보고 어떻게 활용할 것인가. 연속되는 이 물음들은 고전문학

교육을 설계하고 실천할 때, 특히 전제되어야 할 물음들이다.

이 책은 이렇게 연속되는 질문들에 대한 답을 찾아보려는 것을 목적으로 한다. 고전문학의 현재적 가치, 특히 교육적 가치에 대한 암묵적 합의와 지지가 흔들리고 있는 현실에서 과거의 문학을 어떻게 인식할 것인지, 과거의 문학이 어떤 교육적 가치를 지니는지, 나아가 그 가치에 도달하기 위한 경로로서의 교육 목표와 내용, 방법을 어떻게 구안할 것인지 탐구해보려고 한다.

그런데 '과거의 문학'을 본격적으로 논의하기에 앞서 '과거' 와 '문학'이 지시하는 바를 한정할 필요를 느낀다. 과거라는 말이 아주 가까운 시간에서부터 아주 먼 거리에 있는 시간까지를 포괄하여 지칭하는 말이고, 문학이라는 범주에 포함되는 역사적 장르종이나 작품들 또한 적지 않기 때문이다. 여기서 '문학' 이라는 매우 포괄적인 범주나 현상 전반을 다룰 수도 없고 과거로 포괄되는 시간대를 모두 다루는 것도 불가능하다. 사실 엄밀하게 따지면, 우리의 문학 경험은 모두 시간적으로 과거에 속하는 문학을 경험하는 일이기도 하다.

연구의 구체화와 초점화를 위하여 시기를 보다 한정하고 논의 대상이 되는 갈래나 작품들을 특정할 필요가 있다. 이에, 이 책에서는 이른바 개화기 이전 시기의 고전시가를 대상으로 하여, 21세기를 살고 있는 현대 독자가 20세기 이전에 출현하여 향유되었던 고전시가를 어떻게 인식할 것인가 혹은 어떻게 만날 것인가, 왜 만나야 하는가 등의 물음에 대한 답을 찾아보려고 한다. 20세기 이전 고전시가 중에서도 몇몇 갈래나 대표 작품들을 예로 논의하게 될 것이다.

사실 현재의 문학과 우리의 국어활동에는 여러 시대 국어활동의 지층들과 그것들 간의 단속(斷續)이나 연쇄 및 섞임이, 다시 말해 통시적 전개의 흔적이 각인되어 있다. 실상이 그러하지만 논의의 효율성을 확보하기 위하여 여러 지층들 중에서 몇몇 갈래나 작품을 예로 논의를 펼칠 수밖에 없음을 미리 밝혀둔다.

시기와 대상을 이른바 '20세기 이전 시가 문학'으로 한정했음에도 불구하고, 이 책에서 다루는 과거가 비교적 먼 거리, 아니 긴 시간대에 걸쳐 있는 과거라는 점은 어쩔 수 없는 조건이다. 한정했음에도 불구하고 여전히 '어떤 프리즘에 의해 균질화할 수 없는 시공간'[4]을 다룬다는 사실은 변함이 없으며, 그런 점에서 과거의 시가가 지닌 가치에 대한 필자의 인식과 고전시가의 교육적 가치에 대한 필자의 발견 역시 일정한 한계를 지닐 수밖에 없다. 필자의 해석과 의미부여 역시 그 긴 시간대의 한 쪽 끝이라고 할 수 있는, 현재[지금-여기]의 관점에 따라, 구체적으로 필자의 관점에 의해 구성된 결과라는 제한점이 있다. 그러나 그렇다고 해서 연구의 의의가 축소되는 것은 아니다. 다

---

4) 임형택 외, 『전통-근대가 만들어낸 또 하나의 권력』, 인물과 사상사, 2010, 10면.

만, 필자의 발견 및 구성의 관점과 방법, 그에 따른 내용이 지닌 제한적 위상을 명확히 인식하는 것이야말로 윤리적 시선과 논리를 유지하는 일이며, 문학 및 문학 현상의 다양성과 해석의 다양성을 인정하는 태도라고 생각한다. 이러한 시선과 태도 이면에는 그 어떤 해석도 절대적인 권위나 고전시가를 규정하는 절대적인 프레임[frame]5)이 될 수 없으며 고전시가가 끊임없이 재해석됨으로써 오늘날의 국어활동 및 국어문화를 풍요롭게 할 자원이라는, 필자의 인식이 자리하고 있다.

그런데 앞서 잠깐 언급한 것처럼 과거의 문학인 고전시가가 물려준 것이나 그 과거의 문학에 우리가 빚지고 있는 것이 무엇인지 늘 의식할 수 있는 것은 아니다. 의식할 수 없을 때도 많고 의식하지 못하는 것이 오히려 자연스러운 경우도 많다. 그래서 고전시가가 대상화될 때마다 새삼스럽게 그 정체에 대해 의문을 품게 된다. 그리고 이처럼 과거를 의식하기 어려운 까닭에 고전시가가 오늘날의 문학이나 삶과 연관되어 있다는 생각을 하기도 쉽지 않다. 그래서 현대인들에게 고전시가는 교과서에나 존재하는 고리타분한 작품 혹은 장르로, 자신들의 삶에 개입하지도 연관되어 있지도 않은, 죽은 문학으로 받아들여질 수

---

5) 프레임(frame)이라는 개념은 다음 책을 참고할 수 있다. 죠지 레이코프, 『코끼리는 생각하지 마』(유나영 옮김), 삼인, 2006. 죠지 레이코프·로크리지연구소, 『프레임 전쟁』(나익주 옮김), 창비, 2007.

있다. 더 이상 향유되지는 않지만 박물관에 전시되어 있는, 유물로서의 역사적 장르종이나 역사적 작품으로 받아들여진다.

그러나 그 흔적이 느껴지지 않는다 하더라도 고전시가가 잠행성(潛行性) 유산으로 작동하고 있다고 보아야 한다. 그리고 오늘날 우리들이 고전시가의 다양한 가치를 발견 혹은 새롭게 구성할 수 있고 그렇게 되면 역사적 장르종이나 작품으로서의 고전시가가 미래적 가치를 지니는 문화현상이자 작품으로 언제든 다시 살아날 수 있다고 보아야 한다.

요약하자면 과거의 문학은 역사적 소임을 마친 작품이거나 화석화된 존재가 아니다. 그보다는 오히려 아직도 우리의 국어 문화 전반을 구성하고 국어활동 전반에 깊숙이 관여하고 있는 유의미한 과거이자 현재이기도 하고 또 언제든 미래가 될 수 있는 가능태에 가깝다. 역사적 장르종이나 작품에 대해 제대로 배움으로써 일차적으로는 현대 독자인 우리들의 고전시가에 대한 이해가 깊어질 수 있겠지만, 덧붙여 우리 자신의 언어 생활과 우리 시대의 언어 문화를 대상화하여 인식할 수 있게 되고, 우리들의 언어 생활을 기획하고 새로운 언어 문화를 창안하는 데까지 이를 수도 있다.

문제는 교육의 장, 나아가 우리 사회 전반에서 현대 독자들로 하여금 고전시가를 제대로 경험하게 하는 일일 것이다. 그리고 이를 위하여 교육연구자나 실천가들이 우선적으로 해야 할 일이 '교육'이라는 목적에 부합하는, 그리고 우리 시대에 꼭 필요한 고전시가의 '무엇'을 발견하여 교육 내용으로 구성하는 일일 것이다. 교육이라는 목적을 가지고 지금까지 우리가 가르치고 공유해온 고전시가의 가치와 내용을 비판적으로 성찰하는 한편, 가르칠 내용으로서의 그 '무엇'을 새롭게 발견하여 현재의 교육 내용을 보완하거나 재구성할 필요가 있다.

이 모든 과제가 바로 고전시가를 교육적으로 인식하는 문제와 관련되며 결국에는 다음과 같은 두 가지 탐구 과제로 다시 수렴될 수 있다. '무엇'과 '어떻게'의 문제가 바로 그것이다. 교육의 장에서 가르칠 내용으로, 고전시가의 '무엇'을 인식할 것인가, 즉 만남의 내용과 가치와 관련된 문제가 첫 번째 탐구 과제가 되고, 공교육의 장이나 사회 전반에서 그 '무엇'을 '어떻게' 가르치고 공유할 것인가, 즉 만남의 방법이나 접근 방법과 관련된 문제가 두 번째 탐구 과제가 된다.

3) 과거의 문학, 고전시가

이 글에서 다루는 고전시가는 20세기 이전 시기의 시가 문학이다. 구술적 전통 속에 있었던 우리말 노래로, 구체적으로 상대가요와 향가, 고려가요, 시조, 가사, 민요 등이 여기에 속한다. 이렇듯 고전시가의 범주 안에는, 이질적인 여러 역사적 갈래들이 포함되어 있고 그 각각의 역사적 갈래들 안에 많은 개별 작품들이 포함되어 있어, 이질적인 특징들을 지니는 여러 갈래와 무수한 작품들을 '고전시가'라는 하나의 이름으로 묶는 것 자체가 쉽지 않다.

그러나 그러한 어려움에도 불구하고 '현대시'나 당대 '한시'에 대응하는 '고전시가'로 분류되는 것은 이질성뿐만 아니라 소통 및 향유 방식과 문화에 있어서 공통점 또한 존재하기 때문이다. 구술적 전통 속에서 불려진 노래라는 점과 화자와 청자가 함께 즐기던 공공의 문화로서의 속성을 지닌다는 점, '향유'라는 말로 대표되듯이 노래의 소비와 생산이 결합되어 존재한다는 점에서 공통점을 지니며 한 데 묶어 다루는 것이 가능하다.

고전시가는 현대시와 짝이 되는 갈래이다. 그러나 고전시가와 현대시에는, '과거'와 '현대'라는 시간적인 대비와 더불어 '시가'와 '시'라는 양식상의 차이 또한 존재한다. 공통된 주제나 미의식, 율격 등을 앞세워 고전시가와 현대시를 '한국시가'라는 상위 범주로 포괄하여 다루고 있고, 제도 교육의 장에서도 고전문학과 현대문학을 문학이라는 단일 범주로 묶어 다루고 있지만, 연구 및 교육 제도나 일상에서 고전시가와 현대시의 구분의식을 확인하는 것은 어렵지 않다.

엄격하게 말하면 현대시의 범주에 포함되는 1920년대의 시역시 오늘날의 학습자들에게는 '과거의' 문학이다. 1920년대라는 독특한 시공간 속에서 생산되고 유통되고 소비된 문학이 21세기라는 독특한 시공간 속에 처해 있는 학습독자에게 동시대 문학으로 이해되리라고는 기대할 수도 없는 일이다. 고전시가와 마찬가지로 과거의 특정 맥락 속에서 산출된 낯선 문학일 뿐이다. 따라서 1920년대 시 역시 과거의 문학으로서의 특수성과 역사성을 교육적으로 인식하는 과정, 다시 말해 1920년대 시로서의 고유성과 그것의 의미를 발견하는 과정이 먼저 있어야 하고 발견의 결과를 가르치고 공유하는 차원에서 시교육이 설계되어야 한다.

청중 혹은 독자가 연행 현장에 있는 경우가 아니라면, 작품이나 장르가 발생한 시공간과 독자가 작품을 접하는 시공간은 다를 수밖에 없다. 그런 이유에서 고전시가 작품이든 현대시 작품이든 간에, 현대 독자가 그 작품을 이해하는 과정은 일정 정도 유사할 수밖에 없다. 두 경우 모두 시공간의 차이로 인해 발생한 인식의 어려움을 경험할 수밖에 없고 그 어려움을 해소함으로써 작품에 대한 이해에 도달하게 되는데, 그 어려움을 해소하고 인식의 지평을 넓혀가는 과정 또한 구조적으로 동일할 수밖에 없다.

그러나 현대시는 현대시만의, 그리고 고전시가는 고전시가만의 관습이 존재하는 것도 사실이다. 사회문화적 맥락과 창작 및 향유 관습 등의 차이로 인해 현대 독자가 현대시와 고전시가를 읽을 때 겪는 각각의 어려움의 구체적인 내용과 그것을 극복하는 방법, 그 결과로써 얻게 되는 성장의 경험은 차이가 날 수밖에 없다. 차이가 있기 때문에 고전시가 교육과 현대시 교육이 모두 필요한 것이다. 고전시가는 현대시와 다른, 고유의 생산 및 향유 맥락을 가지고 있고 그로 인해 다른 질성(質性)으로서의 역사적 특수성을 지니고 있다. 따라서 고전시가의 교육적 가치와 고전시가 이해 경험의 양상 또한 현대시의 그것과 다를 수밖에 없다.

그렇다면 고전시가는 어떤 역사적 특수성을 지니고 있는 것일까. 한국문학을 소개하는 개론서들에서는 대개 고(전)시가를 "한국어로 지어 노래한 시 작품을 가리키는 말이며 고전시가에는 상고 시대로부터 19세기까지의 시가가 포함되는 것"으로 정의하고 있다. 현대'시'와 대비되는 고전'시가'라는 명칭에서 드러나듯이 고전시가는 '가(歌)', 즉 '노래'라는 점이 특징적이다. 작가(作家)가 글을 쓴다는 의식을 가지고 생산한 것이 아니라 어떤 작자(作者)가 노래의 가사로 혹은 율동감 있게 말하려는 의식을 가지고 만들어 소통된 문학이다.

권위를 갖고 있는 저자(著者)의 존재가 분명하고 작품이 그 저자의 문필 행위의 결과인 현대시라는 양식과 달리, 고전시가는 공개적인 자리에서 노래로 불려졌거나 적어도 구술 행위로서의 연행을 염두에 둔 양식이라는 특징이 있다. 독서물로서의 성격이 강한 현대시와는 달리 고전시가는 가창(歌唱)이나 음영(吟詠)을 염두에 둔 갈래라고 하겠다. 따라서 후대에 기록되어 전한다는 점에서 보면 기록문학으로 접근하는 것도 가능하겠지만,[6] 애초에 기록을 염두에 두지 않고 만들어진 작품이라는 점에서 구술적 전통 안에서 생산 및 향유된 서정 갈래로 보는 것이 작품이나 장르의 실상에 부합된다.

이처럼 고전시가는 구술적 전통에 뿌리를 둔 서정 갈래인바, 고전시가의 가치에 대한 논의는 이러한 고전시가의 특수성에 대한 인식과 인정으로부터 시작되어야 한다. 그런데 학교 안과 바깥에서 고전시가를 다루는 관점이나 접근 방법을 보면 과연 우리가 고전시가의 특수성, 즉 구술적 전통에 뿌리는 둔 시가라는 점을 충분히 인식하고 인정해왔는지 의문이 든다. 우리가 학교 안팎에서 배운 이론과 방법론 및 비평적 용어들이 구어적 전통에 뿌리를 둔 서정 갈래를 이해하는 데 적절한 것이었을까 하는 의문이 든다. 혹여 우리가 고전시가 이해에 어려움을 겪었던 까닭이, 나아가 어려운 고전시가를 왜 배워야 하는지 회의했던 까닭이 이러한 특수성, 구체적으로 고전시가의 소통 방식과 매체 특성 및 거기서 비롯된 미학의 차이를 고려하지 못한 데

---

6) 기록문학으로서의 속성이 중첩되어 있는 경우가 많다. 고전시가의 경우, 작품에 나타나는 구술성과 기록성의 양상 및 이 둘의 긴장 관계를 파악하는 것이 중요한 연구 주제가 된다.

서 비롯된 것은 아니었을지 고민하게 된다.

한편 고전시가는 근대 이후 문자 문학의 중심에 있는 현대시와 대응됨과 동시에, 20세기 이전까지는 문자 문화의 중심에 있었던 한시와도 대응되는 위상을 지녔다. 잘 알려진 바와 같이 이 책에서 논하는 고전시가는 사실 근대 이후 발견되고, 그 의미가 부여된 갈래이다. 사실 "근대적 문학 개념에 의거한 학문으로서 국문학이라는 신종 학문이 성립되고 국문학사가 출현하였다. 그 학적 공작의 과정에서 그 이전에 오래도록 문학으로 향유하고 우대받았던 한문학은 퇴출당하고 문학으로 인정 받지 못했던 '언문' 자료들이 발굴되어 문학의 정전(正典) 지위에 오르게 되었다."[7]

그러나 언문 자료의 발굴과 정전화[8]가 근대 이후 "문화적 가치의 전도 현상"[9]인 측면이 분명하게 존재하지만, 그럼에도 불구하고 그 어떤 논자들도 언문 자료인 고전시가가 지닌 고유한

---

7) 임형택 외, 앞의 책, 19면.
8) 근대적 기획의 일환으로 시작된 한국문학사 서술의 과정에서 국문문학이 민족문학으로 일약 부상하였다. 안확이 일찍이 '일국민의 심적 현상'에 주목한 것이나 조윤제가 문학사를 민족의 흥망성쇠와 연결 지어 본 것은 초기 문학사 서술의 분위기를 잘 보여준다. 초기 문학사 서술의 과정에서 국문문학이 '민족문학'으로 발견되었다. 이후 조동일이 한문학을 문학사 서술의 대상으로 포함하여 중세 문학 전반에 대한 재평가를 시도하는 한편 민중문화로서의 구비문학을 발견함으로써 한국문학사 서술의 대상이 확장되었고, 정전의 목록 및 교육의 내용 또한 확장되었다. 조동일, 『한국문학통사 1~6』(제4판), 지식산업사, 2005 참고. 강상순, 「<한국문학통사> 다시 읽기」, 『고전문학연구』 제28집, 한국고전문학학회, 12~13면.
9) 임형택, 앞의 책, 20면.

가치를 부정하지는 못할 것이다. 가치의 전도 현상 또한 고전시가가 지닌 가치가 전제되었을 때 성립 가능하며, 더욱 중요한 것은 구술적 전통 안에서 고전시가가 보여준 생명력은 그 자체로 결코 간과할 수 없는 고전시가의 가치를 증거 하는 현상으로 볼 수 있기 때문이다.

앞서 언급한 것처럼 문제는 우리 사회가 혹은 우리 교육이 구술 전통 속에 있는 고전시가의 특수성을 충분히 인정하고 고려해 왔는가 하는 점이다. 그리고 구술 전통 속에서 나온 고전시가의 특수성으로부터 무엇을 배웠는가 하는 점이다. 교육의 장에서 고전시가를 인식할 때 고전시가의 특수성을 어떻게 인정하고 어떻게 받아들일 것인가에 대해 얼마나 고민했는가 하는 점이다.

성공적인 만남이나 만남의 성과는 사실상 상대방을 있는 그대로 보는 것으로부터 시작된다. 정확하게 말하면 있는 그대로 보고자 하는 끊임없는 의식과 노력을 통해 상대방에 대해 인정하게 되고 소통하게 되고 상대방으로부터 혹은 상대방과의 만남으로부터 무엇인가를 배울 수 있게 된다. 고전시가 인식의 출발 역시 만남의 이러한 자세 혹은 윤리에 대한 자각으로부터 시작되는 것이 아닐까 한다.

2.
현대 독자와 과거 시가의 만남

1) 〈인식의 출발〉 거리와 차이의 확인

고전시가는 과거의 문학이다. 멀리는 몇 천년 전, 가깝게는 백여 년 전에 창작되었거나 향유된 작품이다. 우리가 살고 있는 현대와는 다른 시공간의 산물이라는 점에서, 고전시가는 현대 독자들에게 낯설게 다가올 수밖에 없다. 낯설고 이해하기 어려운 것이 당연하고 자연스럽다. 애써 이해하기 쉽다거나 어렵지 않다고 강변할 것이 아니라 어렵고 낯설다는 사실을 인정하고 낯섦과 어려움의 실체에 대해 탐구함으로써 타자로서의 고전시가가 지닌 가치와 의의를 발견하려는 접근이 보다 생산적이다.

교육이란 배움의 주체가 어렵거나 낯선 대상이나 사태를 만나 인지적, 정서적 곤란함에 빠지는 것으로부터 시작하여 그 곤란함을 스스로 해소함으로써 인식의 지평을 넓히는 행위이다.

그런 점에서 배움이란 대단히 능동적인 행위이자 생산적인 행위이다. 고전시가 학습의 결과로서의 앎의 확충이나 정서적 성숙이나 성장은, 어려움과 낯섦을 극복한 학습 독자에게 주어지는 선물이고, 교사는 그저 외부에서 학습자들의 탐구 열정을 불러일으키고 학습자들이 어려움과 낯섦을 해소해가는 데 유용한 자극과 자료를 제공해주는 조력자에 다름 아니다.

이러한 관점을 받아들인다면 고전시가에 대한 접근의 어려움과 낯섦이 의미 있는 교육적 사태임을 명확히 인식하고 그러한 어려움과 낯섦이 비롯된 '차이'에 대해 살피는 것이 필요해진다. 사실 차이에서 다양성과 풍요로움이 비롯된다는 점에서 고전시가의 낯선 표현 특징과 장르적 관습 및 언어 문화 등은 오늘날의 국어 표현과 문화를 풍요롭게 하고 다양하게 할 수 있는 '새로움'일 수 있다. 서인석의 말처럼 새로움은 '미래'에서만 오는 것이 아니라 '과거'에서도 오며 그런 이유에서 고전문학이 '낯설은 존재'에서 '새로운 존재'로 거듭 나도록 교육해야 한다.10)

물론 차이가 인정되고 이해될 때 낯선 대상은 의미 있는 타자가 된다. 차이가 존중되지 않으면 고전시가는 낯설어서 어렵고 이상한 것이거나, 오래 되어서 고리타분하거나 낡은 것이고,

---

10) 서인석, 「고전산문 연구와 국어교육」, 『국어교육』 107호, 한국국어교육학회, 2002, 35면.

배우기 싫은데 배워야만 하는 것일 뿐이다. 그렇게 되면 현대 독자들에게 고전시가는 의미 있는 타자가 아니라 영원한 남으로 남게 된다.

그렇다면 이제 '차이'의 본질에 대해 생각해볼 차례이다. 고전문학과 현대문학의 차이는 다른 역사적 시공간 속에서 필연적으로 생겨난, 표현 및 장르 관습이나 문화의 차이에 다름 아니다. 따라서 고전시가의 '낯섦'은 '다름'을 의미하여, 그 '다름'은 이상함이나 기괴함이 결코 아니다. 그 '다름'은 낯설게 보이지만 실상은 어떤 맥락이나 조건 속에서 지배적으로 발현되어 나타나는 특성에 가깝다.

지배적인 특성이란 기이함이나 특이함을 넘어서는 전형성이나 역사적 특수성과 관련되며, 그런 특성을 지닌 문학 작품은 "인간 활동의 한 본질이나 국면을 보다 극적으로 보여준다. 현실 세계의 경험은 직접적이기는 하지만 현실 세계는 그 경험을 가로막고 초점을 흐리게 만드는 잡다한 요소들이 뒤섞여 있다. 그러나 문학은 잡다한 기타 요소들의 장막을 헤치고 오직 그것만을 선명한 현상으로 제공해줄 수 있다. 그런 점에서 현실의 그것보다 훨씬 직접적일 수 있다."[11] 역사적 특수성이나 전형성을 지니기 때문에 고전시가는 인식 및 교육 대상으로서의 전

---

11) 김대행, 『통일 이후의 문학교육』, 통일연구소 연구결과보고서, 2005, 42면.

략적 가치를 지닌다. 객관화하여 분석하는 것이 용이하기 때문이다. 역사적 특수성이나 전형성을 지니는 고전시가를 이해함으로써 '어렵지 않게' 인간의 문학 활동과 언어 문화에 대한 이해를 깊고 넓게 할 수 있기 때문이다.

역사학자 데이비드는 과거가 태고성(antiquity), 연속성(continuity), 종료성(termination), 연쇄성(sequence)이라는 귀중한 속성들을 지니고 있다고 하였다.[12] 고전시가 역시 그러한 과거의 미덕을 가지고 있음을 물론이다.

태고성은 선행성(precedence), 원격성(remoteness), 근원성(the primordial) 및 시원성(the premitive)과 관련되는 속성으로 고전시가가 '지금－여기'보다 앞선 시대의 산물이라는 사실과 관련된다. 고전시가의 태고성은 고전시가가 지닌 교육적 가치를 더욱 크게 한다. 태고 적부터 지속된 인간의 문제와 그 문제에 대한 원초적이면서 근원적인 표현이나 담론 현상을 보여줌으로써, 전이력이 높은 표현의 원리나 본질을 배울 수 있는 자료로서의 가치를 보장하기 때문이다.

종료성은 완료성과 안정성 및 영속성과 관련되는 속성으로, 고전시가가 생성과 향유, 소멸을 완료한 시가라는 사실과 관련된다. 고전시가가 지닌 완료성은 현대시와 달리 고전시가를 객

_____

12) 데이비드 르웬델, 앞의 책, 150~175면.

관적 대상으로 바라보는 것을 더욱 가능하게 한다. '지금―여기'의 문학은 아직 진행 중인 현상이며 그 현상의 중심에 우리가 있다는 점에서 객관화하는 것이 쉽지 않지만, 생성과 갈등, 향유, 소멸의 과정을 마친 고전시가의 경우는, 작품의 생산 및 향유, 소멸의 전(全) 과정을 객관화하여 살피는 것이 가능하다. 고전시가를 교육적인 목적으로 대상화하여 분석함으로써, 방법적으로 수월하게 인간의 본질적인 고민이나 문제, 그에 대한 언어적 혹은 미적 대응 양상에 대해 사고하고 학습하는 것이 가능하다는 말이다.

그런가 하면 완료성 및 태고성과 더불어 연속성 또한 고전시가의 큰 미덕이다. 연속성과 연쇄성은 서로 이어지지만 원인과 결과에 따라 분절할 수 있는 속성으로, 고전시가를 통시적으로 접근하는 것이 가능하다는 사실과 관련된다. 연속성에 대해 인식함으로써 우리는 과거의 전체 혹은 부분과의 연결이나 통합을 상상할 수 있고, 현재 속에 과거가 지속되고 있음을 상상할 수 있게 된다. 과거를 소유함으로써, 즉 이전의 경험이나 존재 양식을 진행 중인 정신 활동으로 통합함으로써 그 과거를 발견함과 동시에 현재와 미래에 유용한 통찰을 얻어낼 수 있다. 이처럼 고전시가는 그 자체로 현대 독자들에게 여러 가지 장점을 지니는, 인식 및 해석 대상으로 존재한다.

국어교육의 장에서 과거의 이러한 미덕에 주목한 연구자가 바로 김대행이다. 김대행[13]은 우리 표현 및 언어문화를 발전시킬 수 있는 국어교육의 설계에도 고전 자료가 유용하다고 보았다. 김대행은 근원성과 역사성, 정태성을 지니는 고전 자료에 주목함으로써 이론에 기반을 둔 교육(theory-based education)을 설계하는 것이 가능하다고 주장하였다. 고전 자료가 우리말과 언어문화의 뿌리에 가까운 근원성을 지니고 있는바, 상대적으로 단순성을 지님으로써 표현의 개별적 사실과 현상들을 통하여 일반적 법칙이나 원리를 체계화하는 일을 손쉽게 하며, 정태성을 지님으로써 관찰과 분석을 용이하게 하고, 역사성과 사회성까지 갖춰 언어에 깃든 역사와 사회적 삶과 문화에 대한 해명을 가능하게 한다는 것이다. 이처럼 '근원성', '정태성', '역사성'을 지니는 고전문학을 자료로 삼아, 오늘날의 언어 활동을 이해하고 새로운 표현이나 언어 문화를 만들어내기 위한 국어교육의 관점과 내용, 지식들을 도출해냄으로써, 이론에 기반한 국어교육의 실천이 가능하다고 본 것이다.

김대행의 논의에 따르면 고전시가는 언어자료이자 문학작품으로서 그 자체로 교육적 가치를 지닐 뿐만 아니라 교육 이론을 생산해내는 데 유용한 연구 자료로서의 가치 또한 지닌다. 즉, 고전시가는 그 자체로 해석 및 감상되어야 할 자료이자, 동

---

13) 김대행, 「古典表現論을 위하여」, 『국어교과학의 지평』, 서울대출판부, 1999, 240~261면.

시에 이론 생산을 위한 연구 자료로서의 가치를 지니는 것이다. 이 모든 가치가 과거의 문학이라는 속성에서 비롯된 것임은 물론이다. 그리고 그 가치는 과거의 문학이 지닌 '다름'을 적극적으로 인정하고 의미를 부여함으로써 획득될 수 있는 것이다.

필자는 고전시가의 가치를 먼저 발견한 연구자이자 교육자로서, 후속 세대인 우리 학생들이 고전시가를 제대로 만남으로써 고전시가의 가치를 발견할 수 있기를 바란다. 학교는 물론이고 우리 사회 전반에서 현대시와 구별되는 고전시가의 '다름'을 인정하고 그 바탕 위에서 고전시가의 미덕을 경험함으로써 개인들의 언어생활이 풍요로워지는 것은 물론이고 우리 사회의 문화적 지평 전반이 확대되기를 희망한다. 어려운 것 혹은 낯선 것을 이해 가능한 것으로 바꾸는 즐거움 경험을 거듭함으로써, 고전시가의 유용함과 즐거움을 경험하고 그 경험을 바탕으로 오늘날의 언어 문화를 해석하고 새롭게 창안하는 데까지 이르기를 희망한다.

이러한 희망을 가지고, 지금까지 원론적인 차원에서 과거의 문학인 고전시가가 현대 독자가 만날 만한, 혹은 만나야 하는 가치를 지니고 있다고 주장해왔다. 이제 어떻게 만날 것인가의 문제에 대한 논의로 넘어가보려 한다. 고전시가가 현대인들의 삶과 언어 문화를 풍요롭게 할 가치를 지니고 있다는 점을 확인했다 하더라도, 어떻게 그 가치에 도달할 것인가, 곧 어떻게 만날 것인가에 대한 교육적 대답이 마련되어 있지 않으면 의미 있는, 나아가 행복한 만남을 도모하기 어렵기 때문이다. 그런 점에서 낯섦을 초래한 차이에 대해 성찰하는 가운데, 낯섦을 이해 가능한 것 혹은 의미 있는 것으로 바꿀 수 있는 접근의 관점과 방법을 찾아내야 하는 숙제가 우리 앞에 놓이게 된다.

2) 〈인식의 태도〉 타자에 대한 인정

① 복종과 정복의 태도

특정 갈래에 속하는 고전시가 작품이 현대 독자 앞에 있다고 가정해 보자. 그 작품은 현대 독자에게 모종의 해석을 요구할 것이다. 그러나 현재 독자들은, 수용미학에서 말하는, 이른바 '해석의 미결정 부분'이 상대적으로 많은 반면 해석에 동원할 맥락 정보가 절대적으로 부족한 상황에서 작품을 해석하는 데 어려움을 겪을 것이다.

이런 상황에서 현대 독자가 해석의 미결정 부분을 메워 일관된 해석 서사를 구성하려면 크게 두 가지 방향에서 접근하는 것이 가능하다. 현대의 독자가 과거의 시가를 만나는 상황이라는 점에서 고전시가라는 '과거의 텍스트'에 초점을 두는 방법이 있을 수 있고, 반대로 독자가 있는 '현대'에 초점을 두는 방법이 있을 수 있다. 과거의 텍스트에 초점을 두게 되면 행간을 메울 맥락 정보를 더 찾아 해석을 시도할 것이고 독자가 있는 현재에 초점을 두게 되면 현대의 필요와 안목, 경험을 동원하여 상상하고 추리함으로써 행간을 메우는 방식으로 해석을 시도할 것이다. 물론 이 둘은 접근의 방향을 분명하게 보여주기 위하여 나눈 것일 뿐, 이 두 극단 사이에 무수히 많은 접근 방법들이 연속적으로 존재한다. 사실상 현대 독자들은, 두 가지 접근을 양극단으로 하는, 연속선상에 위치한 어느 지점에서 고전시가에 대한 해석을 시도하게 된다.

텍스트에 초점을 두면 과거의 문학을 이해하는 것 자체가 중요한 일이 되지만, 독자에 초점을 두면 현대 독자의 의도나 요구, 취향, 해석 목적 등이 중요하게 된다. 역사학자들이 나눈 바에 따르면, 텍스트 중심은 과거에 대한 '복종'의 태도와, 독자 중심은 과거를 '정복'하려는 태도와 연결 지을 수 있다. 복종의 태도를 취하게 되면 텍스트에 대한 엄밀한 이해를 추구하게 되고 실증적 해석 내지 역사주의적 해석을 시도하게 된다. 반면에 정복의 태도를 취하게 되면 오늘날의 필요나 목적, 취향, 동기 등을 우선하게 되고 그에 따라 텍스트를 자유롭게 재해석하고 재구성하고 변형하게 된다. 심지어 왜곡할 수도 있다.

다른 각도에서 보면 전자는 '고전시가의 교육'으로, 후자는 '고전시가를 통한 교육'으로 부를 만하다. '고전시가의 교육'이 고전시가 자체에 대한 앎을 지향하고 '고전시가를 통한 교육'이

고전시가를 수단이나 방편으로 삼아 다른 가치에 도달하고자 하는 접근이라는 점에서, 전자는 고전시가 작품을 충실하게 이해하려는 인문적 접근에 가깝고 후자는 현대적 필요에 의해 고전시가를 선택하고 활용하려는 실용적 접근에 가깝다. 이 두 가지 접근이 상보적인 관계에 있으며 개인과 우리 사회의 발전에 모두 필요한 접근 방법임은 물론이다.

전자, 즉 고전시가에 대한 정확한 이해와 타당한 해석의 과정을 제대로 경험하면, 텍스트 해석 및 창작 능력이 신장될 수 있다. 그리고 모종의 즐거움을 경험할 수 있는데 그 즐거움은 맥락을 동원하여 추리해내는 즐거움으로, 퍼즐을 맞출 때의 즐거움에 가깝다. 그런 해석의 경험이 축적되다 보면, 이후 다양한 언어 및 비언어적 텍스트를 정확하고 깊이 있게 해석하고 그 해석의 과정 자체를 즐기게 될 가능성이 높아진다. 그런가 하면 후자, 즉 현재의 관점과 필요 등에 따라 과거의 텍스트를 과감하게 재해석하고 재구성하는 것은 대단히 창의적인 활동이다. 그 활동의 과정과 결과로 무엇인가를 만들어내는 즐거움을 경험할 수 있다. 그런 구성의 경험이 축적되다 보면 그 어떤 텍스트라도 주체적으로 해석하여 현재적 필요에 따라 활용하게 될 가능성이 높아진다. 따라서 이 두 가지 접근 중 어느 하나도 소홀이 되어서는 안 되고, 조화를 이루어야 한다.

그런데 조금 깊이 생각해 보면 이 두 가지 접근은 우리에게 여러 본질적인 질문이나 의문을 던져 준다. 사실 우리는 고전시가 작품을 이해한다는 것이 어떻게 가능한지, 고전시가 자체에 대한 이해에만 그치는 교육이 있을 수 있는지, 어떤 변화 내지 결과가 달성되었을 때 고전시가를 통한 교육이 성취되었다고 볼 수 있는 것인지, 고전시가 교육을 통해 어떤 잠재적 효과가 생겨났다고 할 때 그 효과가 언제 생겨난 것인지 어떻게 인지할 수 있을지 분명히 알 수 없다.

그런 점에서 보면 '고전시가의 교육'이나 '고전시가를 통한 교육'이라는 명명과 그 명명에 따른 구분은 명쾌해 보이지만, 앞서 말한 것처럼 실상에 부합되지도 않고 그래서 이롭지도 않다. 현실적으로 볼 때 칼로 무 베듯이 이 둘이 구분되지도 않거니와 두 접근 모두 고전시가 교육이 일어나는 역동적인 국면을 단순화하는 부작용이 있다. 엄밀하게 따지면 복종의 태도—고전시가의 교육—나 정복의 태도—고전시가를 통한 교육—모두 궁극적으로는 현대 독자의 태도라는 점에서, 두 입장 모두 고전시가의 교육적 가치를 발견하고 구성하려는 현대 주체의 시선이 개입한다는 점에서는 다르지 않다. 따라서 고전시가의 교육을 추구한다 하더라도 감각처럼 작동하는 현대 독자의 프레임을 벗어버릴 수 없으며, 그런 이유로 고전시가 자체에 대한 완벽한 이해나 앎이란 우리가 도달하고자 꿈꾸는 이상일 뿐이다. 이러한 고전시가'의' 교육의 한계는, 고전시가에 대한 이해를 추구해온,

실증주의나 역사주의적 비평의 한계를 떠올려보면 분명하게 알 수 있다.

역사주의적 비평은 주지하다시피 과거 특정한 역사적 토대에서 나온 작품과 동시대 독자와의 거리감을 인정하는 바탕 위에서 나온 방법이다.[14] 역사적 증거를 활용하여 작품을 해석하는 한편, 작품이 생산된 시대가 지닌, 사상(ideas), 관습(convention), 태도(attitude)라는 맥락 위에서 그 작품을 보고 다루는 입장[15]이다. 신동욱은 이러한 역사주의적 방법에서 자주 언급해 온 개념으로 다음의 네 가지를 들었다.[16] 첫째, 작품을 평가하기 전에 필수의 과정으로서 문헌의 연구와 그 객관적 확정을 시도하는 '원전의 확정', 둘째, 작가의 생애와 밀착되어 있고 그 시대의 역사와 문화, 사상과 미의식을 이해하는 수단으로서의 '작품에 채용된 말', 셋째, 작가의 전기적 사실을 연구하는 '작가의 생애와 작품의 관계', 넷째, 동질성이나 이질성을 같은 차원에서 놓

---

14) 한국고전문학교육학회에서 학회 창립 20주년을 맞이하여 학술지인 『고전문학과 교육』에 수록된 논문을 중심으로 고전시가 연구의 경향에 대해 살펴본 바 있다. 64편의 논문을 대상으로 살펴본 결과 이들 연구들 중 상당수의 고전시가 연구가 역사주의적 방법에 기초해 있음을 확인하였다. 그리고 역사주의적 방법이 지닌 의의와 한계에 대해 이미 논의한 바 있다. 자세한 논의는 다음 논문을 참고할 수 있다. 염은열, 「고전시가 연구 및 고전시가 교육 연구에 대한 비판적 고찰」, 『고전문학과 교육』 18집, 한국고전문학교육학회, 2009, 5~30면.

15) 김용직, 『文藝批評用語辭典』, 탐구당, 1985, 188면.

16) 신동욱, 「역사주의 비평」, 『문예비평론』 (한국문학비평가협회), 백문사, 1993, 17~39면.

고 보는 '평판과 영향의 측정'이 바로 그것이다. 이 네 가지 개념 모두가 고전시가 연구에서 중요하게 시도되고 있다는 점에서 역사주의적 방법은 고전시가'의' 이해를 도모하는 대표적인 접근 방법이라고 할 수 있다.

그런데 '어떤 증거물을 다룸에 있어 (우리는) 우리 자신의 정신과는 다른 기준이나 습관에 관하여 필연적으로 선택적이고 설명적'[17]일 수밖에 없다. 이는 르네 웰렉[18]이 상상력에 의하여 재구성하는 행위와, 과거의 관점에 실제로 참여한다는 것 사이에는 언제나 결정적인 차이가 있을 수 있으며 역사적 관점과 현대적 관점을 명쾌하게 구별하는 것 자체가 어렵다고 한 것과도 일맥상통한다. 엄밀하게 따지면 '역사적 관점'이라는 것 역시 '지금'에 기반을 둔 현재 중심의 시각일 수밖에 없는 것이다.

이러한 근본적인 어려움과 더불어 증거로 삼을 자료의 절대적 부족도 작품 이해 및 해석에 큰 걸림돌이 된다. 파편화된 조각을 보고 전체상을 상상하는 위험이 늘 존재할 수 있고, 자료의 부족으로 인해 생겨나는 해석의 공백을 연구자의 직관과 상상, 논리로 구성해내야 하는 상황이 숙명처럼 따라 다닌다. 따라서 추리와 상상의 결과 특정 작품을 특정한 역사적 사건과 단순 연결 짓는, 역사 환원주의로 흐를 위험이 늘 있으며, 문학

---

17) 김용직, 앞의 책, 188면.
18) 르네 웰렉·오스틴 웨렌, 『문학의 이론』(김병철 역), 을유문화사, 1982, 62면.

을 역사로 환원하지는 않는다 하더라도 어느 정도의 해석의 과잉이 나타나는 것은 피하기 어렵다. 사회적 변화나 개인사적 변화 등 특정한 계기를 작품 내적 특징과 연결 짓기 위해서는 일정 정도의 추리나 상상이 개입할 수밖에 없고 때로는 실상이 과연 그러한지보다도 얼마나 개연성 있는 추리를 해내느냐가 관심의 초점이 되기도 하는 것이다.

　사실 실증적 역사주의적 접근을 통해 고전시가에 대한 이해를 도모하는 연구물의 상당수에서 해석의 과잉 현상이 심심찮게 목격된다. 박노준은 "엉성하기 짝이 없는 옛 문헌을 그것도 단편적으로 전해오는 기록을 자의적으로 해석해서 작품과 연계시킬 때 잘못된 해석, 검증할 수 없는 추론에 빠지고 만다. 향가 연구에서 단 한편의 작품만이라도 그것도 불가능하다면 몇 작품의 몇 부분만이라도 사실과 일치하거나 근접하게 풀이하였다면 더 바랄 것이 없다고 평소 생각해 왔다."고 말한 바도 있다. 이 언급은 엄밀한 실증을 추구하며 역사주의적 비평을 시도함으로써 고전시가 연구에 적지 않은 공헌을 한 원로 연구자의 고백으로, 고전시가 '의' 이해가 쉽지 않다는 점과 고전시가 '의' 이해에 연구자의 직관과 상상력, 경험이 개입할 수밖에 없음을 증거해준다.

　사실 우리가 고전시가 작자에 대한 정보나 창작 및 향유 상황에 대한 정보를 아무리 많이 찾아낸다고 해도, 창작 및 향유 당대의 맥락을 완벽하게 재구하는 것은 불가능하다. 완벽한 재구란 우리가 추구하는 이상일 뿐이고 그러한 이상의 추구가 연구의 추동력이 되기도 한다. 그런 점에서 실증주의 혹은 역사주의적 방법의 이면에는 과거에 대한 낭만적 추구 내지 인문적 추구의 이상이 자리하고 있다고도 할 수 있다. 이러한 생각은 랑케의 실증주의적 역사인식을 비판하면서 역사란 현재와 과거와의 만남이며 본질적으로 역사가에 의해 구성되는 것임을 주장한, 유명한 역사학자 에드워드 카가 주장한 내용에 다름 아니다.[19]

현대의 관점이나 시각으로부터 자유로운, 고전시가'의' 이해가 사실상 가능하지 않다고 할 수 있는데, 고전시가를 통한 교육 역시도 다른 이유로 문제가 된다. 고전시가를 통한 교육은 고전시가를 수단과 방편으로 삼는 접근 방법이기 때문에 고전시가의 고유한 존재 가치와 관련되는 역사적 특수성을 간과하기 쉬운 접근이라는 문제가 있다. 고전시가 작품을 통해 어떤 도덕적 품성을 배운다거나 역사에 대한 이해를 넓게 한다거나 특정 주제에 대한 흥미를 유발하는 것은 흔히 있는 일이고 또 필요한 방법이다. 그러나 그 효과가 어디까지나 고전시가를 읽어내는 과정에서 자연스럽게 얻어지는 부수적인 효과, 즉 잠재

---

19) E.H.카, 『역사란 무엇인가』(박성수 역), 민지사, 2005.

적으로 일어나는 긍정적인 효과이어야 한다. 그리고 고전시가를 배우는 과정에서, 그렇게 의도하지 않은 여러 가지 효과가 나타나는 것은 자연스러운 일이고 또한 권장할만한 일이다. 그러나 그러한 목적이 우선하고 고전시가가 수단에 그치고 만다면 굳이 고전시가이어야 할 이유가 무엇인가 하는 본질적인 회의가 생겨날 수 있다. 해독상의 어려움을 넘어서 굳이 과거의 문학을 통해 윤리와 역사를 배우고 흥미를 유발할 까닭이 없기 때문이다.

이상의 논의를 종합해볼 때 '복종'이냐 '정복'이냐의 구분이나, 교육의 장에서 그와 비슷한 구도로 '고전시가의 교육'이냐 '고전시가를 통한 교육'이냐로 나눈 것은 일견 명쾌해 보이지만 현대 독자가 고전시가를 접하고 배우는 현상을 설명하는 데 한계가 있다. 이제 '고전시가의 교육'이냐 '고전시가를 통한 교육'이냐, 정복이냐 복종이냐는 식의 이분 구도를 넘어설 필요가 있다.

이런 관점에서 보면, 과거의 문학을 바라보는 시각이 결국에는 '역사적 관심'과 '현재적 관심' 둘로 수렴되며 이 두 시각의 공존이 작품에 대한 이해를 혼란스럽게 하기보다 오히려 더 풍요롭게 해준다고 한 성기옥의 관점[20]은 진일보한 면이 있다. 성기옥은 역사적 관심이 시학적 이해의 중심 통로라면 현재적

---

20) 성기옥, 「<공무도하가>와 한국 서정시의 전통」, 『고전시가 엮어 읽기 상』(박노준 편), 태학사, 2003, 19~44면.

관심은 창조적 이해의 중심 통로가 된다고 보고 두 시각에 따라 <공무도하가>를 해석함으로써 <공무도하가> 이해의 지평을 확장한 바 있다.

이 책에서도 역사적 관심과 현재적 관심, 복종과 정복, 고전시가의 교육과 고전시가를 통한 교육이라는 이분법을 넘어, 그 어떤 접근도 인식 주체가 개입한 현상으로 보고, 누가 고전시가를 인식하고 해석하는가의 문제, 구체적으로 교육의 대상으로서 고전시가의 무엇을 어떻게 인식할 것인가의 문제로 관심을 옮기고자 한다.

한편 새로운 관심을 발전시키는 데 최근의 연구 동향을 살피는 것이 도움이 된다. 이른바 '유산 산업'이 부각되면서 국내·외를 막론하고 문화 산업의 구도 속에서 과거의 유산에 중요한 가치를 부여하게 되었다. 자본주의적 기획의 선두에 서 있든, 그 기획의 음험함에 대해 폭로하고 비판하는 입장에 서 있든 간에, 과거를 어떻게 인식하고 구성할 것인가에 대해 진지하게 고민하기 시작했다. 그 과정에서 우리가 전통 혹은 과거의 유산이라고 받아들이는 것들의 실체에 대해 의심하게 되었고 과거를 인식하는 문제가 핵심 쟁점으로 불거져 나왔다. 국내에서도 우리가 과거의 유산이라고 여기는 것들이 상당수 '만들어진 전통' 혹은 근대가 만들어낸 또 하나의 권력임을 주장하면서 모더니티에 의해 전통을 발견하고 창조하는 과정에서 무수한 목소리들이 침묵하고 봉쇄되었음을 폭로하며, 보다 진전된 전통론을 위한 반성과 방향 탐색이 시도[21]되기에 이르렀다.

사실 교육의 장에 들어온 고전시가의 상당수 작품과 그 작품에 대한 교육 내용은 근대 이후 구성된 측면이 있다. 과거[전근대]에 기원을 둔 것이지만 근대에 발견되고 구성된 것이다. 그런 점에서 교육의 장에 자리 잡고 있는 작품 목록[정전 목록]과 교육 내용들, 그러한 수용의 이면에 자리하고 있는 담론의 기원을 살펴 그것이 어떤 상황에서 어떤 주체에 의해 구성된 것인지를 밝히는 것은 이 책에서 중요하게 다뤄져야 할 내용이 된다. 교육 내용과 담론의 기원을 살피고 특권화된 권위를 해체함으로써 다른 가치를 발견할 수 있을 때 고전시가 교육의 풍요로움과 다양성이 실현될 것인데, 이를 위해서는 새로운 접근 내지 대안 탐색도 필요하다.

이때 중요하게 전제해야 할 관점은 과거의 문학과 지금의 문학이 전혀 다른 이질적인 대상이라는 점이고 그 사이에는 어떤 우열도 있을 수 없다는 사실이다. '우열이 있을 수 없다'는 말은 고전시가 역시 고유한 특성을 지닌 인식의 대상으로 우리 앞에 존재한다는 말이다. 실증주의자들 역시 우열이 있을 수 없는, 객관적 실체로서의 과거를 현재의 의도와 관점을 철저하게

---

21) 임형택 외, 앞의 책(2010) 참고.

배제한 채 기술하고자 하였다. 그러나 카가 지적한 것처럼 과거는 역사가의 선택에 의해 발언권을 지닌다는 점[22]에서, 실증주의적 접근은 과거의 객관적 재연 가능성을 신뢰함으로써, 의도하지는 않았지만 근대적 기획으로서의 계보화되고 위계화된 접근과 가치 평가, 그에 따른 문학 지형의 구축과 유지에 기여한 면이 없지 않다.

고미숙의 지적처럼 "근대는 나머지 시대를 다 우열적으로 계보화하고 위계화"[23]한 점이 있다. 구체적인 예로 과거의 문학에서 근대의 문학으로 진화 발달해왔음을 은연중에 받아들이도록 한 면이 없지 않다. 그로 인해 사실상 과거를 극복함으로써 오늘날의 성취를 이룩했다는 식의 인식을 일상에서 확인하는 것이 어렵지 않게 되었다. 현대 독자가 과거의 문학을 만날 때, 가장 경계해야 할 태도가 바로 정복자의 시선이자 이러한 진화론적 관점이다. 그리고 이러한 시선의 해체가 바로 고전시가의 새로운 정체성과 그 가치를 드러내는 일의 시작이 된다.

② 타자로서의 정체성

고전시가가 고유의 특성을 지니고 우리 앞에 있다고 보는 관점은 과거를 낯선 나라로 보는 관점과 관련된다. 고전시가가 낯

---

22) E.H.카, 앞의 책 1장 참고.
23) 임형택, 앞의 책, 179면.

선 과거라는 관점은 고전시가가 고유의 역사적 토대 속에서 생겨난 낯선 타자이며, 타자로서의 정체성을 명확하게 인정하고 소통을 시작할 때 현대 사회를 풍요롭게 하는 자원일 수 있다는 생각과 연결된다. 그리고 자연스럽게, 학계와 교육계, 사회 일반에서 과연 과거의 문학이 지닌 타자로서의 정체성을 얼마나 인정하고 또 그 바탕 위에서 고전시가에 접근했는지에 대한 반성으로 이어진다.

과거가 낯선 나라라는 인식은 서구에서도 19세기에 획득된 관점[24]이다. 19세기 전까지만 해도 과거는 낯선 나라가 아니라 자신의 나라의 일부로 받아들여졌으며 현재의 기준에서 벗어난 과거는 미덕의 증거로 찬사를 받거나 타락의 징표로 비난을 받았다. 19세기에 이르러 과거를 낯선 나라로 인식하게 됨에 따라 낯선 나라를 보존하거나 재구성하려는 노력을 시도하게 되었고, 그 이후 과거는 우리들의 보존 방식에 의해 길들여진 낯선 나라로 존재하거나, 현재와 하나가 되었거나 현재에 삼켜져 사라진 나라로 존재하게 되었다.

짐작했겠지만 고전시가를 낯선 과거의 시가로 보는 관점은 현재의 시각과 관점을 내세워 고전시가의 정체성을 삼켜버리려는 접근이 아니다. 그보다는 그간의 선택과 재구성을 통해 만들

---

24) 데이비드 르웬델, 앞의 책 참고.

어진 고전시가의 표상에 대한 성찰의 관점이며 고전시가의 타자로서의 정체성을 인정하려는 접근이다.

이러한 접근은 사실 역사학뿐만 아니라 경관이나 풍경의 재연 혹은 발견의 문제를 다룬, 지리학 등 최근 인문학 분야에서 중점적으로 논의된 관점이기도 하다. 또한 모더니티의 논의에서 빠질 수 없는 문제적 시각이기도 하다. 구체적으로 국가나 민족이라는 것 또한 상상적으로 구성된 공동체라고 본 통찰[25]과 연결되는 논의들로, 오늘날 전통으로 불리는 모든 것들은 축소되거나 과장되거나 왜곡되어 존재하는 현대의 산물, 즉 인식 주체에 의해 해석되어 창안된 것이라는 관점[26]이나 공간과 장소의 창안을 문제 삼고 있는 시각[27]과 궤를 같이 한다.

창안이나 발견, 재구성이라는 말로 대변되는 이들 연구로 인해 우리는 단순한 호고(好古)주의적 관점이나 당위론으로 흐를 수밖에 없는 민족주의적 관점이나, 17~8세기 "거인의 어깨 위에 올라탄 난장이로서" 걸출한 선조들보다 더 먼 곳을 바라볼 수 있을 것이라는 관념에 따라 자리하게 된 낭만적인 인문주의를 넘어서, 과거 인식의 문제가 본질적으로 과거를 새롭게 구성하거나 창안하는 일임을 분명하게 알게 되었고 과거를 창안하

---

25) 베네딕트 앤더슨, 『상상의 공동체』(윤형숙 옮김), 나남, 2007년 7쇄.
26) 에릭 홉스봄 외, 『만들어진 전통』(박지향·장문석 옮김), (주) 휴머니스트출판그룹, 2010년 7쇄.
27) 에드워드 렐프, 『장소와 장소상실』(김덕현 외 옮김), 논형, 2005.

는 다양한 가능성을 탐색해 볼 수 있게 되었다.

고전문학을 인식하는 문제 또한 해석의 문제이자 구성의 문제이며 고전문학을 오늘날에 살려내는 창안의 문제이다. 특히 과거 유물이나 공간을 되살리는 문제에 초점을 둔 것이기는 하지만 다른 학문 분과에서 제안한 창안의 여러 사례들을 보면, 현대의 독자가 과거의 문학을 만나는 다양한 방식에 대해 의미 있는 시사를 얻을 수 있다. 재연(再演)으로부터 완전한 변형(變形)에 이르는 양극단 사이에 다양한 창안의 가능성이 자리하고 있으며, 그러한 다양한 가능성에도 불구하고 현대 독자가 고전문학을 인식하는 것은 고전문학에 대한 현재적 해석 내지 새로운 창안일 수밖에 없다는 점도 분명해졌다. '역사란 항상 미완의 열려진 것으로서, 우리가 거기에 실천적으로 참여할 때에야 비로소 그때그때의 사건이 된다'[28]는 점에서 고전문학 인식론 또한 교육의 관점으로 오늘날 고전문학 해석의 역사를 다시 쓰는 일이라고 할 수 있다.

③ 차이를 넘은, 과거와 현재의 만남

연속성을 지니는, 타자로서의 과거를 이해하는 것은 이전의 경험이나 존재 양식을 현재의 정신 활동으로 통합함으로써 과

---

28) 김창원, 「고전문학의 생활화에 관한 하나의 단상 : 鄕歌를 예로 하여」, 『문학교육학』 10호, 한국문학교육학회, 2002, 97면.

거를 개발하고 현재를 풍요롭게 하는 일이다. 이러한 행복한 만남이 주는 혜택과 가치에 대한 시사점은 T. S. 엘리엇으로부터 얻을 수 있다.[29] 사실 전통론의 상당수는 신비평과 함께 수입된 T. S. 엘리엇의 <전통과 개인의 재능>이라는 짧은 글에서 출발하였고 동시에 그 글로 귀결되었다[30]고 해도 지나친 말이 아니다. 그런 점에서 엘리엇이 미친 영향력은 크다고 할 수 있는데, 상당수의 전통론에서 엘리엇의 관점이나 언급을 끌어오고는 있지만, 엘리엇의 관점으로부터 고전시가를 포함한 과거의 문학을 인식하는 문제에 대한 시사점을 이끌어낸 경우는 찾아보기 어렵다.

엘리엇은 아류산을 만드는 촉매재인 백금의 비유를 들어 시인의 개성이 완전히 녹아들어야, 즉 몰개성의 상태에 도달해야 좋은 작품이 가능하며, 좋은 작품은 그 자체로 완전한 의의를 지니는 것이 아니라 예술사의 거시적인 질서를 다시 쓸 때 비로소 의의를 지닌다고 하였다. 우리는 시인의 가장 잘된 부분뿐만 아니라 가장 개성적인 부분까지도 과거의 시인, 즉 그들의 선배들이 심혼을 경주한 부분임을 잊지 않아야 하며, 따라서 괴

---

29) <전통과 개인의 재능>은 물론이고 <비평의 임무>나 <고전이란 무엇인가> 등의 짤막한 다른 글들과 엘리엇의 비평 및 시작 활동에 대한 여러 논문들을 살펴보았다. 이창배 편집, 『T.S. 엘리엇 문학비평』, 동국대 출판부, 1997. 심명호·노저용 편, 『T.S. 엘리엇을 기리며』, 도서출판 웅동, 2001.
30) 이상숙, 「1950년대 전통 논의에 나타난 '저항' 연구」, 『현대문학이론연구』 25집, 현대문학이론학회, 2005.

벽을 부려 새로운 인간 정서를 표현하려고 하기보다 일상의 정서를 사용하되 조금도 현실 정서가 들어있지 않는 감정을 표현하려 해야 한다고 하였다. 개성과 정서의 소유자라야 개성과 정서로부터 도피를 시도할 수 있고 개성과 정서로부터 도피해야 작품이 곧 예술품이 된다는 것이다.

나아가 엘리엇은 몰개성의 문학, 과거와 현재가 동시에 실현되고 있는 원숙한 문학은 역사를 배경으로 하며, 창작이란 전통 [과거 문학에서 실현된 집합적 개성]과 당대의 독창성 사이의 무의식적인 조화를 유지하는 데서 이루어진다고 보았다. 엘리엇에게 역사나 과거, 과거의 문학은 단순한 연대기가 아니라 새로운 창작을 가능하게 하는 각양각색의 원고와 서책의 축적인 셈이다.

이러한 엘리엇의 전통론은 보편과 특수, 개인과 역사의 관계에 대한 쟁점들을 모두 담고 있으며 그에 대한 깊은 통찰을 보여준다는 점에서 주목을 끈다. 보수주의자 혹은 신비평의 기수 등의 수식어가 따라붙기도 하지만, 장정호가 지적한 것처럼[31] 엘리엇은 "위대한 이민자"이자 "담장에 걸터앉아 언제나 양쪽을 바라보는 포월(包越)하는 니체의 초인"이며 상호텍스트적인 대화주의자로서 고전을 어떻게 인식할 것인가와 관련하여 여러 '문제틀'을 제안한 사람임이 분명하다.

---

31) 장정호, 「T. S. 엘리엇 비평의 대화적 상상력」, 『T.S. 엘리엇을 기리며』(심명호, 노저용 편집), 도서출판 웅동, 2001.

엘리엇이 논의한 고전문학의 개념이 '오래된 것(antique)'보다는 '전범(classics)'이나 '정전(cannon)', 그 중에서도 특히 '전범'에 가까운 개념이라 이 책에서 논의하고 있는 고전시가에 꼭 맞는 것은 아니다. 그래서 엘리엇의 전통론을 그대로 받아들이는 것은 무리가 있다. 또한 엘리엇의 전통론이 세계 대전 전후 서구 문명의 몰락과 와해가 시작되는 시점에서 나온 시대의 산물이자 '배반당한 유목민'으로서의 독특한 개인사에서 나왔다는 사실32)도 선뜻 엘리엇의 논의를 받아들일 수 없는 이유가 된다.

그러나 그러한 제한점에도 불구하고 재능을 지닌 시인이자 비평가로서 과거의 문학이 창작과 비평에 관여하는 대화적 양상을 포착해 냈다는 점에서 엘리엇의 전통론은 아직까지 유효하다고 생각한다. 보편과 특수, 전통과 개성과의 관계에 대한 통찰은 여전히 오늘날의 우리에게도 시사하는 바 적지 않다.

문학이 삶과 연관된다고 할 때 삶의 역사적 조건이 달라짐에 따라 문학 또한 다른 모습으로 전개될 것은 자명하다. 가령 향가의 작가는 전문적인 직업인으로서의 작가가 아니며, 향가는 말이 곧 실재일 수 있었던 시대에 주술적인 기능을 수행했던 노래이다. 반면에, 근대에 이르러 작가는 일반대중이 아니라 독자들과 자신의 동료들, 즉 문학적 문제에 관심을 갖고 그것에

---

32) 자세한 내용은 다음 논문을 참고할 수 있다. 장정호, 앞의 논문 참고.

종사하는 사람들을 위해서 글을 쓰게 되었고, 동시에 생산적인 자신의 계급에서 벗어나 비생산적인 작업, 무용성의 작업을 시작하게 되었다.[33] 이렇듯 다른 상황 속에서 나온 향가와 근대 작품이 서로 다른 문학적 관습에 기대고 있는 것은 당연하다. 나름의 역사적 상황 속에서 문학적 대응의 방식으로 생겨난 서로 다른 특성들을 '특수성'이라고 명명한다면, 앞서 잠깐 언급한 것처럼 특수성은 '특이성'의 개념이 아니라 '역사성'의 개념으로 접근해야 하며 정확히 말하면 '역사적으로 형성된 지배적 특성' 정도의 의미를 가질 것이다.

과거의 시가에 대한 인식, 내지 교육은 이러한 특수성을 인식하는 것으로부터 시작해야 한다. 어느 작가, 어느 시기, 어느 장소에 지배적으로 드러나는 특성이 있기 마련이고 그것이 문학적 관습으로 자리하게 되는 바, 그러한 문학적 관습의 실체를 규명하는 것으로부터 문학 작품에 대한 이해가 시작되기 때문이다. 여기서 기억해야 할 것은 관습이 역사적 산물이라는 사실과 우리 역시 우리 시대의 관습을 가지고 문학을 대한다는 사실이다. 이렇게 우리 시대 문학적 관습에 의해 형성된 관점과 접근 방법의 실체에 대해 인식할 때 다른 시대의 문학적 관습에 대해 열린 태도를 취하는 실천이 가능해진다.

---

33) 오생근, 「문학제도의 시각과 위상」, 『현대비평과 이론』, 창간호, 1991, 46면.

전통으로서의 문학적 관습의 실체를 파악하려 할 때도 이러한 태도가 요구된다. 내가 바라보고 있는 렌즈(관습)의 방향과 성격을 파악하고 다른 렌즈의 눈으로 세상을 바라볼 수 있을 때 고전시가의 특수성을 인식할 수 있기 때문이다. 현대시와 다른 관습에 기대고 있는 고전시가의 실체를 오늘날의 관습으로 재단하지 않을 때 고전시가의 특수성 자체를 온전하게 파악할 수 있는 것이다.

그러나 특수성이 특수성으로 끝난다면 그것은 문제가 된다. 관습의 상대성을 인식하고 고전시가의 관습의 실체를 파악한 다음에는 반드시 그러한 특수성을 보편성 속에 편입시키는 과정이 뒤따라야 한다. 즉, 향가의 지배적인 관습의 실체를 밝혀내고 그것이 오늘날의 삶의 다양한 국면에서 나타남을 확인할 수 있다면, 그것이 곧 다양한 삶의 모습을 인식하게 해주는 원리로서의 전통의 실체인 것이다. 그 과정 속에서 전통의 실체가 보다 분명해지고 전통의 가치 역시 창출된다.

이상의 논리가 향가의 지배적 특성, 곧 역사적 특수성을 파악한 후 그것을 오늘날의 언어 표현 및 문화와 연결 지어 이해해야 한다는 말로 받아들여진다면 그것은 오해다. 또 엘리엇의 탁월한 통찰과도 거리가 멀다. 외적 유사성이나 관련성을 찾아 연결하는 물리적 단계가 필요하다고 주장하는 것이 아니라 고전시가의 특수성을 이해할 때 일어나는 화학적 작용에 주목한 것이다. 향가의 역사적 특수성에 대한 이해가 깊어지다 보면, 저절로 오늘날 나의 언어 생활이나 삶에 대한 구체적인 자각 및 보편적인 이해가 도달하게 된다는 점을 지적한 것이고, 교실에서의 향가에 대한 이해 수준이 그러한 화학작용이 일어나는 단계에까지 이르러야 함을 밝힌 것이다. 그런 점에서 엘리엇은 우리 교육이 지향해야 할 고전시가 이해의 심급에 대해서도 시사점을 제공해준다.

덧붙여 엘리엇의 통찰은 특히 새로움이나 기이함을 표 나게 추구하는 경향이나 기호에 맞는 어느 부분을 취하고 마는 정복주의적 시선을 반성적으로 성찰하게 하는 데도 의의가 있다. 자본주의 사회, 부가가치를 창출하라는 요구 앞에서 날로 천박해지고 있는 이해의 수준과 심급을 고려해볼 때, 새로운 것, 개성만을 추구하는 것이 오히려 개성적이지 않은 조악한 작품을 낳는다는 통찰, 보편성에 귀의하려고 노력하고 고전문학의 역사에 대해 깊이 이해하려고 할 때 오히려 원숙하면서 개성적인 작품과 창작이 가능하다는, 엘리엇의 통찰은 여전히 유효하다고 하겠다.

결국 낯선 나라, 타자로서의 고전시가의 정체성[역사적 특수성]에 대한 인정에서 출발하여, 고전시가에 대한 깊이 있는 이해가 "당대의 독창성과 무의식적인 조화"를 이루었을 때 결국에는 개성적인 작품의 창작과 수용도 가능하다고 결론내릴 수 있다.

3) 〈접근 방법〉 타자와의 시공간적 거리에 대한 인식

이상으로 '개성과 전통'에 대한 엘리엇의 통찰로부터 타자로서의 고전시가[전통]가 현대 독자들의 개성과 무의식적으로 조화를 이룰 때 창의적인 언어 활동 및 문화 창달이 가능하다는 결론에 도달하였다. 이제 무의식적인 조화를 이루기 위하여, 고전시가의 무엇을 어떻게 인식할 것인가 하는 숙제가 남게 된다.

교육의 장에서는 현대 독자와 과거의 문학과의 시공간적 거리에 대한 통찰로부터 이 문제에 대한 탐구를 시작했다. 고전문학 연구자이든 고전문학교육 연구자이든 간에 시간적 거리를 무릅쓰고 고전시가를 연구하거나 배워야 하는 이유를 스스로 분명히 해야 했고, 시간적 거리로 인해 인식의 어려움에 직면한 학생들이나 일반인들을 조력하고 교육해야 할 책무가 있기 때문이다.

사실 시공간적 거리감에 대한 인식은 현대의 독자가 고전문학을 이해하려고 할 때는 물론이고 심지어 현대의 독자가 동시대의 문학을 이해하고자 할 때도 어김없이 등장하는 인식론의 문제이다. '어떤 것'이 인식의 대상으로 불려오는 순간, 그 '어떤 것'은 발생 맥락에서 분리되어, 전혀 다른 맥락 속에 있는 인식 주체 앞에 낯선 것으로 놓이게 되기 때문이다. 따라서 교육을 논하거나 실천하려고 할 때는 늘 이러한 '시공간적 거리'

와 그로 인해 비롯된 인식 상황이나 조건에 대한 깊이 있는 이
해가 전제되어야 한다. 그러나 현대문학이든 고전문학이든 독
자와 문학이 만났을 때 발생하는 보편적인 문제와 현대 독자가
'고전'문학을 만났을 때 발생하는 특수한 문제를 구별하여, 체
계적으로 논의하는 것도 필요하다. 보편과 특수를 아우르면서
도 분별하는 시각이 필요한 것이다.

　거듭 말하지만 고전시가 연구 및 교육은 고전시가가 과거의
문학이라는 사실에 대한 인정과 이해로부터 시작될 수밖에 없
·다. 특히 고전시가 교육을 논할 때는 과거의 문학이 현대의 독
자들에게 어떤 의미를 지니는지에 대한 물음과 현대 독자가 어
떻게 과거의 문학에 접근할 것인가의 문제를 피해갈 수 없다.
그런 점에서 고전시가를 포함하여 고전문학 교육 연구는, 현대
독자와 과거 문학 사이의 시공간적 거리에 대해 성찰함으로써
고전문학의 교육적 대상화 혹은 현재화의 방향을 탐색하는 논
의로부터 시작되었다고 해도 지나친 말이 아니다. 그리고 교육
이 늘 새로운 가치를 발견하고 공유하는 진행형의 기획이라는
점에서, 교육적 대상화의 문제 역시 어느 시점에서 정리되거나
종료될 수 있는 것이 아니라, 늘 새롭게 시도되어야 하는 진행
형의 논의라고 할 수 있다.

　교육적 인식론, 즉 교육적 대상화의 문제를 탐구하는 이 책
에서는, '교육'이라는 목적을 앞세움으로써 작품이나 장르에 대

한 새로운 이해가 가능하다고 보고, 구체적으로 교육의 눈 혹은 시선에 따라 고전시가를 다시 조망함으로써 고전시가 장르 혹은 개별 작품에 나타나는 지배적인 특성을 새롭게 읽어내고 교육 내용으로 제안하고자 한다. 어쩌면 이 책은 현대 독자인 필자가 과거의 시가를 만난 경험을 바탕으로 그 경험에 대해 성찰한 결과를 쓴 보고서이자 만남의 경험에서 얻은 지혜를 바탕으로 새로운 만남을 주선하고 매개하려는 작은 노력이라고 할 수 있다.

고전문학교육 연구의 장에서 현대 독자가 과거의 문학을 어떻게 바라볼 것인가의 문제에 대한 논의는 크게 1) 고전문학의 현재적 가치에 대한 탐구와, 2) 그 가치에 도달하기 위한 접근 관점 및 방법에 대한 탐구로 대별된다. 1)은 시공간적 거리를 지니는 과거의 문학인 고전문학이 오늘날 어떤 가치와 의미를 지니는지에 대한 논의라는 점에서 가치론이나 내용론에 가깝다고 할 수 있고, 2)는 시공간적 거리를 넘어서 고전시가의 가치에 도달하기 위한 접근의 관점과 방법에 대한 논의라는 점에서 방법론에 가깝다고 볼 수 있다.[34]

1)과 관련된 논의를 시작한 연구자는 김대행[35]으로, 이에 대

---

34) 고전시가의 가치에 대한 인식이나 발견이 그 가치에 도달하기 위한 방법론에 대한 고민으로 이어질 수밖에 없고, 고전시가에 대한 접근 방법이 고전시가의 가치에 대한 인식을 전제로 할 수밖에 없지만, 논의의 초점이 어디에 있느냐에 따라 1), 2)로 구분하는 것은 가능하다.

해서는 앞 장에서 잠깐 언급한 바 있다. 요약하자면 김대행은 지금 우리의 언어 문화보다 훨씬 더 근원적이고, 체계화가 용이한 정태적 실체이며, 필연적으로 역사적 결과36)라는 점에서, 고전문학이 그 자체로 역사적 실체로서의 교육적 가치를 지님과 동시에 이론에 기반을 둔 교육(theory based education)의 설계에 용이한 자료일 수 있다고 주장하였다.

김대행은 역사적 특수성을 지니는 타자로서의 존재 의의와 가치를 적극 인정함과 동시에 한걸음 더 나아가 국어 교육 이론 생산의 자료로서의 가치를 '발견'함으로써 결과적으로 고전문학의 현재적 가치와 의미를 확장하였다. '낯설고 새로운 것',37) '고전은 고전이다'38) 등의 말로 대변되는 고전시가의 역사적 특수성에 대한 인정에 바탕을 둔, 인문적 관점이 지배적인 상황에서, 국어활동의 보편성에 주목하여 고전문학으로부터 오늘날 국어활동의 원리와 기제에 대한 이해를 도모하고자 했다는 점에서 고전문학에 대한 접근의 관점과 방법을 확장한 공(功)이 있

---

35) 김대행, 앞의 책(1995) 참고.
36) 과거의 귀중한 속성들로 데이비드 로웬델이 언급하고 논의한 내용과 상통한다. "시간적으로 앞섬, 근본적임, 오래됨, 연속성과 누적 관념, 종료, 즉 과거는 끝났고 그렇기 때문에 현재와는 달리 요약이나 요점 정리가 가능하다고 보는 사실이 있다." 데이비드 로웬델, 앞의 책, 22면. 150~175면.
37) 서인석, 「고전산문 연구와 국어교육」, 『국어교육』 107호, 한국어교육학회, 2002, 31~56면.
38) 정병헌, 『한국고전문학의 교육적 성찰』, 숙명여자대학교, 2003.

다고 하겠다. 고전문학의 가치에 대한 새로운 발견은, 교과교육 전공자들을 중심으로 국어교육 이론 생산 및 실천의 자료로서 고전시가 장르나 작품의 가치를 발견하고 구성하는 논의로 이어졌으며, 그러한 연구 방향이 고전문학교육, 나아가 문학교육 연구의 한 흐름으로 자리잡기에 이르렀다.[39]

한편 현대 독자가 과거의 문학인 고전시가에 어떻게 접근할 것인가의 문제, 즉 2)와 관련된 논의는 김흥규[40]에 의해 촉발되었다. 김흥규가 메마른 고증학과 지식 위주의 압도로부터 벗어남과 동시에 고전문학의 역사성을 경험할 수 있는 접근 방법으로 '역사적 이해의 원근법'을 제안한 이래, '문학사적 의미망'이라는 개념[41]이 제안되었고, 이질성을 보편적 동질성으로 환원

---

39) 김대행이 국어교육 이론 설계를 위한 자료로 문학에 주목한 것을 두고, 문학을 언어기능 교육을 위한 자료로 축소하였다는 비판(조세형, 박경주 등)이 제기되기도 하였다. 그러나 필자는 그것이 문학의 축소가 아니라 확장이라고 본다. 고전문학 고유한 인문적 가치와 역할을 인정함과 동시에 국어활동 자료로서의 새로운 역할과 의미를 부여했다는 점에서 고전문학의 확장이라고 보는 것이다. 여러 연구자들이 그러한 확장적 시도에 동참함으로써 문학, 구체적으로 고전문학을 자료로 삼아 표현과 이해의 원리 및 국어현상에 대해 통찰을 얻으려는 연구 경향이 지금까지 이어지고 있다. 자세한 사항은 다음 논문을 참고할 수 있다. 조세형, 앞의 논문· 박경주, 앞의 논문· 서인석, 앞의 논문 참고. 염은열, 「고전시가 연구 및 고전시가 교육 연구에 대한 비판적 고찰」, 『고전문학과 교육』 제18집, 한국고전문학교육학회, 2009. 염은열, 「<국어국문학>을 중심으로 본 국어교육 연구의 흐름과 과제」, 『국어국문학』 160호, 국어국문학회, 2012.
40) 김흥규, 「古典文學 교육과 歷史的 理解의 원근법」, 『현대비평과 이론』 봄, 한신문화사, 1992.
41) 박경주, 「고전문학 교육의 연구 현황과 전망」, 『고전문학과 교육』 1집, 한국고전문학교육학회, 태학사, 1999.

해 버리는 '줄 긋기식 전통론'에 대한 비판과 대안 모색이 있었는가 하면,[42] '초시대적 정태적 관점 외에 역사성과 계급성의 관점'이 더해져야 한다는 지적도 있었고,[43] 시공간적 거리감의 실체에 대해 논의함으로써 고전 리터러시에 이르는 접근 방법을 제안하기도 하였으며,[44] '문학사적 구도'라는 개념 또한 제안되었다.[45]

이상의 논의를 통해 고전시가가 '민족문학'일뿐만 아니라 '낯선 나라'임을 또한 인정하게 되었고 현대 독자가 과거의 문학을 만나려고 할 때 제기될 수 있는 인식론적 문제에 주목하게 되었다. 고전문학이 민족문학으로서의 동질성뿐만 아니라 이질성 또한 지닌다는 점을 명확하게 인식하게 되었고 이질적인 문학을 인식할 때 겪는 어려움의 실체를 탐구하기 시작하였으며 낯섦과 어려움에도 불구하고 고전문학을 배워야 하는 까닭과 접근 방법이 보다 본격적으로 논의되기 시작했다. 이러한 일련의 연구사적 흐름 속에서 '역사적 이해의 원근법'과 '시공간적

---

42) 염은열, 「시교육과 고전-韓國詩(歌)傳統教育의 방향」, 『현대시교육론』(김은전 외), 시와시학사, 1996.
43) 조세형, 「문학문화 논의와 문학교육의 방향」, 『고전문학과 교육』 제5집, 한국고전문학교육학회, 월인, 2003.
44) 조희정, 「고전 리터러시의 '시공간적 거리감' 연구」, 『국어교육』 119호, 한국어교육학회, 2006.
45) 고정희, 『고전시가 교육의 탐구-시공간적 거리감, 전유, 정서를 중심으로』, 소명출판, 2013.

거리감', '문학사적 구도'라는 개념들이 특히 고전시가를 어떻게 인식할 것인가의 문제를 다루는 데 유용한 시사점을 제공해 주었다.

김흥규는 고전문학이 타자이되 오늘날의 우리와 역사적으로 연결되어 있는 타자임을 전제한 후, 타자와 나의 관계를 투항(投降)과 정복(征服)이라는 이분법[46]을 넘어서 소통 교섭의 관계 맺음이 필요하며 그러한 관계맺음을 위하여 '역사적 이해의 원근법'이라는 제3의 시각이 요구된다고 하였다. 역사적 이해의 원근법이란 "고전문학을 그 시대적 문화적 지평과 더불어 이해하고 가르친다."는 것으로 "고전문학 속에 체현된 인간 경험과 그 표현의 동질(근접)성, 시대적 차이, 그리고 과거로부터 현재에 이르는 변화 속에서의 역사적 연계성의 이해"를 추구해야 한다고 하였다. 이러한 '역사적 이해의 원근법'이라는 개념은, 타자로서의 고전시가의 존재에 대해 인식하게 하고 인식의 문제에 대한 논의를 촉발했다는 점에서 의미가 있다.

그러나 제한된 자료를 가지고 일관된 해석 서사를 만들어내야 하고 그 과정에서 과감한 추리를 할 수밖에 없다는 점에서

---

46) 김흥규는 전자가 끊임없이 고증 주석의 향불이 타오르는 경배의 태도와 관련되고, 후자는 그것을 과거성으로부터 분리하여 오늘날 사람들의 경험 수준 및 의식의 틀에 따라 자유로이 요리하는 것과 관련된다고 하였다. 그리고 이 둘을 문학교육의 투항주의적 접근과 신비평류의 정복주의적 접근이라고 명명하였다. 김흥규, 앞의 논문 참고.

고전시가를 그 시대의 문화적 지평 속에서 이해하는 것은 말처럼 쉽지 않다. '원근법'이라는 말을 통해 인식 주체의 존재를 인정하였지만, 역사적 이해의 원근법의 실체인즉, 당대의 사회 문화적 맥락 속에서 작품의 의미를 충실하게 밝혀내고 문학사적 의미를 따지는 역사주의적 비평과 본질적으로 다르지 않아 보인다. 덧붙여 고정희의 지적처럼[47] 현대 독자가 처해 있는 물음을 원천봉쇄하는 한계를 지니고 있다.

이러한 한계는 '지금-여기'를 또한 중시하는 조희정의 관점에 의해 보완되었다. 조희정[48]은 '시공간적 거리감'이라는 개념을 전면에 앞세움으로써, 시공간적 거리감이 시간적인 거리감이 아니라 '지금-여기'에 있는 현대 독자들에게 감지되는 '낯섦'의 문제임을 명확하게 하였다. 우선 조희정은 지금까지 학교에서 <도산십이곡>의 이질성이 동질성으로 치환되거나 '나'와 다른 객체적 수준으로 간주되었다고 비판하고 이질성을 긍정적으로 체험할 수 있도록 교육적 기획이 고안되어야 한다고 주장하였다. 시공간적 거리와 그로 인해 발생한 인식의 어려움과 관련하여 이질성 자체가 교육적 의미를 지니는 바 이러한 점이 교육의 장에서 고려되어야 한다는 것이다. 낯섦의 실체나 그 낯섦이 지니는 교육적 가치와 그 가치에 도달하는 방법에 대한

---

47) 고정희, 앞의 책 참고.
48) 조희정, 앞의 논문 참고.

탐구의 필요성을 제기하고 탐구와 논의의 실마리를 제공해주었다.

시공간적 거리감을 인정하는 바탕 위에서 낯섦을 극복하기 위한 방법으로 고정희는 '문학사적 구도'라는 개념을 제안하였다. 이전에 박경주가 '문학사적 의미망'을 제안하였고[49] 조세형이 '문학사 교육'을 제안하는 등[50] 고전시가의 역사성을 강조하는 연구자들이 대안으로 제안한 것이 '문학사' 개념인데, 고정희는 문학사가 아니라 문학사적 구도라는 개념을 제안하여, 문학사 교육의 필요성을 주장한 기왕의 논의와도 차별화를 시도하고 있어 흥미를 끈다.

고정희는 대중가요를 '문학사적 구도'로 접근함으로써 현대의 독자들이 고전시가와의 역사적 연계성을 발견할 수 있다고 하였다. 구체적으로 고전시가가 현대의 대중가요에까지 흔적을 남기고 있는 모습을 재구하여 학습자들에게 제시하는 수업을 구상하고 이를 문학사적 구도를 활용한 고전문학교육이라고 명명하였다. "학습자 스스로 고전문학과 자신과의 연결 고리를 찾을 수 있도록 적절한 교수학습 방법이 안내"[51]된다면, 학습자들 역시 연구자처럼 고전문학과 자신과의 연결 고리를 찾을

---

49) 박경주, 앞의 논문 참고.
50) 조세형, 앞의 논문 참고.
51) 고정희, 앞의 책, 21~22면.

수 있다고 하였다. 그러나 문학사적 구도라는 것이 학습자들이 고전시가를 인식하려 할 때 어떻게 작동하는 것인지 분명하게 파악되지 않는다는 문제가 있다.[52] 문학사적 구도가 무엇이며 어떻게 작동하는지도 애매할 뿐만 아니라 고전시가의 흔적을 누가 어떻게 재구할 것인가 하는 보다 근본적인 문제가 남게 된다. 그러나 타자로서의 과거의 문학이 지닌 가치를 인정하고 잠행성 혹은 가시적 유산으로 남아 있는 고전시가의 현재적 존재 양상까지 파악하려 한 점은 의의가 있다.

'역사적 이해의 원근법'이나 '시공간적 거리감', '문학사적 구도' 등 제안한 개념이 다르고, 세부 주장의 내용 또한 차이가 나지만, 이들 교육적 대상화와 관련된 논의들에서 명시적으로 주장하거나 암묵적으로 전제하고 있는 공통된 관점을 찾아내는 것은 가능하다. 대체적으로 고전문학이 오늘날의 문학이 아니라 '과거의' 문학이라는 사실을 인정하는 데서 논의를 시작하였다. 그리고 고전시가가 오늘날과 다른 역사적 토대, 즉 당대의 문화적 관습과 생산 및 향유 맥락에서 기인한 고유한 특징과 질을 가지고 있는바 과거의 문학이 지니고 있는 이러한 고유한

---

52) 이는 학습자가 연구자의 탐구 과정을 재연함으로써 문학사적 구도를 익히고 그에 따라 작품에 대한 이해를 깊게 할 수 있다는 논리로 해석된다. 필자 역시 이러한 관점에 따라 연구자가 자신이 어떤 작품이나 장르를 학습해나간 경로나 과정에 대해 성찰하는 내관법이 교육 내용과 방법을 구체화하는 데 유용하다고 주장한 바 있다.

특징과 질이 바로 만남의 어려움을 야기하는 요인이자 동시에 교육적·현재적 가치를 지니는 특수성이라는 점에 대해서는 암묵적으로 동의하거나 합의하고 있음을 확인할 수 있다.

그렇다면 고전문학 교육 연구의 초점은 과거의 문학이 지닌 고유한 질과 특성, 가치를 밝혀내고 그렇게 밝혀낸 것을 현대 독자들 및 후속 세대들과 공유하기 위하여 실천을 기획하는 일이 될 것이다. 그런데 아직까지 고전시가 교육 연구를 통해 과거의 문학이 지닌 고유한 질과 특성 및 가치가 밝혀지고 교육적·사회적 공증을 받은 사례를 찾아보기는 어렵다.

교육 연구의 대부분이 교육과정이라는 제도나 현실에 추수되는 경향을 보이고 있고 전문화·세분화의 미명 아래 지엽성과 고립성을 보이고 있으며 그나마도 공론의 장이 활발하게 작동하고 있지 않은 상황이다. 그로 인해 고전문학의 교육적 대상화와 관련하여 암묵적으로 합의한 사실에 근거하여 고전시가 교육의 내용을 새롭게 제안하는 데까지는 이르지 못했다. 시공간적인 거리에서 비롯된 차이를 인정하고 기왕의 관점과 접근 방법에 대해 비판적으로 성찰함으로써 새로운 연구 방법이나 접근 방법을 탐색하기보다는 여전히 관행에 따라 연구를 진행하고 있는 상황이다. 그러니 고전시가 교육 연구가 교육의 대상으로서의 '무엇'을 발견하고 그 결과를 공론화하여 교육적 합의나 공준을 이끌어냄으로써 학교 안과 바깥에서 이루어지는 교육에 실질적인 영향을 미치는 것 또한 미미한 상황이다. 교육 연구의 역사가 축적되어 감에도 불구하고 배우고 가르치는 일의 변화나 개선은 거의 일어나지 않고 있는데 이는 문제가 아닐 수 없다.

이에, 이 글에서는 여러 논자들이 합의한 최소한의 사실만을 전제한 후 교육적 대상화의 문제에 대해 다시 탐구해보려 한다. 지금까지 우리가 교육의 장에서 어떤 눈 혹은 시선으로 고전시가를 바라봤는지 살펴봄으로써, 고전시가 교육 연구 및 실천의 현재를 확인한 후, 교육의 '눈' 혹은 시선의 실체가 무엇인지 고전시가 읽기 및 교육에 어떤 이로움을 줄 수 있는지도 논의해보려고 한다. 교육의 '눈'으로 고전시가 작품이나 장르를 바라봄으로써 그 작품이나 장르에 나타나는 지배적인 특징을 새롭게 발견하고 그 가치를 명확하게 드러냄으로써, 교육의 눈으로 작품이나 장르에 대한 새롭고도 의미 있는 읽기가 가능함을 보여주고자 한다. 그리고 그렇게 읽어낸 관점과 내용이 고전시가 교육의 목표를 명확하게 하고 내용을 확충하는 데 기여함을 보이고자 한다.

눈 혹은 시선이라는 개념은 세계관이나 관점(perspective), 시점(point of view), 심리학에서의 시선(graze) 등을 모두 포괄하는 다소 느슨한 개념이다. 전통론 등 고전시가의 계승적 가치를 염두에 둔 연구나 학교교육이라는 구체적인 장을 염두에 둔 논의가 적지 않지만 고전시가를 바라보는 연구의 관점 자체를 문제 삼거나 명확하게 인식하고 있는 경우는 드물었다. 교육적 관점에 대해 명확하게 개념을 규정하고 시작하는 논의들도 찾아보기 어렵다. 이런 상황을 감안해볼 때, 교육의 눈 혹은 시선이라는 다소 포괄적인 개념이 어쩌면 연구 및 논의의 성과들을 포괄하면서도 새로운 접근의 실체를 구성하는 데 적절하다고 보았다. 한편 눈이나 시선이라는 개념은 인식 대상을 객관화하여 바라보게 하면서도 동시에 시선의 주체인 연구자들의 존재를 환기한다는 점에서도 유용하다고 보았다.

인식 주체의 시선이란 결국 인식 주체가 보는 것을 통해 확인할 수 있다는 점에서 무엇을 보는가의 문제에 다름 아니다. 이런 관점에서 지금까지 우리가 고전시가의 무엇을 선택하여 어떻게 가르쳤는지 그 문제점이 무엇인지 살펴보고, 나아가 교육이라는 목적 의식 혹은 교육적 눈 혹은 시선으로 고전시가의 가치와 의의, 내용 등에 대해 새롭게 제안해보려 한다.

시각은 인간과 세계를 맺어주는 가장 신뢰할만한 매개로서 서구 인식론에서 주도적인 역할을 감당했으며 주체와 객체와의 거리를 강조했던 근대 철학의 핵심적인 특성을 보여주는 메타포이다.[53] 불어 'savoir(알다)'라는 말속에 'avoir(소유하다)'는 말이,

---

53) 권상옥, 「의학적 시선에서 기술적 시선으로」, 『의철학연구』 7호, 한국의철학회, 2009, 65면. 브르넬스키가 원근법을 제안했지만 회화의 이론으로 정립한 사람은 알베르티인데, 그는 실재하지만 감지할 수 없는 것은 존재하지 않는 것으로 간주하는 방향으로 원근법을 발전시켰다. 보이는 것에 대한 집착이 원근법으로 구

'avoir' 속에는 'voir(보다)'라는 말이 들어 있는 것처럼, 보는 것은 아는 것, 그리고 소유하는 것과 밀접하게 연관된다. 고전시가의 교육적 대상화의 문제 또한 고전시가의 무엇을 보는 차원을 넘어서 우리 사회가 고전시가를 알고 소유하는 문제와 밀접하게 관련된다는 점에서, 이 책에서의 시도는 고전시가를 우리 시대에도 유용한 텍스트로 다시 불러내고 창안하는 일이라고 할 수 있다.

현대 독자와 고전시가의 만남은 사실상 현대 독자들로 하여금 고전시가를 알고 소유하게 하는 일이며, 그런 점에서 고전시가 작품을 새롭게 해석하는 창조적인 행위가 된다.

체화되었는데, 눈에 보이는 대로 혹은 실물 그대로 그린다는 회화에서의 사실주의 정신의 발현은 주체와 객체의 거리와 관계 맺음에 주목하는 근대적 특징을 잘 보여준다.

제2부
고전시가 인식의 역사

1. 전통으로서의 발견과 구성

2. 교육 담론으로서의 선택과 재생산

3. 근대적 시선에 따른 특권화와 배제

전통으로서의 발견과 구성

1) 전통론의 전개와 영향

전통론을 교육적 인식론의 차원에서 조망한 연구나 전통론이 학교교육의 장에 어떻게 받아들여져 어떤 영향을 미쳤는지를 본격적으로 논의한 연구는 아직까지 없었다. 잘 알려지다시피 전통론은, 새로운 민족 문학 건설을 위한 재건과 탐색의 시기인 1950년대와 비평론과 비평 활동이 활발했던 1960년대에 논쟁의 중심에 있었다. 그리고 1990년대 이후부터 꾸준히 여러 논자들[1]이 1950~60년대의 전통론에 대한 비판적 고찰을 시도해

---

1) 신동욱, 「전통의 문제」, 『한국문학 연구 입문』, 한길사, 1990. 김창원, 「전통 논의의 전개와 의의—50~60년대 전통론의 향방」, 『한국 현대시사의 쟁점』, 시와 시학사, 1992. 신두원, 「전후비평에서의 전통 논의에 대한 시론」, 『민족문학사연구』 9권, 민족문학사연구소, 1996. 홍성식, 「1950~60년대 전통 논의 연구」, 『한국문예비평연구』 제7집, 한국현대문예비평학회, 2000, 257~295. 이상숙, 「1950년대 전통 논의에 나타난 '저항' 연구」, 『현대문학이론연구』 25집, 한국현대문학이론연구

왔다. 그러나 어디까지나 관심의 초점은 구성된 전통의 실체와 전통 논의의 관점 및 그 향방에 놓여 있었으며 고전문학을 교육의 대상으로 인식하는 문제에 놓여 있지는 않았다.

1950~60년대 전통론을 정리하자면, 서영채의 말처럼 '전통'이라는 주어가 '부재', '단절', '계승', '극복'과 같은 다양한 술어들을 거느리는 식이었고 논의의 귀결은 대부분이 당위적인 형태로, 곧 새로운 전통을 창조하여 한국문학을 발전시켜야 한다는 데로 수렴되었다.[2] 주어인 전통은 실상 '기의가 거의 없는 기표', 즉 '빈 중심'이었지만 그럼에도 불구하고 확고한 지위를 확보하고 있었다. 그래서 논의의 초점은 무엇이 전통인가의 문제, 즉 전통의 발굴에 놓여졌고, 누가 왜 전통을 말하는지 등 전통 논의의 관점과 역사적 맥락에 대한 성찰이나 질문이 허용되지 않았다.

그런데 당시에 발굴된 '전통'이 고전시가 교육의 지배적인 내용이자 관점으로 오늘날에도 여전히 자리 잡고 있어 주의를 요한다. 그 자체로 극복의 대상이라고 말해질 정도로 '민족 정체성 논의의 연장선상에서 확대 재생산된 전통론'으로부터 자유로운 국문학 연구자나 문학교육연구자들이 없을 정도이다.

회, 2005, 273~291. 서영채, 「민족, 주체, 전통 : 1950~ 60년대 전통 논의의 의미」, 『민족문학사연구』 34권, 민족문학사연구소, 2007, 10~4면.
2) 서영채, 앞의 책, 10~48면.

'고전시가'를 포함하여 오늘날 우리가 접하는 과거의 유산들은, 식민사관의 청산 과정에서 배태되고 과거사의 보상 심리가 부추긴 측면이 있기는 하지만 대개는 근대 이후 '민족'이라는 상상적 공동체를 구성하는 과정에서 '전통'의 이름으로 호명된 것들이다. 그런 점에서 전통론은 고전문학 인식론에 대한 논의의 실마리 혹은 문제들을 모두 담고 있으며, 건국 이후 우리가 고전시가를 어떻게 대상화했는지, 우리가 부여한 고전시가의 가치가 무엇인지를 잘 보여주고 있다.

그런데 전통론은 1950~60년대에 새삼스럽게 제기된 것이 아니라 국문학 연구사에서 가장 해묵은 논쟁 중의 하나이다. 여기서 전통론 전반을 정리할 수는 없다. 그러나 '전통'의 실체가 문제시되었던 최초의 시점으로 돌아가 보는 것은 전통론의 한국적 특수성을 살피고 고전시가 교육 담론의 기원을 살핀다는 의의를 지닌다.

전통론의 기원을 살피기 위해서는 한 세기 전으로 돌아가야 한다. 최남선의 <경부철도가>에 나오는 구절을 인용하자면 "바람처럼 빠른 기차"(문명)와 "남녀노소의 섞임"(서구 사상)에 흥분하여 "신·구의 차이를 선·악의 차이로 인식했던" 때부터 전통에 대한 시비가 시작되었다고 할 수 있다. 그때 이미 "朝鮮文學은 아직 장래가 有할 뿐이요 過去는 無하다"[3)고 하면서 전통 자체를 부정한 이광수의 전통부정론과 임화의 이식문화론에 뿌리를 둔 전통단절론이 제기되었다.

새로운 문학 제도가 도입·시도되던 때부터, 20세기 이전 시기의 국문시가가 인식의 대상으로서 문제시되었음을 알 수 있다. 그런데 새로운 문학 전통을 만들어내야 하는 중차대한 전환의 시기에 과거의 문학을 제대로 인식할 여유도 여건도 되지 않았던 까닭에, 우리는 우리 문학 전통과 문화에 대해 충분히 숙려하지 못한 채 서구에서 유래한 문학 양식과 제도를 별다른 여과장치 없이 받아들일 수밖에 없었다. 그런 역사적 맥락 속에서 전통의 실체 자체가 문제시되었고, 그로 인해 우리의 전통론은 그 이후에도 언제나 '단절'이라는 말에 발목이 잡힌 채 전개될 수밖에 없었다.

물론 20세기 초 전통 단절론 혹은 부정론은 1950~60년대 전통론에서, 구체적으로 1950와 60년대『사상계』,『현대문학』등의 지면을 통해 활발하게 논의되고 비판됨으로써 어느 정도 극복된 것이 사실이다. 그러나 근대라는 새로운 환경 속에서 과거의 문학에 대한 충분한 성찰과 정리 위에서 새로운 문학 제도를 만들어 내지 못한 것은 사실이고, 그로 인해 심리적 단절의식은 여전히 남아 있다. 전통 단절이나 전통 부정이라는 말 자체를 입에 올리고 싶어하지 않는다거나 '전통'의 실체를 지나치

---

3) 이광수, 「문학이란 하오」, 『전집 1』, 현암사, 1964, 555면.

게 강조한다거나 현대 문학이나 언어 문화에서 늘 과거의 흔적을 찾고자 하는 것은 모두 전통에 대한 일종의 강박이자 단절 의식의 왜곡된 발로라고 볼 수 있다.

그런 한국적 특수성 내지 한계가 있기는 하지만, 1950~60년대 전통론의 전개 과정을 살펴보면, '재발견'(《사상계》, 〈조선일보〉 등), '계승과 극복', '현대적 방향'(《현대문학》) 등 과거의 재구성 및 재구성의 방향과 의도를 암시하는 말들, 즉 인식의 문제를 담지한 말들이 자주 나타난다. 현대의 독자가 고전문학의 무엇을 어떻게 해석하고 평가할 것인가, 말을 바꾸면 고전문학의 무엇을 '발견' 혹은 '창안'하여 전통으로 명명할 것인가 하는 문제가 전통론의 중심에 있었음을 알 수 있다.

이러한 고민에서 출발하였기 때문에, 전통의 실체 자체가 문제시되었던 초창기 전통론과는 달리, 50~60년대 고전문학 연구자들은 '전통'으로 명명할 그 '무엇'을 창안하기 위하여 고전문학에 대한 활발한 해석 및 평가, 연구 활동을 수행하게 된다. 그 결과 고전문학에 대한 의미 있는 연구 성과가 쏟아져 나오게 되었다. 그리고 '계승'할 그 무엇으로서의 전통의 실체를 탐구했기 때문에 탐구의 결과인 연구 성과가, 자연스럽게 가르칠 가치를 지니는 것으로 교육의 장에 들어오게 된다. 재구성되고 발견된 전통으로서의 그 '무엇'이 교육의 장에 들어오는 순간, 그 '무엇'은 배워야할 가치를 지니는 것으로 공증을 받게 되고,

그래서 가치 있는 것으로 가르쳐지고, 결국에는 명실상부한 전통으로서의 확고한 위상을 획득하기에 이른다. 그리고 그 과정에서 그 '무엇'은 과거의 시가를 이해하는 프레임이자 하나의 권력이 '된다'.

  20세기 초부터 시작되어 1950~60년대를 거치면서 심화된 전통론과 그 성과—그렇게 권력이 된 전통론의 내용—는 4차 교육과정에 이르기까지 문학교육의 장에 큰 영향을 미쳤다. 4차 교육과정 이전까지 '고전문학'은 '전통문학' 혹은 '한국문학'과 거의 동의어였으며 고전문학이 전통문학이고 전통문학이니까 마땅히 가르쳐야 한다는 식의 동어반복적이고 당위론적인 논리가 지배하고 있었다고 할 수 있다. 이런 구도 속에서 전통은 고정된 실체로 간주되었고 고전문학작품은 전통을 담지한 텍스트로 간주된다.[4] 그리고 고전문학에 대한 이해와 감상을 통해 전통적인 즉, 한국적인 언어 문화나 사고 방식 및 삶의 방식을 배울 수 있다는 가정이 성립한다. 이러한 가정은 '고전문학계'의 연구 성과를 교육의 장에 대거 들여오는 중요한 논리가 된다. 고전문학 연구가 곧 고전문학교육 연구가 되고 고전문학 연구의 결과가 별다른 논의 없이 곧바로 고전문학교육의 장에 투입되는 것이다.

---

4) 엄밀히 구분하면 일반적인 용례로 볼 때 고전문학이란 전범(古典, cannon, classic)의 의미보다는 과거의 문학—정확히 말하면 이른바 개화기 이전의 문학—을 지칭하는 이름의 성격이 강하고, 과거의 문학이 지닌 현재적 의의 내지 교육적 가치를 아울러 지칭할 때는 '전통문학'이라는 개념이 통용되었다.

사실 국어교육학의 학문적 정체성을 탐구하기 시작한 5차 교육과정기 이전, 즉 4차 교육과정에 이르기까지 고전문학교육의 근거는 고전문학이 우리 민족의 혼과 삶을 담고 있는 것이라서 가르쳐야 한다는 당위론이 전부였다고 해도 과언이 아니다. '한국문학 내지 전통문화의 계승·발전'을 운운하는 문구들이 교육의 장에서 빈번히 등장했고 '우리문학(혹은 한국문학)을 이해·감상할 수 있다'와 '우리 조상들의 삶 혹은 전통적인 삶의 방식을 이해한다'는 식의 교육 목표가 흔하게 언급되었다. 그러나 한국문학 내지 전통문화에 대한 개념 규정이나 하위 목표들에 대한 구체적인 논의가 전혀 없었다는 점에서 '고전문학은 우리의 문학이고 우리의 문학은 가르쳐져야 한다'는 식의, 민족당위론 혹은 국수주의적 당위론에 머물렀다는 비판을 면하기 어렵다. 그리고 고전시가 및 고전시가 교육 내용에 대한 학문적 탐구나 문제제기가 전혀 없었다는 점에서 결과적으로 볼 때 교과 내용을 풍요롭게 하고 체계화하는 데 무심했던 시기라고 할 수 있다.

5차 교육과정을 전후하여 국어교육학의 학문적 정체성에 대한 논의가 본격화되었고 그로 인해 국어교과서와 수업에 있어서 많은 변화가 있었다. 그러나 교육의 장에서 고전문학이 다뤄지는 방식이나 교육 내용 및 가르치고 배우는 현상은 거의 달라지지 않았다. 그런 점에서 그 이전에 교육의 장에 편입된 전통론 등 학술 담론이 거듭 교육되면서 교육 관행을 형성하여 오늘날에도 여전히 영향력을 행사하고 있다고 할 수 있다. 이에, 교육 담론이자 관행으로 여전히 살아 있는 전통론의 실체 혹은 구체적인 내용이 무엇인지 살펴볼 필요가 있다.

그러나 여기서 전통론의 성과를 자세히 살피는 것은 논점을 벗어나는 일이다. 따라서 교육의 장에 편입된 전통 논의 중 그 영향력이 적지 않다고 판단되는 세 가지 사건에 국한하여 살펴보고자 한다. 1) 언문으로서의 고전시가의 발견이라는 사건과, 2) 전통 시가로서의 고전시가의 특징이나 정체성에 대한 탐구, 예를 들어 '한(恨)'의 발견과 한의 미학을 담지한 고려속요의 발견이라는 사건, 3) 민족 형식으로서의 시조 형식의 발견이 바로 그것이다.

이 세 가지 사건을 예로 교육의 장에서 고전시가의 '무엇'이 교육 내용으로 부각되었는지 살펴보고자 한다. 이를 통해 근대 이후 국문학 연구의 성과, 구체적으로 전통론이 어떻게 교육의 장에 편입되어 지배적인 교육 담론으로 자리를 잡았는지, 오늘날 현대 독자들이 고전시가를 만나려고 할 때 어떻게 개입하고 있는지 확인할 수 있을 것이다. 이렇게 오늘날의 지배적인 교육 담론의 기원과 정체, 그 작용력에 대해 비판적으로 성찰함으로써, 이후 고전시가의 '무엇'을 어떻게 인식하고 발견할 것인가에 대한 논의의 실마리를 찾고자 한다.

2) 〈사건 1〉 국문 고전시가의 발견

대저 세계열국이 각기 제 나라 국문과 국어(나라 방언)로 제 나라 정신을 완전케 하는 기초를 삼는 것이거늘 오직 한국은 제 나라 국문을 버리고 타국의 한문을 숭상함으로 제 나라 말까지 잃어버린 자가 많으니 어찌 능히 제 나라 정신을 보존하리오. (중략) 그 국문을 버리고 한문을 숭상한 폐막을 대강 말할랴면 여러 가지라. 한 가지는 국문을 배우지 않고 한문을 배움으로 말과 글이 한결 같지 못한 고로 국문의 보통 지식을 개발하는 일이 심히 좁고 또 한 가지는 배우기 쉽고 쓰기 편한 국문을 버리고 배우기 어렵고 쓰기 불편한 한문을 괴로이 공부함으로써 청춘부터 장을 치고 백수가 되도록 경서를 궁리하되 혜두가 더욱 막혀가고 실효가 제 집안의 경제도 하기 어렵거든 어찌 부국강병할 능력이 있으리오. (하략)

- 〈대한매일신보〉(국문신보발간), 1907. 5. 23.[5]

20세기 초 신문의 한 대목인데, '국문'이 곧 '정신'이자 '국문' 학습이 '부국강병'에 이르는 길이라는 논리를 펴고 있다. 인용한 부분에는 나오지 않지만, 이러한 논리는 이후 국문을 배우는 일이 독립국가의 기초를 세우는 일과 직결된다는 논리로까지 이어진다. 우리의 정신을 담고 있으면서 배우기 쉬운 국자(國字)인 한글을 익혀 새로운 지식을 신속하게 받아들임으로써

5) 〈대한매일신보〉는 1904년 창간 당시에는 국문으로 시작하였다. 그러나 1905년부터 국한문혼용체를 사용하였고, 1907년 5월 23일부터 국문판을 별도로 발간하였다.

부국강병과 문명개화를 달성함으로써 독립국가로서의 위상을 굳건히 하자는 요지이다. <독립신문>(1896.4.)이 국문체를 수용한 이후 <매일신문>(1898.4.), <제국신문>(1898.10.), <경향신문>(1906.10.) 등이 국문으로 신문을 발간하면서 국문의 위상을 새롭게 규정하였는바,[6] 위 인용한 부분은 당시의 분위기와 논리를 단적으로 보여주는 대목이다.

복잡한 상황을 단순화하는 감이 없지는 않지만, 당시 신문에서 확인해볼 있는 것처럼 20세기 초 '국문'이 '민족'과 등가의 것이자 민족문화 발전의 토대로 부각되었다고 할 수 있다. 이러한 분위기 속에서 식민지 종주국인 일본에 대한 대타의식까지 아울러 작동하여 국문 문학에 대한 관심이 생겨났다. 일본인 학자들이 조선적인 것 혹은 조선의 것에 주목하면서 '국문', 구체적으로 국문문학의 가치를 발굴하고 발견하는 데 뛰어들었는데, 잘 알려진 것처럼 향가가 국문 텍스트로 발견된 것은 일본인 학자들에 의해 시작되었다.[7] 향가가 일본인 학자에 의해 피식민지인 조선의 것으로 대상화되었지만 그러나 곧 조선인 학자들이 그 대열, 즉 국문 및 국문문학의 발견 대열에 합류하게 된

---

6) 이병철은 <독립신문>과 <매일신문>, <제국신문>, <대한매일신문>을 통해 근대 담론이 형성되는 과정을 살핌으로써 국문 운동의 실상을 드러내 보이고자 하였다. 이병철, 「근대 담론 형성과 국문운동 연구」, 『한국사상과 문화』 제58집, 한국사상문화학회, 2011.

7) 이에 대해서는 다음 글을 참고하였다. 임경화, 「향가의 근대 : 향가가 '국문학'으로 탄생하기까지」, 『한국문학연구』 32집, 동대 한국문학연구소, 2007.

다. 그렇게 향가는 '조선적인 것'으로 주목받기 시작하였고, 일제강점기 해독 과정을 거쳐 '국문'으로 된 텍스트로 발견되었으며 '국문학'의 최초 개화(開花)로 간주되기에 이르렀다.[8] 향가의 예에서 보듯히 20세기 초 국문의 발견과 밀접한 관련을 지니는 국문시가의 발견은, 해방 이후 건국 초기에 이르기까지 그대로 이어졌다.

　건국 초기에도 '국어'가 민족과 등가의 것이었고, 국민국가의 감정, 정서, 의식 등의 통합을 지향하는 언어이며 행정과 법의 집행에 사용되는 공용어라는 의미를 지녔기 때문에, 언어와 관련된 일들은 민족 정체성과 직결되는 것이고 국가의 존립과 등가적인 사업으로 부각되었다. 따라서 국어를 수호하고 학술적 대상으로 삼는 연구 자체가 민족의 운명과 등가의 것이었는바,[9] 국학연구자로서의 지도자의식과 소명감 및 열정과 어문 정책에 대한 적극적인 참여와 행동은[10] 이러한 시대적 맥락에

---

8) 임경화, 앞의 논문 참고.
9) 우한용, 「국어국문학의 경계와 융합」, 『국어국문학』 158호, 국어국문학회, 2011, 7면.
10) 국어국문학회 창립 60주년을 맞이하여 국어교육 연구의 역사를 개괄하면서, 이 시기를 기점으로 하여 1980년대 초반까지를 경험과 행동의 시기로 명명한 바 있다. 건국 초기에는 어문 정책이 국어교육의 핵심 쟁점이었는데, 어문 정책을 둘러싼 갈등과 행동의 양상을 보면 국어(國語)에 대한 당시 연구자들의 태도를 확인할 수 있는데, 당시 연구자들이 학문이 아닌 신념의 차원에서 나온 행동으로서 국학 연구에 임했음을 어렵지 않게 확인할 수 있다. 염은열, 「<국어국문학>을 중심으로 본 국어교육 연구의 흐름과 과제」, 『국어국문학』 160호, 국어국문학회, 2012.

서 이해될 수 있다.

국어가 곧 민족어이고 국어로 지어진 시가가 곧 민족의 시가로 명명됨으로써, 고전시가 장르와 작품을 발굴하고 목록화하는 작업이 시작되었다.[11] 향가에서 경기체가(고려장가)-시조-가사로 이어지는 조선시가사강을 체계화한 조윤제의 작업[12]이나 『여요전주(麗謠箋注)』 등 고전시가 주석 작업이 모두 이러한 시대의식의 산물이라고 볼 수 있다.

요약하면, 19세기 말에서 20세기 초에 시작되어 건국 초기까지 꾸준히 진행되었던 민족어로서의 국문의 발견 시대에, 고전시가가 새삼 국문문학으로 호명되어, 21세기 현대 독자인 우리들에게 또다시 인식의 대상으로 문제시되고 있는 것이다.

3) 〈사건 2〉 민족 정서 '한(恨)'의 발견

고전시가 장르 및 작품의 발굴 및 해석 작업은 고전시가의 장르적 특징에 대한 논의로 이어졌다. 민족시가로서의 발견이, 민족시가로서의 자질이나 특징, 정체성에 대한 탐구로 이어지는 것은 예고된 현상이라고 할 수 있다. 민족시가로서의 정체성

---

11) 국문문학 혹은 국문의 가치를 발견하였지만 그러나 교육의 장에서 국문을 어떻게 인식할 것인가의 문제에 대해서는 별다른 논의가 없었다.
12) 한창훈, 「초창기 한국 시가 연구자의 연구방법론」, 『고전과 해석』 창간호, 2006.

이나 특징에 대한 탐구의 중심에 있었던 것이 바로 민족 보편의 정서에 대한 탐구이다. 그리고 그 결과 민족 정서이자 고전시가의 보편적 정서로 발견된 것이 바로 '한(恨)' 혹은 '한의 정서'이다.

'한'의 발견에 대해, 3·1운동 직후 조선 사회에 이상 기류로 연애의 열기가 생겨났고 그 열기 속에서 '님'이라는 공통의 표상을 내세운 소월과 만해의 시집이 출현하였으며, 조선의 미를 슬픔과 비애에서 생겨난 것으로 규정하는 일본인 학자13)의 논의까지 더해지면서 '한(恨)'이 가장 조선적이며 전통적인 것으로 자리 잡기 시작했다는 주장14)은 설득력이 있다. 식민지 조선이라는 특수한 시공간에서 호명된 조선의 정서가 바로 '한'임을 알 수 있는데, 고미숙의 말처럼15) 조선의 정서를 한으로 명명하는 순간, 한과 무관한 다른 속성들, 즉 낙관이나 해학, 적극성 등은 뒤로 밀리게 된다.

이러한 '한'의 발견은 한의 정서를 지배적으로 드러내는 역사적 장르종과 작품의 발견으로 인해 가능했고 또 지지를 받았

---

13) 다음 일본인 학자의 말을 보면 당시의 분위기를 이해하는 데 도움이 된다. "오랫동안 참혹하고 처참했던 조선의 역사는 그 예술에다 남모르는 쓸쓸함과 슬픔을 아로새긴 것이었다. 거기에는 언제나 비애의 아름다움이 있다 눈물이 넘치는 쓸쓸함이 있다. 나는 그것을 바라보며 가슴이 메이 감정을 누를 길이 없다." 야나기 무네요시, 『조선을 생각한다』, 임형택 외, 앞의 책 재인용 56~57면.
14) 고미숙, 「<임꺽정>에 드러난 고전의 성풍속담론」, 앞의 책(임형택 외), 48~54면.
15) 고미숙, 위 논문 참고.

다. 고려속요의 부상이나 이별의 노래 <가시리> 등에 주목함으로써 가능했다. 고려속요 작품을 살펴보면 여성 화자가 수적(數的)으로 우세하게 나타나는 것이 사실이다. 그 여성 화자가 님과 헤어져 님을 그리워하거나 님과의 영원한 사랑을 소망하는 모습이 흔히 나타난다. 자연스럽게 노래의 주제 또한 사랑이나 이별이라는 보편적인 범주에 드는 경우가 대부분이다.

이처럼 현상적으로 나타나는 특징들로 인해 고려속요는 민족 보편의 정서를 드러내는 장르로 주목받게 되었다. 여성 화자의 소극성과 수동성 및 님에 대한 절대적인 사랑에 주목하여, 고려속요를 소극적인 여성화자의 체념의 정서, 즉 한의 정서나 이별의 정한을 보여주는 장르로 규정하게 된 것이다.[16)]

이러한 장르 규정 및 보편적 정서의 발견은 당시 국문학 연구의 분위기 속에서나 가능한 것이었다. 조윤제는 고려속요의 거개가 현실이 애처롭기 때문에 애처로움을 노래했고 그러한 '애처로움과 가냘픔'을 민족의 두 번째 특징이라고 한 바[17)] 있

---

16) 필자는 고려속요에 대한 이러한 장르 규정에 문제를 제기하고 고려속요가 공감의 미학을 구현하고 있음을 밝힌 바 있다. 염은열, 『공감의 미학 고려속요를 말하다』, 역락, 2013.

17) 조윤제는 민족시가의 특질로, '은근과 끈기', '애처로움과 가냘픔', '두어라와 노새'를 뽑고 "실제 생활이 또 애처롭고 가냘프니까 생활의 표현인 문학에 있어서도 애처롭고 가냘프다."며 "고려시가는 거개가 다 이러한 성격을 가지고 있다."고 하였다. 나아가 이러한 고려속요의 특징이 고려를 지배했던 불교의 인생무상관에서 나온 게 아니겠느냐고 반문하면서, 애처롭고 가냘픈 것이 민족의 제2의 성격이 되었고 또 드디어 국문학의 하나의 성격이 되었다고 함으로써, 한의 정

다. 고려속요의 '애처로움'이 민족성이기 때문에 고려속요는 우리 민족이라면 누구나 공감할 수 있는 보편성을 지닌다고 하였다.

일제 강점기라는 역사적 맥락 속에서 조선적인 것 혹은 보편적인 정서로 비애나 한, 애처로움 등이 언급되고 있는 상황에서, 양주동의 <가시리> 평설도 한몫 거들었다. 짧은 비평의 글에 불과했지만, 향가는 물론이고 고려속요에 대해 철저한 고증과 해석 작업을 수행해온 양주동의 비평이라는 점에서 주목을 끌기에 충분했다.

양주동은 '그 절절한 애원(哀怨), 그 면면한 정한(情恨)' 운운하면서 <가시리>가 가히 동서고금을 막론하고 이별 문학 중의 압권이자 으뜸이라고 극찬하였다. 평설의 일부분을 인용하면 다음과 같다.

> 별리(別離)를 제재(題材)로 한 시가(詩歌)가 고금(古今)·동서(東西)에 그 얼마리오마는 이 <가시리> 일편(一片) 육십칠자이십수구(六十七字二十數句)의 소박미(素朴美)와 함축미(含蓄美), 그 절절(切切)한 애원(哀怨), 그 면면(綿綿)한 정한(情恨), 아울러 그 구법(句法), 그 장법(章法)을 따를만한 노래가 어디 있느뇨. 후인(後人)은 부질없이 다변(多辯)과 기교(技巧)와 췌사(贅辭)와 기어(綺語)로써 혹(或)은 수천어(數千語) 혹(或)은 기백행(幾百行)을 늘어놓아

서가 국민 기본 정서로 자리잡게 하였다. 조윤제, 『국문학개론』, 탐구당, 1984, 468~499면.

각(各)히 자가의 일편(一片)의 정한(情恨)을 서(叙)하려 하되 하나
도 이 일편(一片)의 의취(意趣)에 더함이 없고 오히려 이 수행(數
行)의 충곡(衷曲)을 못 미침이 많으니 본가(本歌)야말로 동서문학
(東西文學)의 별장(別章)의 압권(壓卷)이 아니랴. (중략)

위에 인용한 양주동의 평설은 <가시리> 한 작품에 대한 비
평의 글이다. 그럼에도 불구하고 이 평설이 고전시가 교육의 장
에 미친, 고전시가에 대한 오늘날의 인식 및 이해에 미친 영향
은 적지 않다. 고려속요하면 으레 따라오는 정한(情恨)이나 한
(恨)의 정서(情緖)라는 말이 적어도 이 평설로 인해 확실한 지지
를 받게 된 것은 분명해 보인다.[18]

물론 양주동의 평설, 즉 양주동이 <가시리>에 부여한 가치
와 성격 규정에 대해 모든 연구자들이 동의했던 것은 아니다.
정병욱은 <가시리>가 비교적 유려한 운율 외에 시적 감흥을
일으키지 못하는 산문이고, '나를 버리고 가시는 임은 십리도
못 가서 발병 난다'는 아리랑의 표현이 <가시리>의 마지막 구
절보다 급이 높다고 평하며 반박하였다.[19]

그러나 이러한 반박에도 불구하고 평설의 내용은, 이후 <가

---

18) 필자는 한 작품에 대한 비평적 글이 어떻게 이처럼 고려속요의 특징을 규정하는
말로 자리잡게 되었을까 논구해본 바 있다. 그 답을 양주동이 보여준 '공감'의
깊이와 진정성이 교육 및 연구의 장에 있는 사람들에게 영향을 미친 것으로 보
았다. 염은열, 앞의 책(2013) 참고.
19) 정병욱, 『한국고전시가론』, 신구문화사, 1975.

현대 독자가 과거의 시가를 만났을 때

시리>에 대한 지배적인 관점이나 내용으로 영향력을 미치게 된다. 공교롭게도 근대식 교육을 실시하던 초기부터 교육담론으로 수용됨으로써 <가시리>를 포함하여 고려속요, 나아가 고전시가를 인식하는 하나의 프레임으로 자리를 잡기에 이르렀다.

교육의 장에서는 거의 전 교육과정기에 걸쳐서 <가시리>가 별리(別離)를 소재로 한 한국시가의 수작(秀作)으로 소개되어 왔다. 나아가 '그 切切한 哀怨, 그 綿綿한 情恨'의 시가사적 지속과 변모 양상에 주목함으로써 <가시리>가 위로는 <황조가>나 <공무도하가>와, 당대에는 <서경별곡>과 <이상곡>, 정지상의 <송인(送人)>과, 그리고 현대에는 <진달래꽃>과 연결되는, 전통시가로 가르쳐지기에 이르렀다.

그 과정에서 그리고 그 결과로, <가시리>는 이별의 상황에서도 변치 않는 사랑과 그로 인해 비롯된 지속적인 그리움의 정서, 혹은 '한의 정서'를 드러내는 전통시가로 인정받게 된다. 제도 교육이 시작된 이래 지금까지 학교 교육의 장에서 가르쳐 온 내용이며, 오늘날에는 학교 바깥에 이르기까지 <가시리>가 전통시가로서의 영향력을 행사하기에 이르렀다.

필자는 한국적 정서를 담고자 한, '가시리'라는 제목의 대중가요를 분석한 결과 고려속요 <가시리>와 현대시 <진달래꽃>의 표현과 발상 및 어조 등이 결합한 형태의 노래가 대부분임을 확인한 바 있다.[20] 이는 '한의 정서'를 <가시리>의 정서,

나아가 한국의 전통적인 정서로 보는 관점이 지배적인 관점으로 자리하고 있음을 증거하는 현상이다. 동시에 '한의 정서' 혹은 정서의 주체로서의 '님'에 주목함으로써 <가시리>와 <진달래꽃>의 차이를 무화시켜버린 제도 교육의 결과를 여실히 보여주는 현상으로도 볼 수 있다.

그렇다면 과연 한의 정서가 무엇이며, 한의 정서라는 프레임으로 고전시가를 바라봄으로써 얻을 수 있는 이점이 무엇인지 궁금해진다. 교육 및 일상의 장에서 '한의 정서'가 보편적인 정서로 받아들여지고 고전시가 중에서도 고려속요가 특히 '한의 정서'를 담고 있는 갈래로 인식되고 있지만, 김쾌덕의 지적처럼 정작 '한'의 정체에 대한 본격적인 논의는 그렇게 활발하지 않았다.[21] '한의 정서'는 고전문학 및 문학 일반의 정서로 논의되었고,[22] 소월 및 서정주 시의 근원을 과거나 전통에서 찾으려는 논자들이 한의 정서를 고려속요에 연원을 두고 있는 것으로 언급하는 정도였다.

그럼에도 불구하고 교육의 장에서 고려속요는 늘 고전시가 정서론의 핵심에 있었고 그 '정서론'의 핵심에는 또 '한' 혹은 '한의 정서'가 자리하고 있었던 것이 사실이다. 고려속요의 폭

---

20) 염은열, 「학교 바깥 고전시가의 변용과 향유에 대한 교육적 성찰-<가시리>를 예로-」, 『문학치료연구』 23집, 문학치료학회, 2012, 77~107면.
21) 김쾌덕, 『고려속가의 연구』, 국학자료원, 2006, 113~121면.
22) 천이두, 『한국문학과 한』, 이우, 1985. 서광선 엮음, 『한의 이야기』, 보리, 1989.

넓은 공감력을 민족 보편의 정서에서 찾고, 보편적 정서의 실체인즉 한의 정서 혹은 여성화자의 소극적 체념의 정서라는 논리가 학교 안은 물론이고 학교 바깥에까지 지배적인 담론으로 자리고 있는 것이다.

그렇다면 한의 정서가 과연 무엇인지, 한의 정서가 과연 고려속요 전반을 아우를 수 있는 보편적인 정서로서의 포괄성을 가지고 있는지 살펴볼 필요가 생겨난다. 김대행[23]은 화자의 심리에 주목하여 '이별의 정한' 혹은 '한의 정서'가 무엇인지 그 실체를 밝혀냄으로써 고려속요의 장르적 특질은 물론이고 전통성의 실체를 구명하고자 하였다. 그 결과 이별을 기정사실로 받아들이며 당부를 남기는 것으로 심리적 평정에는 도달하지만 여전히 갈등의 소지를 남기고 있다는 점에서 <가시리>에 '한의 정서'가 드러낸다는 점을 확인하였다. 동시에 '좌절'이나 '돌이킬 수 없음'이 한의 한 요소라고 할 때, 내적 갈등이 대부분 외부에서 주어지는 고려속요의 경우 좌절이나 돌이킬 수 없음을 특징으로 한다는 점에서 넓은 의미의 한의 범주—恨, 情恨, 悔恨 등을 모두 포괄하는—로 접근하는 것이 가능함을 보였다. 그러나 동시에 어떻게든 그것을 해소하려는 모습 또한 보이고 있다는 점에서 소극적 패배주의와는 거리가 먼, 특징적인 정서임도 명확

---

23) 김대행, 『고려시가의 정서』, 개문사, 1985.

하게 밝혔다. 이를 통해 한의 정서로 명명된, 고려속요의 정서가 무엇인지 그 실체를 드러냄과 동시에 고려속요의 특징적인 정서를 찾아내 범주화할 가능성을 보여주었다. 그러나 이러한 연구 성과가 교육의 장에 투입되어 고려속요의 장르적 특성에 대한 이해를 깊게 하는 데까지는 이르지 못했다.

그 결과 교육의 장은 여전히 민족 시가로 고전시가를 발견하고 민족 보편의 정서로 한의 정서를 발굴한, 초창기의 프레임에 갇혀 있는 상황이다. 민족 정서의 발견이 고전시가 중 고려속요의 발견으로 이어졌고 고려속요의 성격을 규정하는 담론이 되었으며, 오늘날 우리가 고려속요를 인식하는 프레임이 된 것이다. 그렇게 민족적인 정서 혹은 한국 시가의 보편적 정서를 '한'으로 규정하게 됨에 따라 "사랑과 성, 여성 등에 대한 전통적인 이미지는 바로 이 한이라는 표상 구조 안에"[24] 갇히게 되었다.

4) 〈사건 3〉 민족적 형식과 갈래의 발견

잘 알려진 것처럼 시조부흥운동이 일어난 것은 두 차례다. 1920년대 중반 이후 식민지 조선에서 민족적 형식으로 시조 형식을 발견한 1차 시조부흥운동과 해방 이후 재건과 재편의 시

---

24) 고미숙, 앞의 논문, 48~54면.

대 시조의 현대화와 관련하여 일어났던 제2차 시조부흥운동[25]이 바로 그것이다. 이 중에서 교육의 장에 영향을 미친 사건은 1차 시조부흥운동이라고 할 수 있다.

시조 및 시조의 형식을 발견한 1차 시조부흥운동을 살피기에 앞서 2차 시조부흥운동에 대해서도 간략하게 살펴보기로 한다.

해방 이후 재건과 재편의 시대가 되면서 전통으로서의 시조의 위상이나 성격 규정이 달라질 수밖에 없었고 현대시조의 부상 등 새로운 이슈가 출현한 것이 2차 시조부흥운동이 일어난 배경이다. 2차 시조부흥운동의 중심에 있던 이태극은 시조가 현대시로서 살아 있음을 증거하고자 하였으며 1차 시조부흥운동을 통해 민족문학으로서의 위상을 확보한 시조 및 시조 문단의 새로운 부흥을 꿈꿨다.[26] 이에 대해 정병욱은 구투(舊套)의 정형시조가 과연 변화하는 시대의식과 다양한 생활 감정을 형상화할 수 있을지 의문을 제기하면서 이러한 접근이 전통에 대한 안이하고 감상적인 동정에서 오는 고집에 불과하다고 비판하였다.[27] 이태극은 시조를 등한시하는 분위기에서 시조의 가치를 주장하였고 정병욱은 시조부흥논자들의 경직된 태도나 감상적

---

25) 홍성식, 앞의 논문, 263~267면.

26) 이태극, 「시조는 현대시로서 살고 있다—시조문학 확립을 바라며 정병욱 씨의 <시조부흥론 비판>에 답함」, 『신태양』, 1956.8. 손세일, 『한국논쟁사 Ⅱ』, 청람문화사, 1978, 306면 재인용.

27) 정병욱, 「시조부흥론 비판—현대시로서의 발전은 가능한가」, 『신태양』, 1956.7, 150면.

태도에 대해 비판하였다고 할 수 있다.

이 논쟁이 현대시 중심의 당시 판도를 바꾸지는 못했지만, 그럼에도 불구하고 결과적으로 시조에 대한 관심을 다시 환기하고 인식을 새롭게 하는 계기가 된 것은 사실이다. 홍성식의 말처럼 시조가 현대시를 대신할 수는 없지만 긴 역사를 통해 볼 때 시조는 '사설시조나 엇시조 등으로 분화되면서 형식상의 변화를 경험한 바가 있으며 내용면에서도 현실의 여러 측면을 유연하게 담아'[28]냈던 양식임은 분명하며, 그런 점에서 시조의 시대 대응력이나 미학적 유연함을 인정할 필요가 있다고 본다.

이러한 시조의 대응력 내지 잠재력은 앞서 잠깐 언급한 것처럼 1차 시조부흥운동의 전개 과정에서 이미 확인된 내용이기도 하다. 2차 시조부흥운동은 그 연장선상에 있다고 할 수 있으며, 민족교육의 일환으로 시작된 국어교육의 장에서 지배적인 담론으로 자리 잡은 것은 1차 시조부흥운동의 논리와 관점 및 그에 따른 연구 성과라고 할 수 있다. 따라서 고전시가에 대한 인식의 기원으로, 특히 1차 시조부흥운동에 대해서는 자세히 살펴볼 필요가 있다.

잘 알려진 대로, 시조를 조선 민족과 동일시되는 언어 형식으로 처음 발견한 사람은 최남선이다.[29] 최남선은 일본 유학

---

28) 홍성식, 앞의 논문, 267면.
29) 윤영실, 「최남선의 근대 '문학' 관념 형성과 고전 '문학'의 수립」, 『국어국문학』

시절부터 '국풍(國風)'이라는 표제로 시조 형식의 작품을 발표한 바 있으며, 문학의 보편성을 넘어 '민족문학'으로서의 '전통'에 관심을 갖기 시작하면서 발견한 형식이 바로 시조다.[30] 그는 "時調가 朝鮮國土, 朝鮮人, 朝鮮心, 朝鮮音律을 通해 表現한 必然的 樣式"이라고 보고 시조를 근대적이면서도 조선적인 문학을 창출해야 하는 이중의 과제를 담당할 수 있는 장르로 보았다. 발생기에 있는 소설이 아니라 삼국 시대 이래로 오랜 역사를 거쳐 '句調, 음절, 단락, 체제의 정형'을 구비한 조선 유일의 정형 문학인 시조를 선택한 것이다.

그러나 최남선은 시조가 민족문학으로 거듭 나기 위해서는 노래가 아니라 '시'여야 한다고 생각했고 따라서 <소년>에 창작 시조를 게재하면서 이를 '불릴 것'이 아니라 '읽힐 것'으로 보아 달라고 당부했다.[31] 시조를 문학의 지위로 격상시켰지만 노래로부터 분리시킴으로써 구술적 전통 속에서 향유되었던 시조 고유의 형식적 특성을 인정하고 그 특성이나 장점을 살려내 새로운 변신을 꾀하는 방향으로 나아가지는 않았다. 1920년대 중반부터 일기 시작한 시조부흥운동이 최남선의 <백팔번뇌>[32]

150호, 국어국문학회, 2008, 457~484면.
30) 윤영실, 앞의 논문, 467~475면.
31) 윤영실, 앞의 논문, 473~474면.
32) 홍명희는 이 책의 발문에서 최남선이 시조라는 조선 고유의 시형을 다시 살리다시피 했고 시조를 통해 조선에 대한 남다른 사랑을 표현했다고 하였다.

를 비롯하여 <노산시조집>, <가람시조집>의 출간으로 이어지면서 시조를 '민족문학'의 중심으로 호명하였지만, 그것은 어디까지나 '시'로서의 발견이었지 노래로서의 '시조'의 발견은 아니었던 것이다.

임곤택은 '長久한 生命力'[33]이 시조의 성격이자 동시에 '우리의 민족성'으로 규정된 상황에 주목하였다. 그는 최남선이 「朝鮮國民文學으로서의 時調」를 발표하고 시조부흥운동이 시도된 1920년대는 3·1운동이 좌절하고 피식민 상태인 조선민족의 고난 극복이 '갱생'이라는 이름의 과제로 부각하던 때였음에 주목한다. 일제 강점이라는 고난의 상황에서, 민족의 갱생이라는 욕망이 '오래된 형식'인 시조에 투사되고, 질긴 '생명력(生命力)'을 매개로 시조와 민족이 되었다고 본다.

조윤제[34] 역시 "時調가 다른 어느 詩歌보다도 가장 朝鮮民族의 國民性에 適合한 詩形을 가지고 있"으며 나아가 "詩歌와 國民性은 實로 微妙한 關係를 가지고 있다."고 말했다. 1920년대 중반 시조부흥운동이 처음 발의되고 10여 년이 지난 시점에서 조윤제

---

33) 이병기는 "그 形式 法則이 不合理하게 되었다 하면 도저히 長久하게야 存在할 수 없을 것 아닌가. 時調의 法則은 한때 한 사람의 손으로 맨들어 놓은 것이 아니라 줄처잡고라도 千有餘年 동안을 거치어 오며 萬人의 心血을 조리고 말려 된 것이다."라고 언급하고 있으며, 조윤제는 "호올로 꾸준히 그 生命을 유지하야 今日에 이를사록 더욱 더욱 그 光彩를 발휘하고 있는 것은 아마도 時調 하나 뿐이라 할 것"이라고 말한 바 있다.

34) 조윤제는 향가-경기체가(고려장가)-시조-가사로 이어지는 시가사의 큰 줄기를 잡았으며 시조 형식에 의미를 부여하였다. 조윤제, 『조선시가사강』, 1937.

가 최남선과 마찬가지로 시조에 민족과 동일한 절대성을 부여하고 있는 것이다. 나아가 조윤제는 실증주의적 접근에 따라 <가곡원류>에 실린 시조 작품들의 자수를 통계냄으로써 음수율적 정형을 제시하였다. 이른바 '시조의 기본형'이라는 불리는 음수율을 제안한 것이다.

조윤제가 제시한 기본형인, '3,4,4(3),4/3,4,4(3),4/3,5,4,3'에 꼭 들어맞는 시조 작품 수는 많지 않다. 이른바 기본형에 속하는 시조 작품이 전체 시조 작품의 2~3%밖에 되지 않는다는 지적[35]도 있다. 그러나 조윤제의 자수율에 대한 제안은 과학적 방법에 따라 자수의 기준 형식을 제시하고자 하였다는 점에서 그 의의를 찾아야 한다.[36] 제도교육이 실시된 이래 초·중·고등학교 전체 학교급에 걸쳐 시조 형식 교육이 자수율에 근거를 두고 실행되어 왔다는 점에서 시조 형식으로서의 자수율 혹은 음수율의 발견은 교육의 장에서 볼 때 하나의 '사건'이라고 할 수 있다.

조윤제를 포함한 이 당시 국학자들의 연구 성과가 오늘날 시조 교육의 주된 관점이자 내용이 되고 있음을 알 수 있다. 그리고 시조부흥운동의 핵심에 시조의 형식 논의가 자리하고 있음

---

35) 한창훈, 「초창기 한국 시가 연구자의 방법론」, 『고전과 해석』 창간호, 고전문학한문학연구학회, 2006. 177면.
36) 최진원, 「도남의 시가 연구」, 『한국 고전시가의 형상상』, 성대대동문화연구원, 1996, 318면, 한창훈, 앞의 논문 참고.

을 어렵지 않게 확인할 수 있다. 그 성과가 오늘날까지 이어져, 의미의 삼단 구조를 지니는 향가에서 그 연원을 찾음으로써 시조 형식의 장구한 생명력에 대해 언급하기는 하지만 대개의 교실에서 자수율에 초점을 맞춰 시조교육을 실시하고 있다.[37]

그런데 시조의 국민 문학으로서의 발견은 가창 장르로서의 시조의 발견과 재구성이라기보다는 정형시로서의 시조의 발견과 재구성에 가까운 사건이었다. 시조가 국민 문학으로 발견되고 시조의 형식이 민족적인 형식으로 자리를 잡게 됨에 따라 시조는 더 이상 가창의 장르가 아니라 분석의 대상이 되는 시 텍스트로서의 위상을 부여받게 되었고, 시조는 한국의 대표적인 정형시가로 받아들여지게 되었다.

가창의 장르로 접근하든 시로서 접근하든 간에 시조를 가장 시조답게 하는 것은 시조의 형식임에 분명하다. 무엇이 시조를 시조로 느끼게 하는가 물었을 때, 이 물음에 대한 대답이 시조의 형식 내지 그 형식의 음성적 실현과 관련된다는 점에는 대개 동의할 것이다. 언어 자체가 지닌 의미의 간섭 때문에 음악적 시간만큼의 순수한 시간상을 보일 수는 없다 하더라도, 우리는 유사한 시간상의 국면을 시조의 율격에서 확인할 수 있

---

37) 그 현황과 음수율에 입각한 시조교육의 의의와 한계에 대해서는 다음 논문을 참고할 수 있다. 염은열, 「시조 교육의 위계화를 위한 방향 탐색 : 시조 형식을 중심으로」, 『고전문학과』 교육 8집, 한국고전문학교육학회, 2004.

다.[38] 장르적 표지로서의 형식적 특질에 대한 논의는 작시론이자 감상론의 성격을 지니며 그 형식의 음성적·심리적 실현이 바로 율격이라는 점에서 율격론의 성격도 아울러 지닌다.

그러나 음수율에 바탕을 둔 시조 형식에 대한 교육이 가창 장르로서의 정체성을 충분히 고려하지 않은, 인식이자 접근이라는 데 문제가 있다. 자수율은 시조의 음악적 실현 방식과 별다른 관련이 없을 뿐만 아니라 구술 전통 속에서 향유된 노래로서의 형식을 설명하는 데도 적절하지 않기 때문이다. 시조가 노래였음을 미리 밝히기도 하지만, 시조의 정형성이 구술적 전통 속에서 어떤 의미를 지니는지에 대한 이해를 수반하지 않는 까닭에 노래라는 사실이 어떤 의미를 지니는지 아는 학생들은 거의 없으며 시조를 시처럼 분석의 대상으로 접근하는 방법 또한 달라지지 않고 있다.

그로 인해 시조의 형식이 사실은 연행 상황 속에서 화자의 즉흥적 대응을 가능하게 하는 미적 장치였고 상당히 유연하게 변주되었다는 점이 간과되고 만다. 시조의 형식이 지닌 이러한 가치를 제대로 인식하지 못하게 됨에 따라 학생들은, 시조를 창의성이 부족한, 판에 박힌 정형의 민족시가로 받아들이게 된다.

---

38) 성기옥, 『한국시가 율격의 이론』, 새문사, 1986, 68면.

　이상으로 세 가지 사건을 예로, 국문학 연구 초창기—제도교육이 기획되고 실천되던 초창기—에 전통의 이름으로 고전시가의 무엇을 어떻게 인식했는지 살펴보았다. 이는 오늘날 현대 독자들의 고전시가에 대한 인식에 영향을 미친 연구 및 교육 담론을 살핀다는 점에서도 의미가 있다.

　'전통'이란 언제 어디서든지 자각되는 것이 아니라 항상 그것의 '단절'에 대한 위기의식을 느낄 때, 그리고 그것을 극복해야 할 필요가 주어질 때 비로소 부각되는 개념이다.[39] 그런 점에서 전통의 발견과 재구성은 늘 이데올로기적이고 정치적인 실천의 성격을 지닌다.

　국문문학의 발견이나 보편적 정서의 발견 및 민족적 형식의 발견 또한 식민지 근대라는 역사적 맥락에서 나온 정치적, 이데올로기적 실천의 성격을 지닌다. 그러나 정치적 이데올로기적 실천으로서 발견하고 재구성한 고전시가의 그 무엇이 교육의 장에 편입되면, 그것이 가르칠 것으로서의 가치, 교육 내용으로서의 가치를 부여받게 되고, 그 자체로 다시 고전시가를 보는 프레임이 되어 현대 독자들의 인식에 관여하게 된다.

　문제는 앞서 살펴본 것처럼 전통론의 연구 성과가 특수한 상황 속에서의 선택이라는 점에서 고전시가의 실상을 포괄하지

---

39) 고정희, 앞의 책, 24면.

못하는 것은 물론이고 고전시가 고유의 정체성, 즉 타자로서의 역사적 특수성에 대한 인정에서 출발하지 않았음에도 불구하고 결과적으로는 고전시가에 대한 선입견이나 편견으로 작용할 수 있다는 점이다. 이러한 선입견이나 편견이 현대 독자들이 과거의 시가를 배울 때 여러 가지 어려움을 낳을 수 있음은 물론이다.

이제 이러한 전통론의 연구 결과가 교육의 장에 어떻게 수용되어 있는지 살펴볼 필요가 있다. 새로운 접근의 필요성을 제기하고 그 방향을 타진해기에 앞서, 현대 독자들이 과거의 시가를 배울 때 직면하게 되는 문제나 어려움의 실체에 대해 깊이 있게 이해하기 위함이다.

교육 담론으로서의 선택과 재생산

학술 활동의 장과 교육의 장은 서로 밀접하게 관련되어 있다. 국어국문학자들이 민족교육의 일환으로 국어교육을 담당해왔고 기획해왔으며 국어교육 정책 결정의 핵심에 있었기 때문이다. 따라서 학술 활동의 장에서 생산된 담론이 국어교육의 역사를 만들어왔다고도 할 수 있다. 그 과정에서 오늘날 고전시가에 대한 우리들의 인식 또한 생겨나고 확대 재생산되었다고 볼 수 있다.

여기서는 인문학 연구의 장과 밀접한 관련이 있는, 제도 교육의 장에서 고전시가가 어떻게 존재했는지 살펴봄으로써 고전시가에 대한 오늘날의 인식에 영향을 미친 교육 담론을 구체적으로 살펴보고자 한다. 이는 교육의 장에 초점을 맞춰 오늘날 우리가 고전시가를 인식하는 관점과 시선의 기원을 살핀다는 의미가 있다.

1) 고전시가 레퍼토리의 구성

현재까지 통용되고 인정받는 한국 근대문학의 '정전(正典, canon)' 혹은 '고전(classic)'들이 많은 작품들 가운데 선별되어 그 라인업(line-up)을 구성한 시기가 바로 1930년대 중·후반이다.[40] 도남, 가람 등으로 대표되는 감성적 민족주의의 시대, 실증주의적 연구 방법론이 주류를 이룸으로써 국문학 자료로서의 고전시가 작품들이 발굴되고 고전으로서의 라인업을 구성하기 시작하였다.

초기 국문학자들의 주요한 학문적 관심사는 자료의 '발굴'과 '수집'에 있었고, 그 당시 문학사적 의의라는 이름으로 여러 개의 이본 가운데 해당 텍스트의 '위치'를 설명해 내거나 '차이'를 서술하는 이본 연구의 학적 관습이 형성되었다.[41]

자료가 발굴되고, 원본(original text)과 정본(authentic text), 선본(先本, prior text) 혹은 선본(善本)을 확정하는 논의가 본격화되고 작품에 대한 주석 작업 및 문학사적 위치 설정 논의가 본격화됨으로써, 고전시가는 더 이상 항간의 노래가 아니게 되었고 학적

---

[40] 차정환, 『근대의 책 읽기』, 푸른역사, 2003.
[41] 최기숙, 「1950년대 대학의 국문학 강독 강좌와 학회지를 통해 본 국어국문학－고전연구방법론의 형성과 확산」, 『한국고전연구』 22집, 한국고전연구학회, 2010.

탐구의 대상이 된다. 그리고 그렇게 발굴된 고전시가 작품은 연구 대상으로 대상화되었다는 사실만으로도 정전으로서의 위상을 부여받게 된다.

주해나 주석, 번역이 된 고전 텍스트는 그것이 문학사에 편입될 만한 학적 가치를 지닌다는 판단을 함축한다. 따라서 텍스트를 주해하고 주석하는 행위 자체가 그것을 '정전화'하는 문학사적 의미 맥락을 생산한다고 볼 수 있는 것이다. 이 시기에 상대가요에서 향가, 고려속요, 악장과 시조와 가사에 이르는 시가사의 구도와 각각의 역사적 갈래에 속하는 대표 작품들의 목록이 확정되었다.

당시 대학 교수였던 고전문학 연구자들은 학술 활동의 장에서 고전시가 갈래와 작품을 발굴하는 데서 한걸음 더 나아가 1950년대 중반 이후 1960년대에 이르는 시기에는 여러 잡지와 출판사를 통해 교양 붐을 주도하기도 하였다.42) 여러 일간지를 통해 고전 텍스트를 소개하였는데, 지면을 통해 전문 연구자들이 고전 텍스트를 '선정'하고 '해설'하며 '해재'하고 '해석'하였다.43) 이 과정에서 고전시가를 포함한 고전문학이 읽을 만한 가치가 있는 작품으로 부각되었다. 연구자가 선택한 텍스트를

---

42) 당시 분위기에 대해서는 다음 논문을 참고할 수 있다. 서은주, 「1950년대 대학과 '교양' 독자」, 『현대문학연구』 40집, 한국현대문학회, 2008, 7~39면.
43) 최기숙, 앞의 논문(2010), 478면.

소개하고 해설한다는 사실 자체가 '고전'으로서의 지위를 설득하는 맥락으로 작용하였는바, 이를 "매체를 통한 교양의 배치"44)라고 부를 수 있다. 교양의 배치는 잡지뿐만 아니라 전집류와 문고판의 대형 기획 출판의 유행45)으로도 이어졌으며, 이러한 과정을 통해 전문 독자 혹은 교양(知)의 실질적인 생산자이자 소비자로서의 학력 엘리트들 또한 성장하였다.

그러나 안타깝게도 이 모든 교양 도서의 선정 및 정전화 작업이 고전시가보다는 고전서사 장르를 중심으로 진행되었다. <춘향전>, <홍길동전>, <구운몽>, <허생전> 등의 연암소설, <금오신화>, <사씨남정기>, <박씨전>, <심청전>, <운영전> 등이 당시 부각된 서사 작품들이다. 갈래가 다르기는 하지만 중등학교 교과서에서 <춘향가>(소설은 아니지만)와 <홍길동전>, <구운몽>의 출현 빈도가 높은 것46)은 이러한 교양 붐은 물론이고 정전화 작업과 무관하지 않아 보인다. 고전시가에 초점을 맞추면, 거의 모든 <고전시가선집>에 송강(松江)의 가사가 빠지지

---

44) 서은주, 앞의 논문 참고
45) 1950년대 후반부터 60년대에 이르기까지 출간된 도서 목록은 대략과 다음과 같다. 100권 기획의 을유문화사 <세계문학전집>을 비롯하여, 정음사와 동아출판사의 <세계문학전집>, 민중서관의 <한국문학전집>, 신양사의 <교양신서>, 여원사의 <여원교양신서>, 정음사 <현대교양전집>, 문학사 <교양전집>, 정음사 <교양명저시리즈>, 계몽사 <현대여성교양전집> 등에 고전과 고전문학을 아우르는 도서들을 소개하고 있다. 이임자, 『한국출판과 베스트셀러』, 경인문화사, 1998, 103~104면. 서은주, 앞의 논문, 재인용 28면.
46) 조희정, 『고전문학교육연구』, 한국문화사, 2011, 183~210면.

않고 포함되어 있는데 이 역시 교과서에 가장 많이 수록된 작품이 송강의 작품인 것과 무관하지 않은 현상이다.

그런데 이러한 목록은 1950~60년대 대학을 중심으로 형성되었던 목록에서 크게 벗어나지 않는다.[47] 오늘날에도 여전히 50~60년대 마련된 학적 전통이 유지되고 있으며 여전히 학력 엘리트들이 고전문학 도서 선정 및 배치에 개입하고 있다고 할 수 있다. 대학을 중심으로 한 연구 및 교육 전통이 중·고등학교 고전문학 작품 배치 및 교육 전통 확립의 토대가 되고 있음을 알 수 있다.

한편 국어 교과서나 문학 교과서에 수록된 작품들이 대체적으로 국문학사나 국문학 연구 초창기의 시가 목록과 거의 일치하는 것은 일면 당연한 결과이기도 하다. 고전문학작품을 깊이 이해하여 그 가치를 발견하고 그것을 설명까지 할 수 있는 지식생산자가 바로 연구자들이라는 점에서 연구자들이 고전시가 목록의 선정에 관여하고 선정한 목록을 교육의 장에서 가르치는 것은 일견 당연한 일이다.

---

[47] 1950년대와 60년 대학과 출판사를 중심으로 고전문학이 발견된 이후, 1970년대 고전문학 전집이 출간되었는데, 오늘날 출간되는 선집의 목록들이 그 범위에서 크게 벗어나지 않고 있다. 교과서에 수록된 작품이나 권장 도서로 선정된 도서의 대부분이 이들 책들에 수록된 작품에서 거의 벗어나지 않고 있다. 김기동, 박성의, 양주동, 이가원, 장덕순, 『韓國古典文學全集 1~8권』, 성음사, 1970~1972. 全圭泰 編, 『國古典文學全集 1~7』, 西江出版社, 1975. 韓國古典文學 編輯委員會 編譯, 『韓國古典文學全集, 1~20』, 希望出版社, 1978.

그러나 고전시가 연구에 바탕을 두기는 하되, 선택이 늘 배제를 수반한다는 점에서 교육의 장에서 작품 목록을 선정할 때는 우리가 어떤 것을 취하고 어떤 것을 버렸거나 간과했는지를 분명하게 인식해야 한다. 그런가 하면 연구의 목적이나 연구사적 가치와 별도로, 학습자의 교육적 필요나 우리 사회의 문화적 요구를 감안하여, 작품 목록을 조정하고 재구성하는 과정도 필요하다. 그렇게 미래를 위한 현재적 기획으로서의 '교육'이라는 거시적인 구도 속에서 작품이 지닌 인문적 가치는 물론이고 교육적 가치와 사회적·문화적 가치 등이 풍성하게 논의되고, 그런 연후에 그 가치를 가르치고 공유하기 위한 교육 실천이 기획되어야 한다.

이런 점에서 보면 아직도 고전시가 교육은 초창기 국문학 연구의 자장 안에서 있다고 할 수 있으며, 고전시가 작품 목록과 교육 내용에 대한 교육적 성찰이 여전히 절실한 상황이다.

2) 정전의 구축 : 교과서 수록 양상

이제 학교교육의 장에서 고전시가가 어떻게 다뤄져왔는지 살펴볼 차례이다. 수업은 고전시가 담론이 중개되고 강화되고 새롭게 만들어지는 현장이다. 따라서 수업을 보면 교실에서 고전시가가 다뤄지는 방식을 잘 알 수 있다. 그러나 수업은 그 자체로 일종의 연행 텍스트이다. 일시적으로 현존하는 수업 텍스트를 분석의 대상으로 삼아, 교사[연행자]와 학생[청중]을 포함하는 여러 변인들이 복잡하게 개입하여 만들어내는 특수한 국면을 포착해내기는 쉽지 않다. 따라서 여기서는 수업의 출발점이 되고 참조물이 되는, 잠재적인 실현태로서의 교과서를 살펴보는 것으로 만족하려고 한다. 교과서에 어떤 작품이 수록되어 있고 어떤 관점에 따라 무엇이 가르쳐지고 있는지 살펴보고자 한다. 구체적으로 오늘날과 같은 제도교육이 기획되고 실시되기 시작한 시점에서부터 오늘에 이르기까지 어떤 작품들이 선택되고 교육되었는지, 그러한 선택에 전제된 관점은 무엇이며 고전시가에 대한 이해에 어떤 영향을 미쳤는지 살펴보고자 한다.

먼저 1차 국어과 교육과정으로부터 7차 국어과 교육과정에 이르는 시기 교과서에 수록된 작품의 목록을 살펴보고자 한다. 이어 학습 활동을 분석함으로써 고전시가의 무엇이 어떻게 교육되었는지 살펴보고자 한다. 2009년 개정된 교육과정 총론에 따라 2011년 국어과 교육과정이 다시 개정되었고 그에 따라 교과서가 다시 제작되었고 2014년 현재 문·이과 통합형 교육과정을 개발 중에 있으니 곧 또다시 새 교과서가 만들어질 것이다. 그러나 새 교과서가 개발된다 하더라도 여기서 살피는 7차 이전 교과서와 크게 다르지는 않을 것으로 본다.

① 초등 교과서 수록 양상[48]

해방 이후 초등학교 교과서에는 고려속요와 시조만이 고전문학 서정 갈래로 수록되었다. 고려속요의 경우 총 2번 나오는데, 건국기 교과서에 <청산별곡>이, 7차 국어교과서 5학년 2학기에 <상저가>가 각각 등장한다. 반면에 시조 작품은 전 시기에 걸쳐 골고루 풍부하게 수록되어 있다. 시조의 경우 건국기부터 7차에 이르기까지 6학년 교과서에 빠지지 않고 수록되어 왔으며 간혹 5학년 교과서에도 수록되었다.

그러나 시조 작품이 전 교육과정기에 걸쳐 수록되기는 하였지만 그 위상에는 변화가 있었다. 교육과정 초기 교과서에서는 시조가 독립된 단원으로, 갈래의 성격에 대한 지식과 함께 가르쳐졌다. 그러나 7차 교과서에서는 대부분의 시조 작품들이 '쉼터'에 수록되고 있어 이전의 교과서와 대조된다. 민현식 외[49]에서는 이에 대해 시조가 '문학적 경험 대상'으로 간주되기 시작했다고 평가했는데, 이는 적절하지 않다. 쉼터란 그야말로 쉬어가는 코너로서 교과서에서 가르쳐야 할 내용으로서의 강제력이 덜하다는 점에서, 쉼터에 수록된 현상은 언어 사용 기능 중심의

---

48) 고전시가의 초등 교과서 및 중등 교과서 수록 양상은, 국어교육사를 정리한 책을 참고했지만 해당 부분 연구자였던 조희정의 책을 주로 참고하였다. 조희정, 『고전문학 교육 연구』, 한국문화사, 2011, 3~87면. 민현식 외, 『미래를 여는 국어교육사 Ⅰ』, 서울대출판부, 2007.
49) 민현식 외, 앞의 책 참고.

패러다임이 확대됨으로써 문학 작품에 대한 감상 경험이 후면으로 밀려난 현상으로 보아야 한다. 시조가 문학적 경험 대상으로 제대로 가르쳐지려면 쉼터가 아니라 본 차시 수업 내용으로 포함되었어야 한다.

시조 작품 중 수록 빈도가 높은 작품을 들면 다음과 같다.

[표 2] 초등 국어과 교과서 수록 빈도수 높은 시조 작품

빈도	작자	시조	건	1	2	3	4	5	6	7	비고
1	양사언	태산이 높다 하되	○	○	○	○			○	○	
	정몽주	이 몸이 죽고 죽어		○	○	○		○	○	○	
	정 철	마을 사람들아	○	○	○	○	○	○			
		이고 진 저 늙은이	◎	○	○	○			○	○	
2	남구만	동창이 밝았느냐	○	○	○	◎	○				
	이방원	이런들 어떠하며		○	○	○		○		○	
	이 직	까마귀 검다 하고	○			○	○		○		

시조 분야에서 문학적으로 고평을 받은 윤선도보다 정철의 시조가 선택되었고 그 중에서 훈민시조가 주로 선택되는 경향을 보였다. 여기에 독특한 연행 문화를 보여주는 정몽주와 이방원의 시조가 단골 레퍼토리로 등장하였다.

정몽주와 이방원이 주고받은 시조를 제외하면 대부분의 시조들이 도덕적 주제를 담고 있어서 일종의 '교훈'을 주는 것들임을 알 수 있다. 정철의 <훈민가>는 훈민이라는 목적이 명확하기 때문에 재론할 필요가 없으며 정몽주의 시조는 '충'이라는

주제가 돋보이는 작품이고 남구만의 시조 역시 '근면'이라는 덕목과 관련된다. 시조의 주제—특히 도덕적·교훈적 주제—가 매우 중요하게 시조 작품 선정의 근거가 되고 있음을 확인할 수 있다. 이러한 편향성은 시조에 대한 편견이나 선입견을 심어줄 수 있으며, 형식의 고정성으로 말미암아 삼라만상과 온갖 감정을 자유자재로 담아내던 양식이 바로 시조임을 간과하게 한다는 점에서 문제가 된다.

② 중등 교과서 수록 양상

중등 교과서의 경우 전체적으로 볼 때 시가사적 흐름에 따라 한두 작품들이 역사적 갈래를 대표하는 작품으로 수록되는 식이다. 그러나 시조가 단연 많이 수록되어 있고,[50] 가사 작품 중 <관동별곡>이 교육과정 전 차시에 걸쳐 수록되어 있는 것이 특징적이다. 작가별로 보면 윤선도, 정철, 박인로의 작품이 많은데, 특히 윤선도가 주목을 끈다.

자세히 살펴보면, 상대가요의 경우 <공무도하가>(2차와 4차)와 <구지가>(2차), <황조가>(2차, 3차, 4차, 6차)가, 향가의 경우 <제망매가>(2차, 3차, 4차, 5차, 6차)와 <찬기파랑가>(3차, 4차), <안민가>(6차), <서동요>(7차, 중2, 고하)가, 고려속요의 경우 <가시리>(1차, 2차,

---

50) 자세한 내용은 민현식 외(2007) 참고.

7차(중3)), <사모곡>(건국, 1차, 2차, 3차, 4차, 7차), <정과정>(건국, 1차, 2차, 3차), <정석가>(3차, 4차, 6차), <청산별곡>(2차(중2), 3차, 4차, 5차, 6차, 7차(중-고)), <한림별곡>(3차)이 수록되었고, 악장은 주로 <용비어천가>가 수록되었다. 175종이 수록된 시조는 <오우가>가 단연 빈도수가 높았고, 가사 작품으로 <관동별곡>은 한 번도 빠지지 않았고 그 외 <상춘곡>(5차까지 꾸준히 수록), <사미인곡>(건, 1차, 2차), <태평사>(건국, 1차), <화전가>(4차), <농가월령가>(1차, 2차), <연행가>(6차)가 수록되었다. 한시는 정지상의 <송인>(2차, 3차, 4차, 7차)이 가장많이 수록되었고 잡가는 단연 <유산가>의 빈도수가 높았다.

그 전체적인 분포는 다음과 같다.

[표 3] 중등 국어 교과서 수록 고전 시가 대표 텍스트

	작품	건	1	2	3	4	5	6	7	비고
8회	관동별곡	○	○	○	○	○	○	○	○	
7회	오우가 1연	○	○	○	○	○	○	○		
	용비어천가 제2장	○	○	○	○	○	○	○		
	용비어천가 제125장	○	○	○	○	○	○	○		
6회	오우가 2연	○	○	○	○	○		○		
	오우가 3연	○	○	○	○	○		○		
	오우가 4연	○	○	○	○	○		○		
	오우가 5연	○	○	○	○	○		○		
	오우가 6연	○	○	○	○	○		○		
	어부사시사 (간밤에~)	○	○	○	○	○			○	
	국화야 너는 어이(이정보)		○	○	○	○	○	○		
	도산십이곡 11연		○	○	○	○	○	○		
	용비어천가 제1장		○	○	○	○	○	○		
	상춘곡	○	○	○	○	○	○			

	작품	건	1	2	3	4	5	6	7	비고
5회	사모곡	O	O	O	O	O				
	청산별곡				O	O	O	O	O	
	어부사시사 (연잎에~)		O	O	O	O			O	
	이 몸이 죽고 죽어(정몽주)	O	O			O	O		O	
	짚 방석 내지 마라(한호)	O	O	O	O	O				
	용비어천가 제4장	O	O			O	O	O		

<관동별곡> 등 가사와 <용비어천가> 등 악장의 빈도수가 높기는 하지만 대체적으로 시조 갈래의 작품이 다수 수록되었음을 알 수 있다. 상대적으로 상대 가요와 향가 등 고대가요나 조선 후기 다양한 작품들은 선택에서 제외되어 있음을 확인할 수 있다.

시조가 단형의 형식이라는 사실도 작용을 했겠지만, 시조가 전체 학교급의 교과서에서 중요하게 다뤄지고 있는 것은, 시조가 국민 문학으로, 그리고 시조의 형식이 민족적인 형식으로 발견된 역사와 무관하지 않다. 시조에 대한 성격 규정과 시조의 형식에 대한 의미부여는 앞서 살핀 것처럼 시가 연구의 초창기 근대적 관점에 따라 만들어진 결과이다.

3) 교육을 통한 인식의 확대 재생산

어떤 작품이 선택되었는지 뿐만 아니라 작품의 '무엇'을 '어떻게' 교육해왔는지 살펴봐야 고전시가에 대한 오늘날의 인식이 생겨난 맥락을 보다 포괄적으로 파악할 수 있다. 무엇을 어떻게 교육했는지 교과서 활동을 예로 살펴보고자 한다.

① 주제 중심의 편향

1946년 군정청 문교부에서 발행한 교과서에는 고전문학 작품을 배우기에 앞서 도입의 성격을 지니는 질문이 나오고 작품을 모두 배운 다음에는 형식과 내용을 확인하는 질문으로 이루어진 '익힘' 활동이 나온다.[51]

남구만의 <동창이 밝았느냐>는 시조 작품이 제시되고, 익힘 활동으로 '시조의 구절과 글자 수효는 어떻게 된 것인가'라는 물음과 '이 시조는 무엇을 말하는 것인가'라는 물음이 덧붙여져 있다. 형식과 주제를 묻는 물음을 던짐으로써, 시조에 대한 접근 및 교육의 방향과 내용을 제시하고 있다.

조윤제가 자수율을 헤아려 기본형을 도출한 것처럼 학생들로 하여금 글자수를 헤아리도록 하는, 시조 형식에 대한 교육으로부터 시작하여, 제시된 작품의 주제를 찾는 것으로 시조 교육이

---

51) 중등 교과서에서 고전문학작품이 본격적으로 다뤄지기 시작한다는 점에서 광복 이후 미군정기로부터 전후까지의 중등 국정 교과서와 1차~2007년 개정 국어과 교육과정에 따른 중등 교과서에 수록된 작품을 중심으로 교과서를 살펴보았다. 전자, 즉 미군정기로부터 전후에 이르기까지의 교과서는 최근 허재영이 해제한 8권의 책에 영인된 자료를 취해 분석하였다. 문교부(허재영 해제), 건국과도기의 국정 중등 교과서 (1~8권), 역락, 2011.

일단락된다.

글자수를 중심으로 한 자수율로 시조의 정체성을 설명하기는 하지만, 구술 전통 속에서 향유된 고전시가로서의 시조의 미학에 대한 이해는 시도조차 못하고 있는 것을 볼 수 있다. 이는 시조를 국민 문학, 일종의 '시'로 발견한 초창기부터 예고된 현상이라고 할 수 있다.

한편 활동의 경중과 활동에 할애하는 시간을 따져볼 때 자수율을 확인하는 것은 시조임을 확인하는 의례적인 절차에 가깝고 시조의 주제를 파악하는 활동이 시조 수업의 핵심 내용이 됨을 알 수 있다. 이를 주제 중심 혹은 주제 편향의 접근이라고 부를 수 있다.

'익힘'을 두고 있는 이 교본을 바탕으로 정부 수립 직후부터 이후까지 <중등 국어 1, 2, 3>이 발행되었는데 질문이 작품의 내용이나 형식을 묻는 단순 질문이라는 점에서 이들 시기에는 작품을 이해하기 위한 활동보다는 작품 자체가 중시되었음을 알 수 있다. 1949년부터 전후까지의 교과서에서도 이러한 사실은 변함이 없다. '익힘'이 아예 사라지고 단원의 길잡이만 제시되는 독본 형태를 보여주고 있는데, 이처럼 교육의 초점이 작품에 맞춰져 있었다. 그리고 '익힘'의 예에서 보듯이 간단하게라도 작품에 대한 접근 방법이자 해석 방법으로서의 메타적 언급이 나타나는데, 그 주요 내용이 바로 주제 찾기라는 공통점이 있다.

이러한 주제 중심의 접근은 전 교육과정기에 걸쳐 나타나는 특징으로, 시조를 담고 있는 단원의 제목만 봐도 알 수 있다. 문학사를 설명하는 단원에 수록된 경우를 제외하고 시조가 수록되어 있는 단원의 명칭이 수록된 시조의 주제와 관련되는 것을 어렵지 않게 확인해볼 수 있다.

이러한 현상, 즉 주제 중심의 접근이 비단 시조에 국한된 것은 아니다. 수록 빈도수가 높은 고려속요 역시 이별의 정한 등 주제를 찾아내는 활동에 집중되어 있으며, 악장이나 가사 작품 등도 주제를 찾아내는 활동에 집중하고 있다. 그런데 과연 이러한 주제 찾기가 작품 이해와 감상에 얼마나 도움이 될까?

주제는 일종의 메시지에 해당한다. 그런데 여러 논자들이 지적한 것처럼 메시지를 찾는데 집중하는, '메시지 사냥'식의 접근은 학생들의 풍부한 문학 경험을 독려하기보다는 오히려 단순화한다는 점에서 문제가 된다. 이해 및 감상의 결과로 찾아낸 주제는 몇 개의 추상적 차원의 진술이나 구문으로 환원된다. 청중을 울고 웃게 하는 판소리 <춘향가>나 독자로 하여금 죽느냐 사느냐의 고민에 동참하게 하는 <햄릿>의 주제를 떠올려보길 바란다. 두 작품이 주는 즐거움은 사실상 상투적인 주제에 있는 것이 아니라 그 주제를 드러내는 방식 혹은 형상화하는 방식에 있다.

메시지 사냥은 '이 시가의 주제는 무엇이다' 혹은 '이 시가의 내용은 무엇이다' 혹은 '이 시가에서 배울 점은 무엇이다'라는 식의 결론을 향해 나아가는 방식으로, 작품을 구성하고 있는 풍부한 세부사항들을 간과하게 한다는 문제가 있다. 그런데 불행히도 많은 독자들이 책이나 작품의 테마나 메시지를 발견해야 한다는 강박을 가지고 있다. 이러한 강박은 메시지 사냥을 강조하는 교육의 경험이 누적됨에 따라 생겨나고 또 강화된 결과이다.

주제 중심의 접근은 주제 이외의 것들, 즉 노래가 주는 즐거움이나 언어의 미(美), 유형과 구조가 주는 즐거움 등에 집중할 수 없게 하는데, 이러한 주제 이외의 것들은 주제를 구현하는 방식과 관련된다는 점에서 즐거움 혹은 감동의 원천이 된다. 문학작품의 주제는 진부한 것일 수 있지만, 우리는 주제를 구현하는 방식의 새로움, 즉 어떻게 주제를 구현하고 있느냐에 관심을 가지고 작품을 읽게 된다. 그런 점에서 주제 중심의 접근에만 초점을 맞추는 교육은 학생들로 하여금 장차 문학이 주는 즐거움을 경험할 수 없게 하는 것은 물론이고 문학적 감수성의 계발에도 기여하지 못한다는 점에서 경계할 일이다.[52]

고전시가를 주제 중심으로 접근한다는 것은 고전시가의 형식

---

52) 어린이 문학에 집중하여 논의하기는 하였지만 메시지 사냥의 위험성에 대해 경고한 대표적인 논자는 페리 노들만이다. 페리 노들만, 『어린이 문학의 즐거움 1, 2』(김서정 옮김), 시공주니어, 2001.

이나 미학이 후면으로 밀려났음을, 제대로 가르쳐지지 않고 있음을 의미한다. 또한 구술 전통 속에 있던 고전시가를 문자 문학의 관점과 방법론으로 접근한다는 것을 의미한다. 그렇게 되면 시조, 나아가 고전시가의 미학을 제대로 포착하여 가르칠 수 없게 될 가능성이 높아진다.

② 학술 담론의 무비판적인 매개

<관동별곡>은 미군정기로부터 오늘날에 이르기까지 교과서에 빠지지 않고 수록된 작품이다. 이 작품이 어떻게 가르쳐져 왔는지 살펴보면 고전시가 교육의 담론이 어떻게 전개되어 왔는지 살펴볼 수 있다.

5차 교육과정을 입안할 때부터 국어교육학이 국문학과 교육학의 산술적 결합을 넘어선 학문적 정체성을 추구하였으며 그로 인해 5차를 기점으로 국어과 교육과정의 철학 및 교과서 구성이 다소 달라졌다. 이 점을 감안하여, 5차 이전 4차 교육과정에 따른 교과서 활동과 5, 6차 교육과정에 따른 교과서 활동을 대비함으로써 <관동별곡> 교육의 내용 및 그 변화의 추이에 대해 살펴보기로 한다.

[가] '관동별곡'의 국문학사상 위치
관동별곡을 읽고 다음 사항을 알아보자.

(1) 제작 연대와 표기상의 특징

(2) 여정과 구성

(3) 형식과 운율

(4) 수사

(5) 자연 및 인생에 대한 작자의 태도

(6) 내포된 사상

(7) 고사와의 조화   (4차)

[나] (1) 산과 바다를 보았을 때의 떠오른 생각들에는 각기
　　　어떤 공통점이 있는가?

　　(2) 산과 바다의 이미지는 이 노래의 전개상 어떤 구실
　　　을 하는가?

　　(3) 이 노래가 인간의 심리적 양면성이라는 측면과 관련
　　　이 있다는 점을 중심으로 다음 사항을 생각해 보자.
                                                    (5차)

[다] (3) 산과 바다에서의 심리 상태가 각기 다른 것은 이중
　　　적 심리가 반영된 것이라고 할 수 있다. 이 점에서
　　　작품 속 화자와 작자의 관계가 밀접하다는 점을 설
　　　명해보자.   (6차)

　　[가]에서 보듯 4차 교과서 이전까지는, <관동별곡>이 차지
하는 국문학사적 위상을 알고, 현대시처럼 내용과 형식, 작가
등에 대해 분석적 접근을 하도록 안내하고 있다. 기행문학으로
서의 여정과 구성을 이해하고, 시로서의 형식과 수사법 등에 대

해 배우는 것은 물론이고 작품에 나타나는 작가의 사상과 주제에 대해 탐구하도록 안내하고 있다. "<관동별곡>에 대한 전방위적 이해를 시도하고 있"으며 "국문학 연구자가 <관동별곡>을 연구 대상으로 삼고자 할 때 추출할 수 있는 요소가 대부분 거론되고 있"[53]음을 알 수 있다.

그런데 [나]에 이르러 다른 내용이 가르쳐지고 있다. '노래와 삶'이라는 단원에 수록된 5차 교과서의 경우, <관동별곡>이 현대시와 같은 독서물이 아니라 노래라는 점을 밝힌 후, 지시문을 통해 <관동별곡>에 대한 심리학적 접근을 유도하고 있다. 5차와 6차 교과서 모두 심리학적 접근을 유도하고 있는데 이러한 접근은 시가 연구의 성과, 구체적으로 김병국의 「가면 혹은 진실」[54]이라는 논문에 바탕을 둔 것이다.

김병국의 <관동별곡>에 대한 해석은 실증적 연구나 역사주의적 연구 방법이 득세하던 시절, 심리학적 관점에 입각하여 작품에 대한 이해를 시도했다는 사실만으로도 신선한 충격을 주기에 충분했다. 게다가 이 논문은 관찰사로서의 직무를 수행하던 작가가 일탈로서의 여행을 떠남으로써 겪게 된 내적 긴장감 혹은 갈등을, 산과 바다라는 공간의 변화와 연결지어 섬세하게

---

53) 민현식, 앞의 책, 345면.
54) 김병국, 「가면 혹은 진실-송강가사 <관동별곡> 평설」, 『국어교육』 18집, 한국국어교육학회, 1972.

읽어내는 미덕까지 갖추고 있다.

그러나 이 논문이 여러 가지 미덕을 갖고 있는 것은 분명하고 연구사적 의의 역시 적지 않지만, 그렇다고 해서 국문학 연구의 결과를 곧바로 교육 담론으로 수용한 것은 문제가 있다. 연구사나 시가사에서 볼 때 의미 있는 성취라고 해서 교육적 의미나 의의를 지니는 것은 아니며, 교육적 의의를 지닌다고 하더라도 그 내용을 연구자가 아닌 학생들이나 일반인들과 공유하기 위해서는 별도의 재구성이나 새로운 접근 방법이 고안되어야 하기 때문이다.

국문학 연구 담론이 별다른 교수학적 변환의 과정을 거치지 않고 교육 담론으로 편입된 사례는 얼마든지 더 들 수 있다. <관동별곡>처럼 전 교육과정기에 걸쳐 출현 빈도가 높은 <청산별곡>의 경우도 마찬가지이다. 그간 국어교육의 장에서 <청산별곡>에 대한 교육은 <청산별곡>에 대한 모든 이설(異說)과 이견(異見)들을 소개하는 식으로 전개되었다. <청산별곡>에 대한 해석은 제목과 첫 연에 등장하는 '청산'을 어떻게 보느냐와 밀접하게 관련된다.

청산을 낭만적인 피안(彼岸)의 공간으로 막연하게 규정하면 <청산별곡>은 현실도피사상에 근거한 낭만적인 노래로 해석된다. 자연의 품에 안겨 현실의 비애를 잊고자 하는 노래로 노장(老莊)의 출세간적(出世間的) 사상과도 연결된다는 주장[55]이나, 현실의 혼탁에 물들지 않으려는 현실도피사상을 상상화한 노래56)라는 해석, 짝사랑의 비애를 노래하고 있다는 해석,57) 궁중 여인의 한과 고독이 담겨 있다는 해석58) 등이 낭만적인 노래로 해석하는 범주에 속한다.

그러나 '청산'을 산 아래 마을과는 구별되는 또 다른 현실 공간으로 설정하게 되면 다소 다른 해석이 가능해진다. 어떤 실패나 좌절로 인해 찾아 나선 또 다른 현실 공간으로 설정하면,59) <청산별곡>의 비애는 보다 절실한 것으로 부각된다. 그런가 하면 유랑하는 백성들이 발을 붙이고 살아보고자 했던 현실 공간으로 설정하게 되면 <청산별곡>은 유랑하는 백성들의 생활고를 담은 노래60)로, 구체적으로 대몽항쟁기 '사민산성해도(徙民山城海島)' 정책에 따라 산과 바다로 삶을 터전을 옮겨야 했던 '매우 심각한 유랑의 노래'61)로 해석되기도 한다.

그런가 하면 신화적 접근 방법에 따라 청산을 신화적 공간과 대비되는 자연 공간 혹은 현실 공간으로 설정한 연구62)도 있다.

---

55) 서수생, 「청산별곡소고」, 『경북사대 연구지』 1집, 경북대, 1963.
56) 전규태, 『고려속요 연구』, 정음사, 1976.
57) 양주동, 『麗謠箋注』, 을유문화사, 1947
58) 성현경, 「청산별곡고」, 『국어국문학』 58~60호, 국어국문학회, 1972.
59) 김형규, 『고가요 주석』, 일조각, 1967.
60) 신동욱, 「청산별곡과 평민적 삶 의식」, 『고려시대의 가요와 문학』, 새문사, 1982.
61) 박노준, 『고려가요의 연구』, 새문사, 1990.
62) 김복희, 「청산별곡의 신화적 의미」, 『고려가의 정서』, 새문사, 1986.

신화적 접근에 따르면 <청산별곡>은 자연 공간에서 증폭되는 부정적인 감정을 신화적으로 해결한 노래가 된다.

이처럼 <청산별곡>에 대한 해석과 이견은 실로 다양하다. 그런데 이처럼 다양한 해석과 이견들이 교육의 장에서 모두 소개되고 있다. 그야말로 '소개'되고 있다. 소개만으로도 다양한 해석의 가능성을 엿보는 효과가 있을 수는 있다. 그러나 다양한 해석에 이르는 과정이나 논리가 간과된 채 결과로서의 이설이나 이견을 소개 혹은 중개하고 마는 것은 외워야 할 정보의 양, 그것도 작품 해석에 별반 도움이 되지 않는 고립된 정보의 양을 늘리는 결과만을 낳을 뿐이다. 일관된 해석 서사로 꿰어지지 않은, 구슬[정보]은 아무리 많아도 소용이 없다. 교육적 관점으로 선택되어 재구성되지 않으면 <청산별곡>에 대한 이해를 깊게 해주지 못하는 것은 물론이고 외워야할 정보들의 양에 압도되어 <청산별곡>을 왜 배워야 하는지에 대한 회의와 의심까지 초래할 수 있다.

사례를 더 들지 않더라도 고전시가 연구의 결과가 고전시가 교육의 장에 고스란히 편입되어 왔다는 사실은 어느 정도 드러났으리라 생각한다. 고전시가 연구의 성과에 바탕을 두고 고전시가 교육의 중요한 내용이 설계되어야 함은 물론이다. 그러나 연구의 목적은 작품 자체에 대한 이해에 놓여 있는 반면에 교육의 목적은 작품을 통해 자기 자신은 물론이고 타자와 세상살

이에 대한 이해의 폭과 깊이를 더하려는 데 놓여 있다. 따라서 고전시가 연구의 결과는 교육이라는 목적에 따라 재구성되거나 때로 새롭게 발견될 필요가 있다.

이상으로 학술의 장과 교육의 장에서 어떤 고전시가 작품들이 어떻게 선택되어 어떻게 연구되거나 교육되어 왔는지 살펴보았다. 그 과정에서 현대 독자들이 고전시가를 바라보는 관점과 접근 방법이 언제 어떻게 형성되어 오늘에 이르렀는지 드러내고자 하였다. 이제 현대 독자로서의 우리가 가지고 있는 관점과 접근 방법에 대해 반성적으로 성찰하는 한편, 새로운 접근의 관점과 방향에 대해 탐색해볼 차례다.

3.
근대적 시선에 따른 특권화와 배제

1) 근대, 서구, 문자 중심의 접근

우리 (고전)문학교육의 역사가 서구적 안목으로 작품을 보고자 한 역사임은 다시 지적할 필요가 없을 터인데, 서구적 안목이란 다름 아닌 '예술로서의 문학관'이라 부를 수 있다. 예술로서의 문학관은 근대 이후 직업인으로서의 전문작가가 출현하고 그들에 의해 문필 행위로서의 글쓰기가 일반화된 시기에 확립된 문학관이다. 문학작품이란 창작의 고통을 감내하면서 쓰고 다시쓰기를 여러 번 하여 완성한 하나의 예술품인바, 이러한 관점에 따르면 진지한 예술 혹은 고급 예술에 무게 중심이 놓이고 진지하지 못한 예술이나 소박한 문학적 시도 및 대중문화 등은 폄하될 수밖에 없다. 그 결과 후자의 적극적인 향유자인 대다수 일상인은 문학으로부터 소외되거나 문학소비자로 전락

해버리고 문학은 문학을 업(業)으로 삼는 작가와 연구자들의 것이 되어 버린다.

앞서 우리는 국문문학으로서 고전시가를 발견함으로써 고전시가가 교육의 대상이 되고 정전의 목록에 포함되었음을 밝힌 바 있다. 고전시가는 노래가 아닌 문학으로, 과거의 '시'로 발견됨으로써 교육의 장에 편입이 되었고 문학 연구의 방법론에 따라 분석되기 시작했다. 그런데 당시 지배적인 문학 연구의 방법론이 서구 예술로서의 문학 작품이자 문자 문학을 대상으로 하는 접근의 방법이라는 데 문제가 있다. 예술로서의 문학관 혹은 문자 중심의 프레임으로 고전시가를 이해하게 됨에 따라, 고전시가 고유의 정체성과 타자로서의 가치가 왜곡·과장되거나 일부 배제되거나 간과되는 문제가 발생했기 때문이다.

전문작가가 있고 대중은 대개가 소비자로 존재하는, 오늘날의 독자들에게 직업인으로서의 전문작가가 출현하기 이전 시기의 문학, 즉 일상인의 문학은 당혹감을 줄 수도 있다. 오늘날 제도를 통해 암암리에 재생산되고 있는 문학관에 따르면 고전문학, 특히 교과서에 다량으로 실려 있는 국문문학은 함량 미달의 어떤 것으로 보이고 때로 그러한 문학작품을 유산으로 물려받은 우리들에게 열패감마저 안겨준다. 슈타이거가 말한 '회감(回感)' 혹은 '서정적 서정'의 세계를 보여주는 서정시다운 시가 작품을 찾기란 거의 불가능하며 삶에 대한 치열한 고민이나 인간성의 집요한 탐색을 보여주는 소설 또한 찾아보기 어렵다는 점에서 우리의 문학은 뭔가 좀 부족한 것으로 보일 수밖에 없다.[63]

고전시가에 대한 교육이 오히려 우리 시가의 가치에 대한 열등의식으로 이어질 수 있는바, 이는 문자 중심의 프레임을 벗어버리고, 고전시가의 매체 특성과 맥락 등에 대한 면밀한 고찰을 통해 고전시가의 미학을 새롭게 인식하고 그에 따라 새로운 이해 및 해석의 방법을 발견함으로써 극복될 수 있는 문제이다.

2) 진화론적 관점에 따른 가치 평가

앞서 살핀 것처럼 고전시가 교육 담론은 고전시가 연구 담론에서 비롯되었고 늘 영향을 받고 있다. 그런데 고전시가 연구의

---

[63] 이런 저간의 사정을 살펴볼 때 문학을 문화로 보자고 제안하고 문학의 일상화 및 삶과의 관련성을 주장하는 논자들의 대부분이 고전문학을 자료로 삼는 연구자라는 점은 어쩌면 당연한 일일 수 있다. 이른바 문필 행위가 사대부 교양의 하나로 자연스럽게 녹아 있던 시대의 산물, 특별한 수련을 받지 않은 갑남을녀가 '문학한다'는 자의식 없이 일상에서 향유했던 작품을 다루는 연구자들에게, 문학의 신비화는 매우 낯설고 문제적인 것으로 비춰질 수밖에 없기 때문이다. 초창기 고전시가교육 연구자들이 일상의 문학적 표현, 문학의 일상적 속성을 강조하며 문학의 신비화 및 문학교육론의 고답화를 비판하게 된 이유가 여기에 있다. 또한 예술문화와 상대되는 개념으로 생활문화를 내세우게 된 까닭이 여기에 있다. 생활문화라는 개념을 내세운 연구자 역시 김대행이다. 김대행, 앞의 책 (1995) 참고. 김대행, 「문학교육론의 시각」, 『문학교육학』 2호, 한국문학교육학회, 1998.

지향 중의 하나는 보다 정확하고 풍성한 고전시가사를 기술하는 데 있다. 고전시가사를 기술하기 위하여 작품의 문학사적 의의나 가치를 판정하는 데 공력을 들인다. 성호경이 '성급한 문학사적 의의(위치) 판정의 위험성'에 대해 언급한 것에서 보더라도 문학사적 자리매김을 하려는 시도는 한국 시가 연구 전반에서 나타나는 현상이다.[64] 역사주의적 비평이 전제되어 있는 고전시가 연구의 경우는 더욱 연구의 귀결점이 시가사적 지속과 변화의 문제, 즉 시가사적 자리 매김으로 이어질 수밖에 없다. 역사주의적 비평의 중요한 개념 중의 하나가 '평판과 영향의 파악'이라는 점에서 작품 간의 공시적·통시적 영향 관계를 파악하고 그 양상을 드러내야 하기 때문이다.

조윤제가 고전시가의 구도를 그린 이후, 시사사적 구도, 즉 문학사적 안목과 구도에 따라 고전시가 교육이 설계되고 실천되어 왔다. 시가사적 흐름을 감안하여 교과서 수록 작품을 안배하고 학술 담론을 매개하는 식의 교육의 실천해왔다는 점에서[65] 학교에서의 고전시가 교육은 일종의 문학사교육의 형태로 진행되어 왔다고 할 수 있다.

문학사 교육의 중요성에 대해서는 새삼 말할 필요가 없을 것이다.[66] '문학의 역사에 대한 지적 탐구이자 결과로서 문학사는

---

64) 성호경, 『한국시가 연구의 과거와 미래』, 새문사, 2009, 226면.
65) 박효수·임성운, 「중·고등학교 교과서의 문학사 기술 양상에 대하여」, 『어문연구』, 제11집, 한국어문학회, 2001.

이제까지 탄생했던 모든 문학에 대한 총체적 이해와 개별 문학 작품에 대한 풍부한 이해를 추구한다. 전체를 통해 개별을 이해하고 개별과 전체, 개별과 개별 사이의 관련을 추구함으로써 전체의 윤곽을 그려보고자 한다.'[67] 문학사 교육은 개별 작품이나 장르에 대한 이해를 넘어서 세계에 대한 주체의 미학적 대응 양식과 그러한 양식의 역동적인 움직임을 포착하게 해 준다는 점에서 그 중요성이 인정된다. 그러나 앞서 살펴본 것처럼 문학사는 작가와 작품을 선별하여 정전의 목록을 만들고 그것을 서열화하고 시대와 장르 등에 따라 분류하는 등 차별과 분류, 설명으로 이루어진 통시 체계이다. 국문문학인 '고전시가' 역시 20세기 초 민족문학으로 발견됨으로써 문학사에 편입되었으며, 향가와 고려속요와 가사가 발견되고 시조가 국민문학으로서의 위상을 부여받아 문학사에 포함되었다. 고전시가 역시 통시적인 흐름 속에서 의미 있는 사건이자 작품이자 갈래로 교육의 장에 편입되었다.

그런데 앞서 살핀 것처럼 교육의 장에서 작품이나 장르에 대한 교육 내용으로 중시되는 것 중의 하나가 문학사적 의미나

---

66) 필자는 문학사적 구도에서 제도교육이 시작되고, 문학사 지식이 문학교육의 내용이자 방법이 되는 한편, 학습자들로 하여금 문학사를 구성하게 하는 것이 문학교육의 하나의 목표가 될 수 있다는 점을 들어 문학사교육이 중요함을 이미 지적한 바 있다. 정재찬 외, 『문학교육개론 I』, 역락, 2014, 115~148면.
67) 조하연, 「문학사적 안목 형성을 위한 문학사교육의 내용 전개 방향 연구」, 『새국어교육』 97집, 한국국어교육학회, 2013, 530면.

가치에 대한 인식이다. 교과서에서는 역사적 장르의 출현을 이전 장르가 시대적 소임을 다함에 따라, 새로운 시대의 새로운 미학적 요구에 따라 생겨난 현상으로 보고 있다. 구체적으로 역사적 장르에 속하는 어떤 작품을 가르칠 때 으레 우리는 그 작품이 이전의 작품에서 볼 수 없었던 미학적 성취를 보여준다는 식으로 설명해 왔다.

사실 어떤 장르나 작품의 출현은 특정한 시대 상황에 대한 새로운 대응 양식으로, 이전 장르를 완전히 대체하는 사건이 아니며 이전 장르의 소멸이란 이전의 관습이나 표현이 잠행성 유산으로 자리하게 되었거나 후면으로 밀려난 현상으로 봐야 한다. 그런데 문학사적 의의와 가치를 강조하다 보면 전대의 장르나 작품에 견주어, 새로 출현한 장르나 새롭게 등장한 작품의 가치를 부각시켜 설명할 수밖에 없게 된다.

시가사적 지속과 변모의 양상을 살피되, 과거로부터 현재에 이르는 시간과 장르 및 작품을 순차적으로, 연대기적으로 나열하는 방식이다 보니, 자연스럽게 나중의 것이 이전의 것이 지닌 문제점을 극복한 결과이거나 새로운 자질을 취한 것으로 설명될 수밖에 없다. 따라서 시가사의 전개 양상은 현상적으로 보기에 문학의 역사가 발전 내지 진보하는 것처럼 느껴지게 한다. 조선 전기 시가의 관념성을 극복함으로써 조선 후기 시가가 사실성이나 구체성을 획득하게 되었다고 설명하는 식이다. 후기 시조 작자층의 확대와 시조 작품 세계의 확대는 그 자체로 의미 있는 문화 현상이기는 하지만, 그렇다고 해서 전기 시조를 극복한 현상으로 볼 수는 없다. 또한 후기 시조가 전기 시조의 성취를 넘어선 차원의 미학을 보여준다고 볼 수도 없다. 그럼에도 불구하고 교육의 장에서 선조적(linary), 연대기적 기술로 인해, 먼저 것보다 나중의 것이 발달된 것 혹은 진전된 것이라는 의식이나 관념이 생겨나기 쉽다. 이러한 의식이나 관념을 발달적 혹은 진화론적 관점이라고 부를 수 있는데, 이러한 진화론적 관점은 고전시가의 특수성을 인정하고 그 특수성으로부터 무엇인가를 배우려는 교육적 접근과 상치된다.

발달적 혹은 진화론적 관점이 자리하고 있음은, '주술'이라는 개념에 대한 인식에서도 확인해 볼 수 있다. <구지가>의 주술성이나 향가의 주술성은 그 자체로 미학적 의미를 지니는 특질임에도 불구하고 교육의 장에서는 서정성을 통해 극복된 관념으로 설명하는 것이 일반적이다. 이는 진화론적 관점 내지 발달론적 관점이 구체적으로 드러난 예로 보기에 충분하다.

최남선이 한국의 원시종교를 설명하면서 '마나'라는 용어를 도입했고 학자로서는 손진태가 본격적으로 '주술' 개념을 사용했다고 한다.[68] 초창기 향가 연구자들 역시 이러한 민속학적인

---

68) 권용란, 「주술 개념의 형성에 관한 연구」, 『역사민속학』 13호, 역사민속학회, 2001, 71면.

토대 위해서 주술이나 주사라는 개념을 사용했다. 그러나 향가의 주술성은 굿이나 제의의 주사가 아니라는 문제제기가 꾸준히 있었고, 향가의 '주술성'이 '서정성'과 등가의 개념으로 향가의 특징을 규정하는 말이 되었다. 민속학에 근거를 두고 주사(呪辭)나 주술이라는 개념을 사용할 때는 비교적 그 개념이 지시하는 바가 명확했지만, '주술성'을 향가 전반에 나타나는 성격이자 특징으로 규정하면서 그 실체가 모호해져 버렸다. 현재로서는 노래에 나타나는 '주술성'이나, 의식요이자 서정시가의 성격을 규정할 때 사용되는 '주술'이라는 말이 어떤 의미로 사용되고 있는지 정확히 파악할 수 없을 정도이다.[69] 그러나 분명한 것은 근대 이후 서구에서 형성된 개념을 우리 사회가 받아들이면서 '주술'이라는 용어가 향가 연구의 장에서 사용되기 시작했다는 점이다. 그리고 향가의 주술성에 대한 논의 역시 근대 이후 형성된 '주술'이라는 말의 자장으로부터 자유로울 수 없다는 점이다.

근대에 이르러 '주술'은 비합리적이고 초현실적인 힘이나 현상을 설명하는 개념으로 출현하였다.[70] 원시 사회의 자료를 분

---

69) 향가 연구에서 '주술성'의 개념이 어떻게 형성되고 개별 작품론에 적용되어 왔는지는 그 자체로 논문의 주제가 될 수 있다고 본다. 많은 연구들에서, 산발적으로, 그리고 다르게 사용되고 있어서 정리가 쉽지 않겠지만 그렇게 때문에 정리가 필요하고 그 공과 과를 가리는 한편 개념의 사용역을 명확하게 하는 연구가 필요하다는 생각이다.

70) 주술 개념의 형성에 대한 논의가 많지만 여기서는 다음 글을 참고하였다. 권용

석하는 가운데 생겨난 용어로, 기독교와 구별하여 이교도의 행위를 지칭하는 용어로, 서구의 식민지 개척 시대를 지나면서 서구가 비서구 자료를 다루는 개념으로, 또한 과학에 의해 극복되는 개념으로 확장되며 그 내포를 형성해왔다.

그러한 개념 형성의 역사로 인해 우리가 '주술'이라는 용어를 선택하는 순간 우리는 의도하지 않았음에도 불구하고 이분 구도 속에 들어가 진화론적 관점을 선택하게 된다. 현재의 것, 서구적인 것, 문명의 것, 서양의 것, 합리적인 것을 한 면에 두고, 과거의 것, 비서구적인 것, 원시적인 것, 동양적인 것, 비합리적인 것을 다른 한 면에 두는, 이분 구도 속에서 전자에 가치를 두게 되고 인류가 후자에서 전자로 진화해왔거나 진화해야 한다는 관점을 은연 중에 인정하게 된다. 그 구도로 바라보게 되면 향가는 오늘날의 문학과 이어지는 원초적이고 근원적인 어떤 것으로 간주되지만, 현대시에는 못 미치는, 낯선 것으로 간주되고 은연중에 극복해야 할 어떤 것으로 인식되는 딜레마에 빠지고 만다.

향가에 대한 논의가 그러한 태생적 결함이 있는 주술이라는 개념의 자장 안에서 전개됨으로써, 여러 가지 교육의 문제를 낳은 것이 사실이다. 향가의 특수하면서도 보편적인 특징을 제대

란, 앞의 논문, 71~91면 참고.

로 파악할 수 없었을 뿐만 아니라, 주술의 노래인 향가의 특수성을 드러내면 드러낼수록 과거 시가로서의 이질성 또한 두드러졌으며 향가에 대한 현대인들의 심리적 거리감 또한 확대되지 않았나 한다.

진화론적 관점은 비단 향가 갈래에 대한 접근과 이해에서만 확인되는 현상이 아니다. 과거의 시가인 고전시가는 전반적으로 원시적인 것, 비합리적인 것, 현대에 의해 극복된 것이라는 생각이 여전히 자리하고 있다. 거듭 말하지만 고전시가는 당대 역사적 맥락 속에서 문학으로서의 소임을 수행한 작품이자 갈래라는 점에서 오늘날 우리들의 언어 생활과 문화를 풍요롭게 할 '새로움'으로 인식되어야 한다. 그 '새로움'은 역사적 특수성에 대한 인정, 즉 고전시가의 정체성에 대한 인정에서 출발하여 우리가 고전시가의 특수성을 온전하게 경험했을 때 획득되는, 현재적·미래적 가치이다. 다만 그 가치는 우리가 문자 중심의 문학관과 진보주의적 관점에 저항하고 그것을 넘어섰을 때 획득될 수 있다.

제3부
고전시가와 현대 독자의
소통 가능성 탐색

1. 〈탐색〉 고전시가 학습의 본질

2. 〈해체〉 문자 중심의 프레임 넘어서기

3. 〈구성〉 교육의 눈으로 다시 읽는 고전시가

4. 만남과 소통의 조력자, 교사

1.

〈탐색〉 고전시가 학습의 본질

1) 교육의 본질과 대상의 '낯섦'

듀이는 경험이 그것의 계속적 성격으로 인해 경험을 하는 사람을 어떤 식으로든 변화시키며, 그 변화는 뒤따라오는 경험에 영향을 미친다고 말한다. 이러한 경험을 통해 정서적이고 지적인 태도와 삶의 상황에 대처하는 반응양식으로서의 '습관'을 가지게 된다고 한다.[1] 이러한 논리는 고전문학교육에도 그대로 적용될 수 있다. 고전문학교육에서도 다양한 경험, 특히 문학적 경험의 누적을 통해 학습자의 태도와 습관이 형성되는데, 그러한 태도와 습관의 형성은 학습자의 정신적 성장을 드러내는 하나의 형태이며 또한 이후의 문학적 경험을 만들어내는 데 결정

---

[1] 존 듀이, 『경험과 교육』(엄태동 편역), 원미사, 2001, 124~125면.

적인 영향을 끼치는 바탕으로 작용한다.

　지식 습득의 과정이자 방편으로 경험의 중요성을 강조한 듀이는, 경험을 통해 획득된 지식에는 모종의 감(感, sense)이 결부되어 있다고 말한다.2) 암묵지(tacit knowledge)라는 개념을 제안한 폴라니 또한 비슷한 이유로 경험의 중요성을 전제하고 있다. 폴라니는 경험을 통해 체득되지만, '명료화할 수 없는 차원'을 가진 인간의 모든 분야의 능력—학문은 물론 도덕, 예술 등의 기술까지를 포함하여 인간이 스스로의 의미를 확장해 나가는 능력—전반을 '인격적 지식 혹은

---

2) 필자는 교사양성기관에서의 고전문학교육론 강의에 대해 성찰하면서 예비교사들이 이전 학습의 경험으로부터 현재 고전문학 학습에 대한 무기력증과 곤란함을 겪고 있으며 이를 치유하기 위한 강의가 필요하다고 주장한 바 있다. 그리고 고전문학에 대한 경험과 감(感)의 중요성에 주목하여 강의 설계 및 실천 사례에 대해 소개한 바 있다. 경험이란 경험 주체가 주인공(actor)가 되어 감각하고 사고하는 일로, 외부의 지식을 자신의 내면에서 작동하는 일이다. 그 과정을 거쳐야만 외부에 있던 지식이 발생하거나 구성되는 과정을 추체험하게 되고 그 결과로서 외부의 지식을 자신의 것으로 만들 수 있고, 그 과정에서 모종의 '감(sense)'이 생기나 경험 자체나 경험의 내용이나 결과에 대한 정서적 환기가 가능해진다. 작품을 읽은 경험이 있는 교사와 그렇지 않은 교사의 교육 행위를 견주어 보겠다. 작품을 읽지 않고서도 홍길동전의 내용이나 가치 및 평가 등에 대해 가르치는 것이 가능하다. 강의나 책을 통해 누군가가 탐구한 결과 정리한 내용이나 그것에 대한 국문학사적 평가 등을 암기하여 설명할 수 있다. 그러나 홍길동전을 직접 읽고 스스로 그 내용을 추상하여 정리하고 국문학사적 평가의 타당성을 평가해 본 경험을 한 교사가 가르치는 것과는 질적으로 다를 것이다. 경험한 사람에게 홍길동전을 가르치는 일은 자신이 경험한 것을 설명하는 일이 되며 가르치기 위하여 사용하는 용어나 평가어 등 하나하나가 홍길동전의 결이나 질을 떠올려주거나 그것을 읽을 때 자신의 정서적 상태를 환기하는 내용일 것이다. 읽기 않은 교사에게 홍길동전에 대한 지식은 언제든 날아갈 수 있는 휘발성 지식이지만 경험한 자에게 경험을 통해 느끼고 알게 된 것을 정리하여 머릿속에 저장하는 인덱스이자 언제든 불러 쓸 수 있는 자식이 될 것이다. 후자의 교사에게 가르치고자 하는 열정과 자신감이 생겨날 것임은 말할 필요도 없다. 염은열, 「문학교사 '되기'에 대한 치료적 접근의 필요성과 그 방향 탐색」, 『문학치료연구』, 한국문학치료학회, 2010.

당사자적 지식(personnal knowledge)'이라고 명명하였다. 여기서 '체득'이라는 말은 굳이 신경 써서 의식하지 않아도 자동적으로 세부적 사항을 인지할 수 있게 된다는 의미로, 세부사항을 인지하는 방법은 물론, 인지한 내용까지 모두 주체의 일부로 동화되어 주체 안에 들어와 있는 상태를 뜻하며, 이러한 체득의 결과를 장상호는 '내주(內住)'라 번역하기도 하였다.[3]

나아가 배움이란 기본적으로 명시적인 새로운 지식을 자신의 암묵적 지식의 기반 위에 통합해 가는 과정이라고 할 수 있으며, 이러한 과정을 '발견의 과정'이라고 보고, 이 발견의 과정에서 나타나는 중요한 특징으로 '혁신'을 꼽았다. 이 발견의 과정은 목적을 위해 새로운 장치를 고안해 내거나, 그 전에는 알지 못했던 기호를 관찰하며, 상황 속에서 여러 가지 가능한 대안들을 해석하는 행동 등을 통해 새로운 방식이나 장치, 기호 등을 발견하거나 만드는 '혁신'의 과정이다.[4] 흥미로운 것은 이 혁신

---

3) 장상호, 『인격적 지식의 확장』, 교육과학사, 1994, 39면.
4) 배움이 곧 혁신이라는 논의는 비단 교육학 분야 뿐만 아니라 국어교육 연구의 장에서도 논의된 바 있다. 정재찬은 지식이란 단순히 외부 현실에 관한 것이 아니라 비판적 이해와 해방을 지향하는 보다 중요한 자기 지식이어야 하며, 배움이란 개별적인 배움의 주체가 그가 가진 현존의 지식 체계를 부정하고 그보다 한 단계 더 높은 지식 체계를 획득하기 위해 분투하는 과정이라고 보았다. 이런 관점에서 보면 문학교육의 실천은 학습자가 주체가 될 수밖에 없으며 교실에서의 가르침은 학습자가 지신의 지식 체계를 부정하고 한 단계 더 높은 지식 체계를 획득하기 위해 분투하는 것을 조력하는 행위로 볼 수 있다. 그리고 인식 주체가 개별적인 작품에 조회하면서 지식을 구성해 가는 과정과, 이러한 구성의 결과는 해석공동체에 조회하고 조정하는 과정을, 그 과정을 통한 성장을 조력하는 것이 문학 수

의 과정이 학습자의 '당혹스러움'으로부터 시작된다는 점이다.

혁신으로써의 발견의 과정에서 겪는 당혹스러움은 어떠한 문제가 자신과는 무관한 일이 아니라 자신과 관련된 일로 받아들여졌다는 의미이며, 그것이 단순히 주입되는 것이 아니라 학습주체의 인격적 차원의 내면적 움직임을 수반한다는 것을 뜻한다. 이는 단순히 준비 학습 이상의 의미를 가지는 것으로, 인식주체가 자신의 전인격적 관여와 열정을 동원하기 시작했다는 것을 의미한다. 이런 점에서 배움이란 기계적으로 이루어지는 것이 아니라 지적 노력과 수고를 통해 지속적으로 이루어지는 것이며 지속적인 노력의 결과 어떤 발견에 이르는 것으로 종결된다.

현대 독자들 역시 고전시가를 만났을 때 '당혹스러움'을 경험한다. 현대 독자들의 '당혹스러움'은 고전시가가 독자들에게 모종의 자극이 되었고 현대 독자들의 마음의 움직임이 시작되었다는 증거이다. 교육의 성공 여부는 '당혹스러움' 그 자체에 있는 것이 아니라 '당혹스러움' 이후에 어떤 일이 일어나는가에

업이 되어야 한다고 하겠다. 그 어떤 경우에도 학습의 주체, 경험의 주체는 학습자일 수밖에 없으며, 학습자는 학술담론을 구성하는 문학 연구자들과 마찬가지로 지식 생산의 과정을 경험할 수 있도록 해야 할 것이다. 정재찬, 「21C 문학교육의 전망」, 『문학교육학』 제6호, 한국문학교육학회, 2000. 김미혜, 「문학교육에서 지식의 재개념화를 위한 연구」, 『문학교육학』 19호, 한국문학교육학회, 2006. 염은열, 「문학 능력 신장을 위한 문학교육 지식론의 방향 탐색」, 『문학교육학』 28호, 한국문학교육학회, 2009.

달려 있다. 고전시가를 배웠음에도 불구하고 당혹스러움이 해소되지 않는 것은 문제가 된다.

고전시가가 주는 당혹스러움은, 타자로서의 고전시가의 낯섦 혹은 익숙하지 않음에서 비롯된, '교육적 곤란함'이라고 바꿔 말할 수 있다. 그리고 당혹스러움을 해소하는 것은 곧 교육적 곤란함을 해소하는 일이자 발견과 혁신의 과정이 된다. 말을 바꾸면 교육적 곤란함을 해소하기 위하여 분투함으로써 '낯선 것'을 '이해 가능한 것'으로 바꾸는 과정이 곧 배움의 과정이다.

고전시가에 대한 인식 혹은 배움 역시 낯선 것을 이해 가능한 것으로 바꾸는 일이다. 그리고 그 일은 학생 스스로 주체적으로 참여하여 완수해야 할 일종의, 교육적 발달 과업이다. 여기서 다시 한번 강조할 것은 학생들이 인지적 곤란함을 겪어야만 하고 나아가 학생 '스스로' 그 곤란함이나 어려움을 극복했을 때 배움이 일어난다는 사실이다. 그런 점에서 학생들이 겪는 어려움이나 곤란함은 교육이 시작되었다는 증거이자 배움의 본질적인 속성 중의 하나이며, 어떻게 하면 학생들로 하여금 곤란함을 극복한 성공의 경험—배움—을 하게 할 것인가가 우리의 관심사가 된다. 성공의 경험을 거듭해야만 그 과정과 결과로 학생들이 배움의 방법을 체득(體得)하게 되고 배움에 대한 열정 및 자발적인 탐구의 의욕 또한 갖게 될 것이기 때문이다.

이러한 배움에 대한 관점은 교육본위론의 입장에 다름 아니다.[5] 교육본위론에서는 가르치고 배우는 일이 선진(先進)과 후진(後進) 사이에 수준의 차이가 있을 때 일어날 수 있으며, 선진이 설득에의 열정으로 하화(下化)하면 후진이 발견에의 열정을 가지고 상구(上求)함으로써 스스로 자득(自得)하는 것이라고 말한다.

이러한 관점에 따르면 현대 독자와 고전시가의 만남이 교육적 경험이 되기 위해서는, 설득에의 열정과 배움에의 열정이 전제되어야 하고 차이나 낯섦에서 비롯된 당황스러움을 극복하는 경험, 그 과정에서 발견 및 인식의 혁신 경험이 일어나야 한다.

학습자가 오늘날과 다른 관습과 표현의 고전시가를 접했을 때 겪게 되는 곤란함이나 어려움은 그 자체로 문제가 되지 않으며, 오히려 교육이 일어나기 위한 전제 조건 내지 배움이 일어나는 출발점이 된다고 할 수 있다.[6] 문제는 그 곤란함이나 어려움이 해소되지 않음으로써, 고전시가가 대한 배움이 일어나지 않는 사태, 그러한 사태가 반복됨으로써 학생들이 고전시가를 어려워하게 되고, 어려워서 기피하고 기피해서 더 어렵게 여기게 되는 악순환의 고리가 생겨나는 것이다.

선진(先進)으로서의 교사가 고전시가 인식의 경로나 방법을 몸으로 보여주기는 커녕, 학술 연구의 장에서 연구자들이 탐구의

---

5) 장상호, 『학문과 교육』(하), 서울대출판부, 2000.
6) 학생들의 엉뚱한 상상 덕분에 고전시가를 낯설게 보게 되는 순간 고전시가에 대한 더 깊이 있는 이해가 가능했던 경험이 있다고 술회한 고전시가 연구자도 있다.

결과로 추상한 정보나 지식을 전달하는 데 머물고 만다면, 학생들의 배움에 대한 열정이 생겨나기가 어렵다. 열정이 생겨나지 않으면 학생들은 고전시가를 만났을 때의 당혹스러움을 해소하고자 노력하지도 않게 된다. 타자로서의 고전시가와의 만남이 발견이나 혁신의 경험이 되지 못하고, 결과적으로 학생들로 하여금 고전시가가 '어려운 것' 혹은 '이상한 것', '이해 불가능한 것'이라는 인식을 심어주고 말 가능성이 있다. 교육적으로 좌절한 이러한 경험이 누적됨에 따라 고전시가에 대한 학생들의 기피나 거부 현상이 나타날 수 있다는 데 문제의 심각성이 있다.

이러한 문제적 상황을 개선하기 위해서는, 고전시가가 중요하다고 강조한다거나 흥미와 재미를 유발하는 기발한 교수·학습방법을 찾아내는 차원을 넘어, 보다 근본적이고 본질적인 차원에서의 대안 모색이 필요하다. 타자로서의 고전시가의 가치를 발견할 수 있는 관점이나 경로를 재구해야 하는바, 이를 위해서는 고전시가 인식의 어려움을 야기하는, 기존 프레임에 대한 성찰과 해체 및 재구성이 먼저 있어야 한다. 그리고 어려움이 교육의 출발점이 됨을 인정함과 동시에 어려움의 실체를 정확하게 파악함으로써 어려움을 해소하기 위한 방안이 적극 모색되어야 한다.

2) 고전시가 이해의 '어려움'

고전시가를 이해하려고 할 때 겪는 곤란함은 실로 다양한 차원에서 발생할 수 있다.

이십 여년 가까이 필자는 개강 즈음과 종강 즈음, 한 학기에 두 차례 학생들에게 고전시가에 대한 생각을 물어왔다. 개강 즈음 듣게 되는 학생들의 말은 때로 충격적이기까지 하고 해마다 충격의 정도가 심해져 걱정스러울 정도이다. 해마다 반복적으로 나오는 언급들을 셋만 뽑는다면 다음과 같다.

> [가] 고전시가는 해독 불가의 노래다.
> [나] 고전시가는 짜임이나 흐름이 엉성하다.
> [다] 고전시가는 이상하고 유치하다.

[가]는 해독상의 문제와 관련되고 [나]는 구조 및 고전시가의 미학과 관련된 문제이며, [다]는 내용 전반에 대한 평가와 관련된다. [가]를 통해, 학생들이 자구 해석이나 낯선 어휘 및 표현 등으로 인해 당황스러움과 교육적 곤란함을 겪었지만 그것을 성공적으로 해소하지 못함으로써 고전시가 작품에 대한 이해 자체를 시도할 수 없었음을 짐작할 수 있다. [나]를 통해서는 서구 문자 중심의 문학관이 작동하고 있음을 확인할 수 있으며, 유기성이나 작품 내적 응집성이 등이 중시되는 현대문학의 관

점으로 볼 때 상대적으로 사설의 들고남이 자유로운, 구술 전통에서 나온 고전시가의 특징을 제대로 이해하지 못했음을 알 수 있다. [다]에서는 학생들이 진화론적 혹은 발달적 관점에 입각해 있음을 알 수 있으며 고전시가가 지닌 미학이나 특징에 대한 이해가 부족함을 짐작할 수 있다.

어떻게 답을 했든 간에 답을 한 학생들 대부분이, [가]~[다] 등의 이유를 들어 고전시가가 어렵고 싫고 배우고 싶지 않다고 했다. 호기심도 없고 잘 알지도 못하고 싫어하는 상태에서 대학에 들어왔음을 어렵지 않게 확인할 수 있었다.

다른 고전시가 연구자들이 확인한 상황 또한 이와 별반 다르지 않다. <관동별곡>에 대한 반응을 살핀 한창훈에 따르면[7] "지역이나 학생들의 수준에 상관없이 <관동별곡> 학습을 거의 제2외국어 학습과 동일시하며 기피하고" 있으며, "수능에 한 차례, 교사 임용 시험에 두 차례나 출제되어 사범대학 학생들도 공부는 열심히 하지만, 학습에서 느끼는 흥미나 감동은 그다지 크지 않은 것 같다."고 한다. 나아가 2000년 1학기 고려대학교 교육대학원 고전시가 교육론을 수강했던 한 교사의 설문도 소개하고 있다. 서울 S여고 2학년 학생 100명 중 <관동별곡> 학습에 전혀 흥미를 느끼지 못하는 학생이 82명에 달했다고 한다.

---

7) 한창훈, 앞의 논문 참고.

수업 후 몇 달이 경과한 후 <관동별곡>에 대해 기억나지 않거나 조금밖에 기억나지 않는다고 답한 학생이 62명에 달했고, <관동별곡>에 대해 아는 것을 모두 쓰라고 했을 때도 34명이 전혀 답하지 못하거나 엉뚱한 내용을 답했다고 한다. <관동별곡> 학습의 어려움에 대한 질문에서도 66명의 학생이 '고어, 어려운 낱말 풀이'가 어렵다고 답했고, 해석을 해도 실감을 할 수 없었다는 학생도 16명이나 되었다고 한다.

고전시가에 대한 부정적인 반응이나 앎의 부족이 특정 학생들에게만 나타나는 현상이 아님을 알 수 있는데, 경험의 '계속성의 원리'에 비추어 볼 때 중고등학교에서의 고전시가 교육에 문제가 있음을 짐작할 수 있다.[8] 우리 학생들이 그 원인이 어디에 있든 간에, 낯선 것 혹은 어려운 것을 이해 가능한 것으로 바꾼 교육 경험, 그 경험을 통해 배움의 즐거움을 느끼고 당사자적 지식을 구성한 체험을 제대로 하지 못했음을 알 수 있다.

이러한 진단이 과장이 아님은, 예비교사나 교사들의 증언뿐만 아니라 중고등학생들의 고전문학에 대한 기피 현상이나 외면 현상을 보면 보다 확실해진다. 이는 물론 학습자 개인의 문제가 아니라 우리 중등교육 일반의 문제이며 기성 세대가 반성

---

8) 계속성의 원리란 어떤 경험이 가치 있는 경험인가에 대한 기준으로 제안된 것으로, 고등학교 때의 학습 경험이 대학에 들어온 예비교사들에게 고전문학에 대한 호기심이나 탐구심으로 이어지지 못하고 있는 현실을 어렵지 않게 확인할 수 있다.

할 면이 없지 않다. 그리고 무엇보다도 고전시가에 대한 기존의 접근 방법에 대해 비판적으로 성찰함으로써 고전문학교육을 내실화하기 위한 이론적·실천적 기획을 재점검할 필요가 있다.

그런데 학생들의 고전시가에 대한 생각 속에 이미 대안 모색의 실마리가 제시되어 있다. [가]를 보면 해독의 어려움을 해소하기 위하여 어떻게 할 것인가의 문제가, [나], [다]를 보면 문자 중심의 문학관 및 발달적 관점을 해체하고 고전시가 읽기 및 인식의 새로운 관점과 방법, 실제를 마련해야 하는 문제가 우리 앞에 놓여 있게 된다. 해독상의 문제를 극복하기 위한 방안으로 필자는 이미 초등학교 단계에서부터 대학에 이르기까지 고전시가에 대한 다양한 이본을 제작하여 제공하되, 현대어 어법과 표현으로 번역한 이본에서 출발하여 점차 고전시가 원전을 제시하는 방향으로, 단계적으로 고전시가 해독 능력을 길러 주어야 함을 이미 여러 장에서 제안한 바 있다. 그래서 여기서는 문자 중심의 문학관과 발달적 혹은 진화론적 관점을 해체하고, 타자로서의 고전시가의 역사적 특수성이나 지배적인 특성에 대한 이해를 의도하는, 일종의 다시 읽기 혹은 거슬러 읽기가 필요하며 그러한 접근의 관점이자 방법으로, '교육'이라는 관점 내지 시각이 요구됨을 주장하고자 한다.

그렇다면 교육이라는 목적의식이 과연 하나의 관점 혹은 시각이 될 수 있는지, 고전시가의 무엇을 어떻게 읽어내려는 접근 방법인지 살펴볼 필요가 생겨난다.

3) '교육'이라는 시선의 윤리성과 생산성

김대행은 '교육'이라는 목적을 앞세웠다. '문학사적 의미'라는 문학 연구에서 흔히 볼 수 있는 구절이 상징적으로 보여주는 것처럼 문학 연구는 문학연구의 전통 속에서 아직 밝혀지지 않은 것을 찾으려고 하며 문학사의 기술 자체에 관심을 둔다. 그러나 인간의 변화나 성장을 꾀하는 '교육'에 방점을 두게 되면 문학 연구의 학문적 전통 안에서만 의미를 지니는 지엽적인 사실이나 지식이 교실에서도 의미 있는 문학 지식으로 선택되지 않을 수 있다.

문학 연구와 달리 문학교육 연구에서는 연구자의 교육관이 중요하게 개입하게 된다. 이와 관련하여 김대행9)은 '행동의 변화라는 설정된 결과를 지향하는' 공학적 교육관과 인간다움을 추구하는 인간적 교육관,10) 인문적 전통에의 참여 등을 가치

---

9) 김대행, 「國語教育의 位階化 方案」, 『국어교육연구』 제19집, 서울대 국어교육연구소, 2007, 7~9면.
10) 정범모 스스로가, 변화시킬 행동에 교육의 초점이 주어질 것이 아니라 자아 실현과 교육의 내재적 가치를 지향해야 한다는 관점으로, 그리고 인간다움의 추구를 중시하는 인간적 개념으로 자신의 교육관을 수정한 바 있다. 정범모, 『미래의 선택』, 나남, 1989.

있게 여기는 사회적 교육관이 있는바, 문학교육을 포함하는 국어교육은 공학적 교육관을 넘어서 인간적 교육관과 사회적 교육관을 지향해야 한다고 했다.

인간적 교육관과 사회적 교육관에 따르면 문학교육은 인간다움 혹은 인간됨과 인문적 전통에의 참여에 기여하는 기획이자 실천이 되어야 하며, 문학 작품은 그러한 기획 및 실천에 적절한 텍스트로서의 위상을 부여받게 된다. 학습 독자들의 '사람' 되기와 '사회 구성원' 되기에 기여하는 텍스트가 되는 것이다. 언어를 활용하여 자신의 생각과 감정을 형상(形象)하고 다른 사람과 나누는 행위는 인간다운 행위이자 우리의 역사와 전통을 만들어가는 행위이다. 따라서 '교육'이라는 목적을 앞세우게 되면 자연스럽게 '문학'을 고정된 실체나 비평의 대상이 아니라 특정한 맥락 속에서의 언어적 실천으로, '문학 활동'이나 '문학 현상'으로 바라볼 수 있게 된다. 화석처럼 존재하는 문학 작품이 아니라, 교육적으로 가치가 있는 인간 활동이자 언어 활동, 언어 현상으로 간주되는 것이다. 그 결과 국문학 연구가 전문화·세분화를 표방하면서 소홀히 다뤘거나 말단에 주목함으로써 간과하였던, 문학의 어떤 본질이나 의미를 다시 포착할 수 있게 된다.

교육이라는 안목과 국어활동 및 국어현상으로의 확장을 주장하는 이러한 입장은, 국어교과학의 정체성을 명확히 하려는 논의를 통해 더욱 구체화되고 명료화되었다. 김대행은 '서술적 이론'과 '수행적 이론', '표상적 이론'으로 이론의 유형을 구분한 이돈희의 논의[11]에서 한걸음 나아가 국어교과학이 수행적 이론을 지향하는 학문임을 주장한 바[12] 있다. 국문학은 실증 또는 분석과 해석을 중시하는 설명적 이론이거나 진단적 이론 중 하나를 지향하며, 따라서 '○○은 □□이다' 형식을 취하거나 '○○은 □□한 의미를 갖는다'는 형식으로 구체화되고, 논문 제목도 '○○에 관한 연구'의 모습을 띤다.

반면에 국어교육학은 이러한 서술적 이론이 아닌 수행적 이론을 지향해야 한다고 하였다. 수행적 이론은 기획적 이론과 처방적 이론으로 다시 나뉘며, 기획적 이론은 국어교육이 지향하는 적극적 가치의 실현을 위한 절차와 방법을 기술하는 반면에 처방적 이론은 가치의 실현에 장애가 되는 문제적 사태를 앞에 두고 이를 개선하고 회복하기 위한 이론이라고 하였다. 이러한 연구를 통해 도출되는 것이 바로 수행 이론이고 수행 지식이라고 하였다.

교육이라는 관점은 수행적 이론의 생산을 의도하는 시선이자 분명 '지금─여기'에 입각한 관점이다. 관점이나 시선, 눈이라

---

11) 이돈희, 『교과교육학 탐구』, 교육과학사, 1994.
12) 김대행, 「수행적 이론의 연구를 위하여」, 『국어교육학연구』 제22집, 국어교육학회, 2004, 41~59면.

는 말은 과거 시가라는 객체와 인식 주체의 거리에 바탕을 둔 개념이다. 그리고 교육의 눈이나 시선으로 고전시가를 읽어낸다는 것은, 1) 객체이자 타자가 되는 고전시가의 정체성, 즉 역사적 장르로서의 지배적 특징을 존중하되, 2) 그러한 고전시가가 타자로서 인식 주체인 현대 독자들에게 던지는 통찰이나 의미를 읽어내는 것을 말한다.

교육의 눈 혹은 시선이란 결국 타자로서의 고전시가의 특수성을 인정하는 바탕 위에서 고전시가를 왜 배워야 하는지, 우리들의 삶에 어떤 의미를 주는 언어활동 내지 행위인지에 대해 끊임없이 묻고 답을 찾는, 인문적 탐구의 시선에 다름 아니라고 할 수 있다. 그렇게 보면 교육의 눈 혹은 시선이라는 것이 특별한 접근 방법이라거나 완전히 새로운 것도 아니다. 비유하자만 만남의 기본 자세에 가까운 개념이라고 할 수 있다.

요약하면 교육의 눈 혹은 시선이란, 교육이라는 목적, 구체적으로 사람됨과 사람살이에 관여하는 문학교육임을 분명하게 인식하는 접근이자, 시선의 주체인 교육연구자 혹은 실천가 자신의 관점과 시선에 대해서도 늘 반성적으로 성찰하는 윤리적 자세이며, 문학 등 인간 행위의 다양성을 존중하고 인정하는 태도이다. 구체적으로 오늘날의 관점에 따라 과거의 문학을 재단하지 않고 우리의 관점과 접근 방법에 대해 경계하고 비판적으로 성찰하는 한편, 언어적 실천 행위로서의 고전시가가 지닌 역사적 특수성—지배적 특성—을 인정하고 대상화하는 접근 방법이며 이러한 접근을 통해 과거의 시가에 대한 이해를 깊게 하는 것은 물론이고 현대 독자들의 인식의 지평을 넓혀줄 교육 내용을 확충할 수 있다는 낙관과 전망을 담은 개념이다.

이에 다음 장에서는, 오늘날 고전시가를 보는 하나의 프레임으로 자리 잡고 있는 문자 중심의 문학관, 근대 이후 서구에서 유래한 문학관을 버리고, '교육'의 시선으로 고전시가의 구술 미학을 다시 읽어보려고 한다. 이를 통해 지배적인 교육 담론이나 시각, 접근 방법으로 포착할 수 없었던, 고전시가만의 소통 방식과 거기서 비롯된 역사적 특수성을 발굴, 교육 내용을 재구성하고자 한다. 이를 통해 오늘날 우리들의 언어 생활 및 문화 전반을 풍요롭게 할 통찰력과 내용을 제안해보고자 한다.

2.

〈해체〉 문자 중심의 프레임 넘어서기

고전시가는 오늘날의 대중가요와 닮아 있다. 문학적으로 특별한 수련을 받지 않은 일반 사람들의 노래이다.

오늘날의 구어문화를 설명하는 '2차적 구술성'이라는 말에는 문어 시대 이전의 구어성과 대중매체 시대의 구어성이 다르다는 의미까지 포함되어 있다. 그러나 분명한 것은 1차든 2차든 간에 '구술성' 운운하는 것은 둘 다 '글로 쓴다'는 의식보다는 '말로 한다'는 의식이 개입했다는 점이다. 그리고 고전시가가 문자 예술 문화의 중심에 있는 시(詩)보다는 노래 등 대중문화에 가깝다는 점에서 고전시가로부터 오늘날의 대중문화나 문화 현상을 깊이 있게 이해하고 풍요롭게 할 수 있는 시사점을 찾아내는 것이 가능하다는 점이다. 또는 반대로 오늘날의 구어문화나 대중문화에 대한 통찰로부터 과거의 시가에 접근하는 방법에 대한 시사점을 찾아낼 수도 있다.

여기서는 우리에게 익숙한 디지털 시대의 문화 이해 및 생산 전략에 견주어 고전시가의 구술 미학을 새롭게 읽어내 보고자 한다. 이는 앞 장에서 비판한 바 있는 문자 중심의 관점과 방법 —필자를 포함한 현대 독자들에게 익숙한 프레임—을 뒤로 하고, 새로운 각도에서 고전시가의 역사적 특수성을 밝혀내려는 전략적 접근이다. 대상화가 어려운 동시대 여러 현상을 이해하기 위하여 지나간 시기의 문학에 대해 성찰하는 것은 매우 유용하며 꼭 필요한 것처럼, 그 반대 방향에서, 즉 오늘날 구어문화 및 대중문화 일반에 널리 퍼져있는 한국적 특수성을 발판으로 삼아 고전문학에 대한 이해를 도모할 수도 있다고 본다.[13]

제2의 구술성은 디지털 시대라는 시대적 배경과 밀접한 관련이 있다. 필자는 이미 상대적으로 익숙하게 여겨지고 있는, '제2의 구술성'을 지니는 디지털 시대의 관점과 관습 및 전략에 견주어, 새로운 읽기를 시도해보고자 한다.[14]

필자는 거리가 멀게 느껴지는, '고전시가'와 '디지털 시대'가 매우 자연스럽게 만날 수 있다고 생각한다.[15] 발생 기반이나

---

13) 학생들에게 친숙한 문화를 끌어들여 고전문학에 대한 이해를 시도하는 것은 전략적으로 유용한 방법이 될 수 있다. 가령, 학생들 사이에서 끊임없이 만들어지고 향유되는 이야기를 끌어와 구비문학에 대한 접근을 시도한다면 구비문학의 존재 방식과 의미 작용을 보다 쉽게 접근할 수 있을 것이다.
14) 이어지는 내용은 다음 저서에 수록된 내용을 수정 보완한 것이다. 염은열, 「디지털 시대 고전문학 읽기」, 『공감의 미학 고려속요를 말하다』, 역락, 2013.

언어 양식, 매체 등에서 많은 차이가 나는 것이 사실이지만 그 미학은 닮은 점도 적지 않다.[16] 고전시가는 이른바 개화기 이전 구술 전통 안에서 나온 노래들로 문자 문화의 코드와 규범에 거스르고 저항한다는 점에서, 마찬가지로 문자 문화의 패러다임에 저항하는 '디지털 미디어'와 만나는 지점이 있다. 고전시가 읽기 방법을 구안할 때나 디지털 미디어의 도입을 논하려면 공히 문자 중심의 매체관에 대한 반성과 그로부터의 해방 전략, 동시에 그러한 해방의 교육적 의미에 대한 논구가 있어야 하기 때문이다. 사실 고전시가를 배우는 독자들 역시 인터넷 등 디지털 미디어를 통해 정보와 경험을 접하고 입력하고 구성하는 일을 일상적으로 수행함으로써, 디지털 미디어의 특성과 구조에 익숙해졌거나 조만간 익숙해질 것이라는 가정할 수 있다. 그리고 현대의 독자들이 디지털 시대 감각적으로 익숙한 의미 구성 방식에 따라 다소 낯설고 어렵게 느껴지는 고전시가 읽기

---

15) 필자는 고전시가를 가르칠 때 디지털 미디어를 자주 사용하는 편이 아니다. 그러나 뒤에 제안한 방법들을 부분적으로 시도해본 경험이 있고 그 결과는 대체적으로 만족스러웠다. 그리고 고전시가와 디지털 미디어가 어렵지 않게, 아니 행복하게 만나는 경우를 목격하면서 뿌듯함을 느낀 적이 여러 번 있었다.

16) 국어활동으로서의 구술 문학이 하이퍼텍스트의 原形質을 함축하고 잠복되어 있다가 미디어의 활성화와 더불어 표면화되었다고 본 류수열(2001)의 관점에 동의한다. 그러나 판소리의 구술성을 하이퍼텍스트성이라고 명명하는 데서 그친 류수열의 논의에서 한걸음 더 나아가, 여기서는 디지털 시대의 전략으로서의 읽기 방법에 대해 탐색해 보고자 한다. 류수열, 「매체 경험의 국어교육적 의의」, 『선청어문』 29집, 서울대 국어교육과, 2001.

를 시도함으로써, 궁극적으로는 고전시가 작품의 당대적 의미 작용과 현대적 의미를 스스로 발견하고 즐길 수 있는 수준에 이를 수 있으리라고도 가정할 수 있다.

디지털 상상력이란 디지털 미디어가 정보와 경험을 입력하고 축적하고 편집·가공하는 독특한 방식에 개입하거나 그 과정에서 요구되는 상상력을 말한다. 디지털 미디어의 재료가 지닌 특성에서 나온 것으로, 재료인 '비트'에 대한 이해가 뒤따라야 한다. 정보의 디엔에이(DNA)라고 불리는 비트는 원자와 같은 요소로 색깔도 무게도 없지만 빛의 속도로 여행할 수 있다. 이러한 비트를 조합하고 섞으면, 문자 텍스트와 소리, 영상, 이미지 등이 자유롭게 결합되고, 텍스트와 텍스트, 미디어와 미디어들이 끝없이 '링크'된다. 디지털미디어가 멀티미디어와 하이퍼미디어의 양상을 보이는 것도 바로 이러한 비트의 속성에서 비롯된 것이다. 이렇게 볼 때 디지털 상상력이란 재료를 자유롭게 결합하고 구성하는 사고 능력으로, 테크놀로지의 발달에 의해 가능해진 확산적·발산적 사고의 한 극단이라 하겠다.

이러한 디지털 상상력의 개념은 텍스트'에 대한' 이해만을 강요하는 고전시가 읽기에 유용한 시사점을 제공해준다. 일관된 설명 혹은 설명 논리를 만들기 위하여 다소간의 벗어남을 보이는 부분이나 설명되지 않는 부분을 무시하거나 소홀히 다루고 때로 그 노래의 결함으로 치부하기까지 하는, 문자 텍스트

읽기의 관점과 방법에 입각한, 오늘날의 고전시가 읽기를 반성하는 계기가 될 수 있다.

물론 '말'이 '비트'라는 질료에 비해 유연성이 덜하고 반면에 논리성을 더 요구한다는 점에서 디지털 상상력의 개념을 고전시가 읽기에 곧바로 적용할 수는 없다. 그러나 고전시가 읽기의 출발로 삼을 수는 있을 듯하다. '출발로 삼는다'는 말은 도구적, 전략적 선택을 의미하는바, 출발점은 같되 그 경험의 질은 다를 수밖에 없으며 따라서 다른 여정 혹은 결론으로 나아갈 수밖에 없음을 열어두는 접근이다. 디지털 시대가 도래했다고 하여 무한한 확산이나 발산을 허용할 수는 없는 일이고 고전시가 읽기의 지향이나 그에 따른 방법의 본(本)이 달라질 수는 없기 때문이다. 여기서는 디지털 상상력의 특성을 참조하여 문자 중심의 읽기 전략에 저항하는, 고전시가 읽기의 관점과 방법을 모색해 보려 한다.

1) 비선형적(non-lineary)으로 즐기기

스티븐 홀츠만은 신문을 읽는 경험과 문학을 읽는 경험을 구분하였다.[17] 신문을 읽는 경험이 문학을 읽는 경험과 달리 비

---

17) 스티븐 홀츠만, 『디지털 모자이크』(이재현 옮김), 커뮤니케이션북스, 2002.

선형적이라는 사실에 주목한 것이다. 우리는 대개 신문을 펼쳐 놓고 첫 페이지를 보면서 대충의 감을 잡는다. 페이지를 넘기면서 읽을 수는 있지만 모든 기사를 다 읽을 필요도 없고 정해진 시작도 끝도 없다. 한 기사를 읽고 페이지를 넘겨보거나 다시 처음으로 쉽게 돌아갈 수 있으며 결론을 요약한 단락으로 뛰어 넘어 갈 수도 있다. 이처럼 문자를 주 언어 양식으로 삼고 있음에도 불구하고 비선형성, 개방성을 지닌다는 점에서 홀츠만은 신문이 디지털 시대의 특질을 미리 보여주었다고 보았다.

고전시가를 읽는 경험은 문학 읽기 경험에 해당하지만 신문의 독자처럼 '시작'할 수 있다. 신문의 경우처럼 고전시가 역시 비선형적으로 즐길 수 있도록 만들어졌기 때문이다. 따라서 독립성이 강한 부분들로 구성된 작품들의 경우는 신문의 독자처럼 전체적인 분위기를 보고 즐기고 싶은 부분을 찾아 즐길 수도 있어야 한다. 이러한 비선형적 접근은 이른바 연장체 혹은 분련체로 불리는 장형의 고려속요[18]를 비롯하여, 동일한 구조의 반복적 확장을 구성 원리로 삼고 있는 민요 등을 읽을 때 특히 유용하다. 판소리 미학, 즉 부분의 독자성이나 장면의 극대화의 원리 또한 이러한 구술적, 연행적 상황에서 취득한 미학으로 접근할 수 있다.

---

18) <서경별곡>이나 <만전춘별사>, <정석가>, <청산별곡>, <동동>, <이상곡>, <쌍화점>, <정석가> 등은 물론이고 <한림별곡> 등이 여기에 해당한다.

합가의 가능성이 제기되어 있는 <서경별곡>을 예로 비선형적으로 접근한다는 것이 어떻게 가능하며 어떤 의미가 있는지 살펴보자. <서경별곡>은 민요에서 기원하여 고려 궁중 속악의 가사로 불려지다가 조선초 악서에 기록되어 전하는 고려가요이다. 『고려사 악지』에서 언급한 대동강 노래와 서경 노래의 합가일 것으로 추정[19]되며, 『시용향악보(時用鄕樂譜)』에 악곡과 함께 첫 연이, 『악장가사(樂章歌詞)』에 가사 전체가 실려 있다. 또한 가운데 부분이 이제현(李齊賢)의 『익제난고(益齊亂藁)』의 '소악부(小樂府)' 여덟 번째 작품과 <정석가>의 두 번째 연, 일명 '구슬가'와 겹

---

19) 『고려사(高麗史) 악지(樂志)』 '속악조(俗樂條)'에 <서경>과 <대동강> 노래가 나란히 소개되어 있어, 두 노래와 <서경별곡>의 관련성이 일찍부터 제기되었고, <서경별곡> 노랫말 역시 '서경'과 '대동강'이라는 공간적 배경이 등장한다는 점에서 두 노래의 합가 가능성이 제기되었다. 두 노래의 합가 가능성은 '서경과 대동강에 관한 4구체 민요의 원사가 있었고 여기에 당시의 유행구였던 제2연 부분이 합해서, 새로 들어온 가락에 맞추어 연마다 후렴을 붙여 세 노래로 합가 조절한 것'이라는 견해로 발전하였다. 그러나 현재로서는 어떤 노래가 합쳐진 것인지 정확하게 알 수 없다.
『고려사(高麗史) 악지(樂志)』에 소개된 두 노래와의 관련성을 구체적으로 따지기에 앞서, 지금으로서는 <서경별곡>을 '이별'과 관련하여 항간에 유행하던 노래들을 묶어 편집한 작품으로 볼 수밖에 없다(박노준, 1990 ; 유효석, 1996). 창자가 복수일 가능성이 있다는 주장도 제기되었지만(여증동, 1973), 작품 내적으로 볼 때 소극적·희생적인 여성에서 적극적·공격적인 여성으로 바뀌는 등 작품의 전반부와 후반부 화자가 달라지고 형식상의 차이[4줄 형식과 6줄 형식]마저 존재하여 합가일 가능성은 분명해 보인다. 또한 당시 유행하던 가사인 일명 '구슬 단락'이 삽입되었다는 점 역시 합가일 가능성을 암시한다. 또한 항간의 노래를 궁중 속악의 가사로 개편하는 과정에서 <서경별곡> 식의 합가 제작은 일반적이었을 것으로 추정된다. 박노준, 『고려가요 연구』, 새문사, 1990. 유효석, 「<서경별곡>의 편사의식」, 『고려가요 연구의 현황과 전망』, 집문당, 1996. 여증동, 西京別曲論考」, 『김사엽박사송수기념논문집』, 학문사, 1973.

친다. 노래 자체가 이질적인 형식과 내용의 세 연으로 구성되어 있는데, 앞서 언급한 관련 기록을 참조해보면 이 세 연이 각각 다른 노래에도 들고날 수 있을 정도의 강한 단위성과 독립성을 지닌다는 사실을 알 수 있다. 세 부분은 각각 '서경 노래'와 '구슬가', '대동강 노래'라는 별칭까지 가지고 있다.

　사실 이러한 엮기의 방식은 오늘날의 대중가요에서도 흔히 확인된다. 고려속요 <가시리>를 현대적으로 수용하여 '가시리'라고 이름 붙인 대중가요들에서도 흔히 확인되는 현상이다. 70년대 이스라엘 민요의 곡조에 <가시리> 전체 가사와 <청산별곡>의 일부 가사를 엮어 만든 '가시리'라는 노래가 대학가요제에서 혜성처럼 등장, 큰 상을 받은 적이 있다. 이질성과 독립성을 지니는 <가시리>와 <청산별곡>을 엮어 한 편의 노래로 발표한 것이었다.[20] 그 노래가 인기를 끌게 되면서 고려속요 <가시리>가 대중가요로서 적극 수용되고 변용되기 시작했다.[21] 이

---

20) 가사 전문은 다음과 같다. "가시리 가시리잇고 바리고 가시리잇고/날러는 엇디 살라하고 바리고 가시리잇고/얄리얄리 얄라셩 얄리얄리 얄라셩/얄리얄리얄리 얄라리 얄리얄리 얄라셩/잡사와 두어리마나난 션하면 아니올셰라/셜온님 보내옵나니 가시난닷 도셔오셔서/얄리얄리 얄라셩 얄리얄리 얄라셩/얄리얄리얄리 얄라리 얄리 얄리 얄랴셩/청산 별곡이야~ 아~/살어리 살어리랏다 청산에 살어리랏다/머루랑 다래랑 먹고 청산에 살어리랏다/(반복)얄리얄리 얄라셩 얄리얄리 얄라셩/얄리얄리얄리 얄라리 얄리얄리 얄라셩.

21) '가시리'의 원곡은 'Erev shel shoshanim(밤에 피는 장미)'라는 제목의 이스라엘 민요이다. 이 민요는 이스라엘 결혼식에도 사용된다고 하며 장미 가득한 정원으로 가자는 말로 시작되는 다소 낭만적인 노래이다. Harry belafonte가 불러 이스라엘을 넘어 세계적인 노래가 되었으며 나나무스쿠리 등 세계적으로 유명한 여

노래는 70~80 히트곡으로 여러 가수들에 의해 다시 불렸고 최근 유명 그룹에 의해 다시 음반으로 제작되기도 하였다. 고려속요 <가시리> 하면 이스라엘 민요의 곡조를 읊조리는 현상까지 생겨났다. 이처럼 후대 여러 노래들에서 모방되고 변용되고 패러디되기도 하였다는 점[22]에서, 이스라엘 민요를 곡조로 하며 고려속요 <가시리>와 <청산별곡>을 편사한 대중가요 '가시리'는 가요계에서 하나의 원전 텍스트로서의 위상을 확보한 것으로 보인다.

그런데 최근에는 대중가요 '가시리'의 가사[23]에 고려속요 <가시리>와 <청산별곡>의 일부는 물론이고 김소월의 <진달래꽃>까지 포함된 노래들이 대거 등장하였다. 이러한 고려속요의 현대적 변용 양상을 보면, 구체적으로 독립성과 단위성을 지니는 여러 노래나 시들을 엮는 현상을 보면, 학교 바깥에서 오히려 역사적 타자로서의 고려속요의 특수성에 대해 인정하고

러 가수들이 이 노래를 부르기도 하였다.

22) 심지어 '관광용 디스코 메들리'라는 타이틀의 뽕짝 가요(이창배, [관광용 디스코 메들리 얼씨구 좋다] 1-2집, 2008.)로까지 편곡되어 발표되기도 하였다.

23) 어느 유명 포털사이트에 들어가 '가시리'라는 검색어를 입력하면 적어도 30곡 이상의 서로 다른 노래를 만날 수 있다. 그 중에는 발표 당시 큰 반향을 일으킨 노래도 있고 아직도 많은 사랑을 받고 있는 따끈따끈한 노래들이 적지 않다. 인기를 끌었거나 화제가 되었던 노래만 살펴보더라도 남상규(1992), 윤복희(1981), 이명우(1977 실황), 양하영(1999), 이상민(2001), 장연주(2003), 자전거 탄 풍경(2003), 조수선(2004), SG워너비(2007), 진주(2007), 프롬코리아(2009), 이규영(2009), 버블시스터즈(2010), 은희지(2011), 임미성(2011) 등 많은 가수들이 트롯과 발라드, 락, 재즈, 퓨전 음악 등으로 고려속요 <가시리>를 다시 불렀다.

그 구술 미학을 적극적으로 향유하고 있다고도 볼 수 있다.

그런데 학교 안 우리 교실에서 고려속요 작품은 늘 하나의 '작품Werk'으로 간주된다. 한 편의 '작품'으로 간주되다 보니, 각 연 혹은 장의 독립성이 강한 노래들, 예를 들어 <서경별곡> 등 많은 노래들이 '작품'으로서의 완결성이나 유기성이 떨어지는 텍스트로 평가절하되기도 한다. 고전'시가'가 아니라 한시나 현대시와 같은 문자 텍스트로 간주됨으로써, 자연스럽게 고려속요의 구술 미학이 평가절하되고 마는 것이다.

<서경별곡> 전곡은 다음과 같다.

> 셔경西京이아즐가셔경西京이셔울히마르는위두어렁셩두어렁셩다링디리○닷곤디아즐가닷곤디쇼셩경고외마른위두어렁셩두어렁셩다링디리○여히므론아즐가여히므론질삼뵈ᄇ리시고위두어렁셩두어렁셩다링디리○괴시란디아즐가괴시란디우러곰좃니노이다위두어렁셩두어렁셩다링디리○구스리아즐가구스리바회예디신들위두어렁셩두어렁셩다링디리○긴힛돈아즐가긴힛돈그츠리잇가나는위두어렁셩두어렁셩다링디리○즈믄히를아즐가즈믄히를외오곰녀신들위두어렁셩두어렁셩다링디리○신信잇돈아즐가신信잇돈그츠리잇가나는위두어렁셩두어렁셩다링디리○대동강大同江아즐가대동강大同江너븐디몰라셔위두어렁셩두어렁셩다링디리○빈내여아즐가빈내여노혼다샤공아위두어렁셩두어렁셩다링디리○네가시아즐가네가시럼난디몰라셔위두어렁셩두어렁셩다링디리○널빈예아즐가널빈예연즌다샤공아위두어렁셩두어렁셩다링디리○대동강大同江아즐가대동강大同江건넌편고즐여위두어

렁셩두어렁셩다링디리○빗타들면아즐가빗타들면것고리이다나
논위두어렁셩두어렁셩다링디리

  물론 합가 가능성이 있다는 사실을 언급하고 그 근거로 화자
가 달라졌다는 점, <정석가>에 있는, 이른바 '구슬가'가 이 작
품에도 포함되어 있다는 사실을 지적한다. 그러나 이 모든 정보
들을 외워야 할 내용으로 제시하고 말뿐, 작품 해석의 맥락이나
관점으로 적극 활용하지 못하는 경우가 많다. 합가일 가능성이
높고 각 연이 일정한 간격을 두고 연행되었음에도 불구하고
<서경별곡>을 하나의 일관성을 의도한 문자 텍스트처럼 읽으
려고 하는 것이다. 그 결과 각 연을 연결하여 하나의 해석 서
사[24]를 만들어내는 것으로 교실 수업이 마무리된다. '여성 화자
의 이별 이야기'를, 보다 구체화하여 '생업을 포기하더라도 님
을 따라 나서겠다고 다짐하는 서경 출신 여성화자가 님이 떠나
자 대동강변에서 사공에게 괜한 분풀이를 한다'는 정도의 서사
를 구성해낸다.
  물론 우리 옛 노래에 대한 해석이나 설명은 어느 정도 서사
성을 띨 수밖에 없다. 그러나 일관된 해석 서사를 처음부터 요

---

24) '해석 서사'는 우리가 작품 해석의 결과로 추상해낼 수 있는 주제와 가까운 말
인데, 고전시가의 경우 해석의 결과 이야기의 구성 요소인 '화자'나 화자가 처
한 '사건'이나 상황 등이 구체적으로 드러나는 양상을 보인다는 점에서 '해석
서사'라는 이름을 붙일 만하다고 판단하였다.

구하거나 전제하는 것은 다양한 해석 경험의 가능성을 미리 차단한다는 점에서 문제가 있다. 이는 재료를 꿰는 '실'[25]을 중시하고 논리를 중시하는 문자 중심의 패러다임에 다름 아닌바, 이처럼 텍스트를 하나의 일관된 해석 서사를 겨냥한 작품으로 간주하고 읽기 시작하면, 화자의 교체나 비일관성을 보이는 부분들은 간과해버리거나 구술문화의 열등함을 증거하는 대목으로 간주해버릴 수도 있어 문제가 된다. <서경별곡>에 대한 오해도 오해려니와 우리 노래의 미적 특질을 제대로 이해하지 못하고 폄하하는 상황이 초래될 수 있다.

신문처럼 읽자는 은유는 결국 <서경별곡>과 같은 노래들을 애초에 비선형성을 의도했거나 비선형성의 미학적 효과를 활용한 노래로 보자는 주장이다. <서경별곡>은 '이별'이라는 주제에 묶일 수 있는 세 편의 노래를 '엮은' 속악가사인 것이다. 서경이라는 당시 신도시[26]에 살고 있는 여성이 길쌈 일을 버리고라도 따라나서겠다고 하는가 하면, 구슬이 다 깨져도 끈이 끊어지지 않듯이 사랑이 영원할 것이라고 힘주어 역설하기도 하고, 님을 보내고 괜한 사람에게 트집을 잡기도 하는 등, 사랑과 이별에 대한 여러 가지 대응 방식이 병렬된 것으로 접근해야 한

25) 빌렘 플루서, 『피상성 예찬』(김성재 옮김), 커뮤니케이션북스, 2004, 18~30면.
26) 김창원, 「고려시대 '평양'이라는 공간의 탄생과 고려가요의 서정」, 『국제어문』 47집, 국제어문학회, 2009, 175~198면.

다. 이처럼 각 연들의 단위성을 인정하여 공감이 되는 연을 먼저 읽어보고 다른 연과 대비해보고 또 세 연의 순서를 바꿔 보기도 하는 등 자유로운 접근이 먼저 허용되어야 한다. 독자가 노래 한 토막을 만들어 <서경별곡>에 끼워 넣어보거나 원 노래의 한 대목과 교체해 보는 등의 활동을 할 수도 있다. 이렇게 접근해야만 화자의 교체나 형식의 비일관성 등이 구술문화의 한계나 열등함이 아니라 유희의 방편이자 함께 즐김의 원천이며, 따라서 <서경별곡>의 미덕으로 받아들여질 수 있게 된다.

그런데 앞서 언급한 것처럼 비선형적 읽기는 작품 읽기의 시작점이 될 수 있지만 도달점이나 결론이 될 수는 없다. 신문이라는 매체의 정보 가공 및 편집 방식과 고전시가의 사설 엮는 방식에 유사한 면이 있기는 하지만, 신문과 구별되는 노래의 논리 또한 간과할 수 없기 때문이다. 신문의 각 섹션들은 그 자체로 단절된 하나의 셀로 존재하지만, 노래의 각 연들은 심지어 연결고리가 미약해 보이는 경우조차도, 선조적으로 불려지거나 읽혀짐으로써 연결되고 연속되는 세계가 된다. 노래 편집자의 선택과 판단, 즉 편집의식이 개입할 수밖에 없으며, 더불어 가창자나 청중 혹은 독자들 역시 각 연을 연결하여 하나의 해석 서사를 만들게 된다.[27] '서경 출신 여성의 대동강변에서의 이별

---

27) 각 연을 연결하여 하나의 해석 서사를 만들지 못하는 경우도 있을 수 있다. 세 연을 묶은 범주를 확인하는 차원에서, 사랑과 이별에 대응하는 여러 화자의 사

이야기'라는 해석 서사 역시 이러한 결과로서 도출되어야 하며, 가능한 여러 해석 서사의 각편(version)으로서의 제한적 의미를 지녀야 한다. 고전시가의 독자들이 각자 주어진 개별적인 정보를 연결 짓는 즐거움을 누리면서 그 연결을 통해 자신만의 전체상 혹은 일관된 해석 서사를 구성하는 즐거움을 누릴 수 있도록 허용해야 하기 때문이다.

결국 비선형적 즐기기는 읽기의 출발선에서 시도될 수 있으며, 해석 서사를 구성하는 독자의 다음 활동으로 나아갈 때 교육 활동으로서의 의미가 있다고 하겠다. 비선형적 즐기기로 시작하되, 결국에는 사랑과 이별과 관련된 다양한 해석 서사의 각편들을 만들어낼 수 있어야 하는 것이다. 이때 형식의 반복에 의해 형성되는 리듬감이 주는 효과까지 즐길 수 있다면 더욱 바람직할 것이다.

2) 맥락 끌어오기 : 하이퍼링크 만들기

고전시가를 향유하기 위해서는 몇 단계의 읽기 과정을 거쳐야 한다. 낯선 단어나 어구를 해독하고 당시의 표현 관습이나 문화 코드 등도 읽어내고, 최종적으로 자신만의 해석 서사를 구

연이 병렬되었다고 볼 수도 있다. 이러한 해석 역시 허용되어야 한다.

성하기까지 넘어야 할 산이 한둘이 아니다. 이 각각의 단계에서 많은 정보들이 동원되고 그에 따라 학습할 내용이 적지 않게 된다. 이와 관련하여 필자[28]는 학습할 내용들을 기능적 문식성과 장르적 문식성, 문화적 문식성과 관련된 내용으로 나누고 학습 내용의 초점화와 위계적 배열의 필요성을 주장한 바 있다. 그리고 교육 내용을 위계화하여 학습 부담을 줄여주고 효율성을 높이기 위해서는 학습 발달의 단계를 고려하여 단계별로 다양한 이본들을 제작할 필요가 있음도 주장한 바 있다.

그런데 최근 인터넷상에 올라와 있는 고전시가 학습 관련 사이트나 블로그를 보면 이 모든 정보와 지식들이 하이퍼텍스트로 연결되어 있는 양상을 볼 수 있다. 그러나 이러한 학습 내용의 구조화 방식은 학습할 내용이 좀 늘었다는 차이는 있지만 본질적으로 교실 수업을 옮겨 놓은 것에 불과하다. 어쩌면 지금도 어느 고등학교 교실에서는 이런 식의 하이퍼링크 만들기가 끊임없이 시도되고 있을지 모른다. 작품을 읽어가다가 낯선 어구, 중요한 단어가 나오면 언제든 멈춰 서서 그것에 대해 설명하고 관련 배경 설화나 맥락에 대한 설명으로 발전하기도 하고 …… 이처럼 낯선 어구나 문장, 코드 등에 대한 설명의 말을 덧붙이거나 설명의 텍스트를 덧붙이는 식이, 하이퍼링크 만들

---

28) 염은열, 앞의 책(2007) 참고.

기의 손쉬운 예가 된다.

그러나 필자가 말하는 하이퍼링크 만들기는 교사 주도, 텍스트 중심의 확산적 설명 방식을 인터넷상에 옮겨 놓은 듯한, 하이퍼링크 만들기를 의미하는 것은 아니다. 학습 발달의 수준에 따라 해독의 어려움이 최소화된 이본이 제시되고, 해독 다음 단계의 해석 활동이 수행되어야 하는바, 이 단계에서의 하이퍼링크 만들기를 문제 삼고 있는 것이다. 즉, 필자가 제안하는 하이퍼링크 만들기는 해독의 단계를 넘어서는 해석의 차원에 있는 것이고, 다양한, 그러나 부족한 맥락 정보를 활용하여 작품의 해석 서사를 구성해가는 방식과 관련된 것이다.

고전시가 작품들은 유독 해석의 이견들이 많다. 비유적 표현으로 인한 해석의 다양성이야 문학이 지닌 숙명과도 같은 것이지만, 다양한 해석과 이견들은 주제를 넘어선 광범위한 분야에 걸쳐 있어 교육적 구조화가 요구된다. 작품의 시대 귀속 문제는 물론이고 장르 귀속 문제, 작가나 향유층의 문제, 작품의 성격에 대한 문제 등 다양한 이견들이 제기되어 있는바, 이러한 다양한 이견들이 작품 해석의 다양성이라는 측면에서는 고무적이지만 해석의 정합성 확보라는 난제를 던져주기도 한다. 해석의 자유를 보장하면서도 동시에 해석의 정합성을 어떻게 확보할 것인가 하는 문제[29]를 야기하는 것이다. 이와 관련하여 교사가 다양한 이견들을 소개하기는 하지만 그 이견들이 나오게 된 맥락 정보나 이견에 이르게 된 해석의 경로 등에 대해서는 언급하지 않음으로써, 결과적으로 양립할 수 없는 상반된 견해들을 동시에 제공하기도 하고 층위가 다른 맥락 정보들을 한꺼번에 쏟아놓고 외우도록 요구하는 상황이 연출되고 있어 문제다.

이러한 상황을 해결하기 위해서는 연구자들이 제안한 여러 견해나 이견들과 그 견해에 이르기까지의 추리 과정을, 해석의 타당성 내지 정합성을 찾아가는 과정이라고 보고 교육적으로 원용할 필요가 있다.[30] 그 추리의 과정을 원용하여 제한된 맥락 정보로 인해 오히려 가능한, 여러 해석의 가능성들을 학생들도 추체험할 수 있도록 안내함으로써 작품에 대한 깊이 있는 이해를 도모할 수 있다. 작품 이해의 목적과 훈련의 정도가 다르기 때문에 몰입의 정도와 깊이는 다를 수밖에 없겠지만 연구자가 경험한 해석의 과정을 학습자 역시 비슷한 방식으로 경험할 필요가 있는 것이다.

그러한 경험을 위해서는, 총체성을 지니는 작품에 접근할 수 있는 출구로서의 표지가 필요하고 그 표지를 시작점으로 하여 관련 기록들이나 문화 코드 등을 끌어오면서 하나의 해석 서사

---

29) 김석회, 「고전시가 교육과 작품 해석의 개방적 정합성」, 『국어교육』 100호, 한국국어교육연구회, 1999.

30) 이러한 관점에 따라 필자는 <정읍사> 해석의 두 가지 경로를 구조화해 본 바가 있다. 다음에 소개되는 <정읍사> 사례는 그때 제안했던 읽기의 경로를 발전시킨 것이다. 염은열, 「교육의 관점에서 본 고전시가 해석의 다양성」, 『한국시가연구』 24집, 한국시가학회, 2008.

를 구성해나가는 방식이 구안되어야 한다. 물론 한 작품에 대한 표지가 하나일 수 없으며 각각의 표지가 안내판이 되어 다양한 해석 서사로 분기될 수 있음은 물론이다.

　필자는 <한림별곡>에서 관계망[31]이라는 개념으로 이러한 생각의 단초를 제시한 바 있으며, 그 생각을 발전시켜 <정읍사> 해석의 두 경로에 대해 탐색해 보았다. <정읍사>에서 '백제의 노래'라는 표지와 '고려의 노래'라는 표지를 선택하여 두 표지를 따라가면서 각각 활용할 수 있는 문헌 기록과 연행 관련 코드 등을 선택하여 두 가지 경로의 해석을 시도함으로써, <정읍사>가 '백제의 노래'로 접근했을 때는 망부의 민요가 되고 정읍이라는 지역 정체성의 형성에 기여한 노래로 해석되는 반면, '고려의 노래'라는 표지로 접근하면 궁중 연악의 가사가 되고 조선초 음사라고 규정되기까지 한 남녀상열지사로 해석될 수 있다는 결론에 도달했다. 이 두 개의 표지 외에 다른 표지가 있을 수 있고 각각의 표지에 따라 다른 해석의 경로가 설정될 수 있으며, 종국에는 이러한 다양한 해석들이 <정읍사>에 대한 종합적인 이해로 수렴되어야 한다고 결론지었다. 하이퍼텍스트를, 분기 구조를 지닌 텍스트[32]라고도 규정한다는 점에서

---

31) 염은열, 앞의 책(2007), 173~174면, 180~182면 참고.
32) 태드 넬슨은 하이퍼텍스트를 '독자에게 선택권을 부여하는 분기branch 구조의 텍스트'로 규정한 바 있다. 스티븐 홀츠만(2002), 205면 재인용.

이러한 두 개의 경로 만들기, 그리고 그 경로 따라가기의 과정은 하이퍼링크 만들기의 양상과 흡사하다고 할 수 있다.

그러나 <정읍사>의 사례에서 보듯 고전시가 읽기에서의 하이퍼링크 만들기에서는 디지털 공간에서와 같은 정도의 행로의 개방성을 허용할 수는 없다. 가능한 행로를 따라가면서 여러 이견들 중 자신의 경험에 부합하는 것을 선택하는 의도된 개방성일 뿐이다. 고전시가 작품에 대한 타당성 있는 해석으로 수렴되어야 하기 때문이다. 고전시가 읽기의 경우는 제한된 정보를 바탕으로 구조화된 몇 개의 해석 경로나 절차를 선택하여 따라감으로써, 다시 말해 타당한 해석의 가능성을 타진해보고 다른 타당한 해석의 가능성을 경험해봄으로써 해석의 풍부함을 즐기는 것이 목적이기 때문이다.

3) 구성적으로 읽기 : 건축가처럼 읽기

윌리엄 J. 미첼[33]은 디지털 미디어에서의 가상 공간의 구조를 건축의 구조로 볼 수 있다고 하였다. 실재 공간과 똑같이 만들어낸 가상 샌프란시스코는 주어진 질료를 활용하고 변형하고 조합으로써 또하나의 공간을 창조한 사례로, 디지털 가상 공간

---

33) 윌리엄 J.미첼, 『디지털 이미지론』(김은조 역), 클라이닉스, 2005, 30~38면.

의 이러한 건축적 특성을 잘 보여준다.

이러한 가상 공간의 구성 방식은 정철이 <관동별곡>에서 폭포를 언어로 실재하게 한 방식과도 흡사하다. 정철은 폭포의 외관을 묘사하지 않고 마치 조물주처럼 '천심절벽을 반공에 세워 둔 후 은하수 몇 구비를 마디 마디 베어 내어 그 절벽에 실같이 걸었으니 도경 열두 폭이 여러 장 나올만하다'고 하였다. 폭포를 구성하는 개별 요소들을 하나 둘 배치함으로써 장엄한 폭포 경(景)을 만들어낸 것이다. 이 같은 사례는 얼마든지 더 있다. <상춘곡>의 작자 정극인도 '석양리에 피어있는 도화행화', '세우 중에 더욱 푸른 녹양방초', '봄을 맞이하여 외씨를 심는 등 부산한 작자 자신의 움직임'까지 상춘과 관련된 여러 이미지와 행위들을 하나 둘 더함으로써 결국에는 당시 사대부들이 동경해마지 않았던 아름다운 봄 풍경34)을 완성해낸 바 있다. 당시 사대부들이 꿈꾸던 이상적인 공간을 구성해냄으로써 반향을 일으켰다는 점에서 정극인 역시 공간 창출의 달인이라 하겠다. 자연물이나 자연 공간, 자신이 사는 공간 등을 언어로 형상화, 아니 재건축하는 사례는 시조나 가사 작품군 등에서 두루 확인되는 사실이다.

---

34) 김대행, 「가사 양식의 문화적 의미」, 『한국시가연구』 3집, 한국시가학회, 1998.
   김대행, 「賞春曲 : 抽象의 意味」, 『南畔朴焌圭博士停年退任紀念論文集』, 동논총간 행위원회, 1998.

사실 '경(景)'은 고전시가 미학의 핵심에 있는 개념이다. '景긔 어떠하ᄂ닛고'라는 어구가 아예 장르적 표지가 된 경기체가는 물론이고 팔경시 혹은 집경시 등, 시조나 가사 작품군 외에도 고전시가 일반에 폭넓게 적용되는 개념이다. 따라서 고전시가 작품에 형상화된 공간을 읽어내는 일은 작품 혹은 작품군의 특성을 이해하는 지름길이자 시가 향유의 의미작용과 문화적 특성을 파악하기 위해 꼭 거쳐야 할 과정으로서의 의미를 지닌다. 따라서 시가 읽기에서, 경을 구성하기 위하여 동원된 개별 요소를 추출하고 개별 요소들의 결합에 관여하는 코드를 파악하는 한편, 그렇게 구성된 경의 특성을 파악하는 활동은 매우 중요한 교육 내용이 될 수밖에 없다.

  구성적 읽기, 다시 말해 건축가처럼 읽기란, 이러한 경의 특성을 파악하기 위하여 공간을 구성하는 요소들을 선별하고 그 요소들을 배치하고 그 공간 안에 작자의 위치를 지정하고 독자 역시 작자의 위치에서 같은 시선으로 바라보자는 제안[35]이다.

---

35) 필자는 <고산구곡가>를 가르칠 땐 언제나 그림을 그리게 한다. 등장하는 개별적인 경관 요소를 뽑아내게 하고 전체 경을 칭하는 단어도 찾아내게 한 후, 경관 요소를 백지 위에 재배치하는 방식으로 '경'을 구성하게 한다. 몇몇 연들은 비슷한 느낌과 구도의 산수화를 찾아보는 활동을 병행하기도 한다. 이러한 장면 구성 활동은 율곡의 시각을 통해 이상화되고 이념화된 고산의 아름다운 풍경을 감상하는 즐거움과 함께 율곡이 드러내고자 했던 우의적 뜻을 확인하는 즐거움을 제공해준다. 자세한 내용은 다음 논문을 참고할 수 있다. 염은열, 「고전시가 교육의 내용 탐색-<고산구곡가(高山九曲歌)> 읽기를 예로-」, 『선청어문』 36집, 서울대 국어교육과, 2008.

이를 위해서는 경을 구성하는 단위로서의 개별 요소들과 경을 짜는 구성 원리 등에 대한 파악이 있어야 하는바, <면앙정가>와 <성산별곡>을 대상으로 문화적 코드가 될 수 있는 개별적인 경관 요소들을 추출하고, 나아가 <면앙정가>나 <성산별곡>을 가르칠 때 '원림이 지향하는 공간의 성격 설정 → 개별 경관요소의 선별 → 경관요소의 의미부여 및 이름붙이기 → 공간의 구현'이라는 일련의 과정을 거치자고 제안한 논의[36]는 시사하는 바 크다. 다만, 적용 범위가 넓은 문화어를 선별하고 학습의 위계를 정하는 등의 후속 논의가 뒤따라야 할 것이다.

이상으로 디지털 시대의 미학을 참조하여 문자 중심의 패러다임에 저항하는 고전시가 읽기 및 접근의 방법을 시도해보았다. 문자 중심의 관점과 예술로서의 문학관이 지배적인 담론으로 자리하고 있는 교육의 장에서 형성된, 고전시가에 대한 인식의 틀이나 접근 방법에 대해 반성하고 '비선형적으로 즐기기'와 '맥락 끌어오기―하이퍼링크 만들기―'와 '구성적으로 읽기―건축가처럼 읽기―'라는 접근 방법을 예시하였다.

이른바 비유기성이나 비일관성, 복제 등이 지닌 대중문화로서의 미학적 기능과 의의에 주목한 연구가 꾸준히 제기되었음

---

36) 박연호, 「문화코드읽기와 문학교육―<면앙정가>와 <성산별곡>을 대상으로」, 『문학교육학』 제22호, 한국문학교육학회, 2007.

에도 불구하고, 교육의 장에서 현대 독자들은 시를 분석하는 비평의 눈과 방법에 따라 고전시가를 읽는 것이 대부분이었다. 그 결과 비일관성 등이 구술적 전통 속에서 나온 것이며 때로 일상인들의 언어적 실천을 용이하게 하는 장치였음을 배울 수 없었고, 고전시가 작품을 유기성이나 일관성이 부족한 작품으로 간주하게 되는 경우가 많았다. 이는 학계의 논의가 아직까지는 교육 및 교육연구의 장에서 고전시가에 대한 관점 및 접근 방법을 실질적으로 바꿀 정도에 이르지 못했음을 말해준다. 그리고 교육의 장에서 확대 재생산되고 있는 고전시가를 보는 관점과 접근 방법에 대한 반성이 부족했음을, 그리고 근원성과 정태성, 역사성을 지니는 고전시가를 읽어내는 새로운 관점과 방법, 그에 따른 새로운 교육 내용에 대한 탐색이 충분하지 않았음을 말해준다.

그래서 필자는 이 장에서 문자 중심의 지배적 문학관에 의해 포착되기 어려운, 고전시가의 타자로서의 역사적 특수성에 주목함으로써 교육의 장에서 평가 절하되었거나 제대로 이해되지 못했던 고전시가의 미학적 특성을 드러낼 수 있음을 보여주고자 하였다.

다음 장에서는 여기서 제안한 관점과 접근 방법을 동원하여 고전시가 여러 갈래의 작품들에 대한 읽기를 시도해볼 예정이다. 이를 통해 고전시가의 교육적 가치를 발견하여 새로운 교육 내용으로 제안함으로써 고전시가 교육을 보다 풍요롭게 하고자 한다.

3.
〈구성〉 교육의 눈으로 다시 읽는 고전시가

1) 상대가요 읽기

'개체 발생은 계통 발생을 반복한다'는 헤켈의 명제는 과거의 것이 지니는 현재적 의미를 살피는 데 하나의 관점을 제공해주는 것으로 받아들여지고 있다. 생물학 내에서는 공증되지 않은 명제임에도 불구하고, 이를 받아들이는 연구자들은 한 개인의 성장 과정이 인류의 진화 과정을 되풀이하는 측면이 있음에 주목하였다. 이른바 발생적 인식론의 입론이다.[37] 개인의 특정 발달 단계를 이해하는데, 역사상 특정 단계에 대한 이해가 유용할 수 있다는 말인데, 이는 인간 발달 및 표현 행위에 대해 접근하는 '하나의' 관점이 될 수 있다.

---

37) 장상호, 『발생적 인식론과 교육』, 교육과학사, 1991 참고.

이러한 관점을 받아들이면, 상고 시대의 노래인 <구지가(龜旨歌)>가 발달 단계가 비교적 낮은 아동들의 언어 활동을 이해하는 데 좋은 자료일 수 있다는 가정이 가능해진다. 고전문학이 아직 성인이 되지 않은 학습자들의 언어 활동을 이해하는 자료로 유용하다는 가정을 할 수 있게 된다.

그러나 이러한 가정이 진화론적 관점이나 발달적 관점을 지지하는 것은 아니다. '구지가'식 표현이나 언어관이 발달 단계가 비교적 낮은 단계의 아동들에게서 지배적으로 확인된다고 하여 성인들이 그와 같은 표현을 완전히 졸업했다고 볼 수는 없기 때문이다. 성인이란 어린애다움을 벗어버린 존재가 아니라 어린애다움에 성인다움까지 더한, 복합체이기 때문이다. '유치하다'는 말이 사용되는 국면을 살펴보면 잘 알 수 있듯이, 성인 역시 친밀도가 있는 사람들 사이에서는 '유치하게' 행동한다. 그런 점에서 <구지가>의 '유치함'은 설득 표현의 '시원성'이나 '근원성'과 관련된 속성으로 바라봐야 한다.

현대 독자들이 보기에, 정확하게 말하면 현대시 관습에 익숙한 독자들이 보기에 <구지가>는 다소 당황스러울 수 있다. '거북'을 거듭 부르고 위협의 말을 직설적으로 던지고 마는 이 짧은 노래가 과연 문학작품인가 의문이 들 수 있고 말장난으로 생각될 수도 있다. 현대 독자들에게 <구지가>는 '유치해 보일' 수 있는 것이다. 그러나 이러한 유치함은 앞서 살핀 과거의 미덕 중 시원성 혹은 근원성과 관련되며, 그런 점에서 <구지가>가 인간 표현의 원초적인 모습 혹은 본질적인 특성을 이해하는 데 유용한 텍스트일 수 있다. 사실 성인들도 1차 집단 안에서는 '구지가'식 설득 전략을 자주 활용한다. 따라서 <구지가>의 발상이나 표현은 발달 단계가 낮은 아동들은 물론이고 비공식적이거나 사적인 공간에서 사람들이 흔히 사용하곤 하는 언어 양상으로 볼 수 있다.

<구지가>의 배경설화를 살펴보면 <구지가>가 주술요임을 알 수 있다. 주술요란 일종의 마력(Magic Power)을 지닌 노래를 말한다. 그 노래를 부름으로써 그 노래의 힘으로 어떤 일이 일어났을 때 그 노래에 대해 주술요라는 이름이 붙여진다. 여기에는 말이 어떤 힘을 지니고 있다는 고대적 언어관—주술적 언어관—이 자리하고 있는데, <구지가> 역시 그러한 언어관을 전제로 만들어진 노래이며 구체적으로 '위협'이라는 설득 소구를 활용하고 있다. '위협'은 '달램'과 함께 주술요 내지 주술적 담화에서 설득을 위해 활용하는 대표적인 기제라 할 수 있다. 어떤 목적을 이루기 위해 결정권을 쥐고 있는 대상을 위협하거나 달래는 것이 당대 그리고 후대 주술적 담화의 일반적인 양상이다. 이러한 주술적 담화의 특징을 가장 잘 간직하고 있는 굿 역시 이 두 가지 기제—'오신(娛神)'과 '위협(威脅)'—를 주요 전략이자 내용으로 활용하고 있다.

아동들은 상대적으로 구어문화에 더욱 밀착해 있고 애니미즘적 사고와 주술적 언어관을 간직하고 있다. 인형이나 꽃 등 주위의 사물들에 정령이 깃들어 있다는 생각을 마음 한 편에 간직하고 있으며, 아직까지는 언어와 지시 대상이 상징적 관계라는 인식보다는 말이 실재일 수 있다는 생각에 머물러 있다. 그 아동들은 설득을 목적으로, 대개 위협이나 달램의 말을 사용하곤 한다. "안 해주면 이러이러하게 하겠다."고 위협하거나 "해주면 저러저러하게 하겠다."고 달래는 양상을 보이는바, 세련된 수사를 구사하기보다는 원초적인 설득의 기제를 활용하고 있는 것으로 볼 수 있다.

결국 <구지가>의 설득 기제에 대한 이해는 아동들의 언어 구사에 대한 이해를 가능하게 하고, 발달 단계에 따른 차이가 거의 고려되지 않은 채 논리적 설득의 방법만을 가르치고 있는 교육의 장에 시사하는 바 있다.[38] 나아가 <구지가>의 설득 기제에 대한 이해는 성인 독자들에게도 유용하고 필요하다. 주장을 하고 타당한 근거를 제시하라는 식의 상투적인, 그래서 와닿지 않는 설득 표현에 대한 이해를 확장할 수 있고, 보다 효과

---

38) 이밖에도 <구지가>의 가치는 다양한 방면에 걸쳐 있다. 신화 작품에 삽입된 노래이기도 하고 고대 사회를 이해하기 위한 역사 자료이기도 하다. 문학교육의 장에서도 <구지가>는 다양한 목적으로 다양한 심급으로 다양한 방식으로 가르쳐질 수 있다. 여기서 주장한 것은 그 여러 개 중 하나의 가능성에 대해 언급한 것이다.

적으로 설득 표현을 구사하는 데 유용할 수 있다. 인간은 논리로만 설득되지 않는다는 점에서 위협이나 달램의 기제는 성인들의 일상에서도 흔히 사용되는 방식이며, 따라서 <구지가>에 대한 이해는 현대인들이 설득 당하고 또 설득하는 방식이나 기제에 대한 이해를 깊게 한다. 사실 청중이 누구인가에 따라, 상황이 누구인가에 따라 위협하거나 달래는 방식을 활용하는 것이 설득의 목적을 달성하는 데 보다 실질적인 도움이 될 수도 있는 것이다.

이러한 접근이 비단 <구지가>와 같은 상고시대 작품들을 대상으로 해서만 시도될 수 있는 것은 물론 아니다. 가령, 선악의 구분이 확고한 고대소설의 세계는 아이들이 즐겨 보는 만화와 상통하는 바 있는데, 그 이유는 가치관의 형성기라는 발달 단계상의 특징과 무관하지 않다. 따라서 고전소설은 실존적 고민을 보여주거나 다양한 가치 사이의 갈등을 미묘하게 그려나가는 소설에 비해 초등학교 단계의 아이들에게 더욱 적절한 감상 자료일 수 있으며 성인들이 일상에서 선호하는 드라마—결연의 모티프나 소원성취의 판타지, 영웅의 활약상 등이 반복 재생되는—나 대중문화를 이해하는 자료일 수 있다. 이처럼 고전문학은 발달적 인식론의 관점에서 보면 시원성을 지님으로써 보다 낮은 단계나 수준의 국어 활동, 그러나 원초적이고 일상적인 언어 행위에 대한 이해를 도모하는 데 유용한 측면이 있다. 물론 <구지가>를 포함하여 고전시가가 시원성만을 지니는 것은 아니며 역사성 또한 지닌다는 점에서 또다른 접근이 얼마든지 가능하다. 이 장에서는 시원성에만 주목하여 고전시가가 지닌 가치를 보여주고자 한 것이다.

2) 향가 읽기

향가는 우리 문자가 없던 시기 우리말 노래이다. 여기서는 향가가 당시 삶의 필요에 의해 생겨난 표현 행위라는, 지극히 인문적인 관점에 따라 향가의 지배적 특성—역사적 특수성—과 그 가치 및 의미를 밝혀보고자 한다. 다른 연구자들이 시도하지 않은 방법이나 새로운 개념을 앞세운 접근을 지양하고, 부족한 자료를 바탕으로 상상력을 발휘하는 연구 태도 또한 지양하면서, 개별 작품이나 갈래에 지배적으로 나타나는 특성에 천착함으로써, 그 작품이나 갈래가 던져주는 인간과 삶에 대한 문제제기와 고유한 의미에 주목하고자 하는 것이다. 교육의 눈으로 향가를 읽어냄으로써 향가 교육의 내용을 확충하는 데 기여하고자 한다.

교육의 눈 혹은 시선이란 타자로서의 향가의 특수성을 인정하는 바탕 위에서 향가를 왜 배워야 하는지, 우리들의 삶에 어떤 의미를 주는 언어활동 내지 행위인지에 대해 끊임없이 묻고 답을 찾는, 인문적 탐구의 시선에 다름 아니다. 이러한 교육의 시선은 현대인들의 인식의 지평을 넓혀줄 교육 내용의 확충을 가능하게 할뿐만 아니라 인문학으로서의 시가 연구 본연의 책무를 환기함으로써 시가 연구의 발전에도 기여하는 바 있을 것으로 판단된다.

그렇다면 이제 의미 있는 타자인 향가의 정체성이나 지배적 특성을 무엇으로 볼 것인가, 그리고 그것이 언어로 인식하고 소통하고 세계를 구성하며 살아가고 있는 현대인들의 삶에 어떤 의미를 줄 수 있는가를 탐구하는 일이 우리 앞에 놓인다.

이와 관련하여 향가가 노래와 현실 세계와의 관련성 내지 언어의 힘에 대한 통찰을 보여주는 장르라는 점에 주목하고자 한다. 이러한 향가의 장르적 특성에 대해 부정할 연구자는 없을 것이다. 일연 또한 향가의 장르적 특성을 노래의 힘이나 작용력과 관련지어 언급한 바 있다. 『三國遺事』 '감통' 편 '월명사도솔가' 조에 나오는, 향가의 장르적 특성에 대한 유일한 기록인, '감동천지귀신(新羅尙鄕歌者尙矣 蓋詩頌之類歟 故往往能感動天地鬼神者 非一)'이 바로 그것이다. 기록에 따르면 신라 사람들은 향가를 숭상했는데 향가가 천지와 귀신을 감(感)하고 동(動)하게 한 것인 한두 번이 아니라고 한다. 이 구절로 인해, 여러 문헌 기록을 참고하여 '감동천지귀신'의 의미를 추정하는 연구가 진행되었으며, 대부분의 연구가 출발점이자 결론으로 삼은 것은 『시경(詩經)』의 감동론이다. 『시경』의 '동천지감귀신(動天地感鬼神)'이 시의 본질적 효능을 지적한 용어임을 들어 향가의 힘, 즉 '감동천지귀신' 또한 시로서의 본질에 충실함으로써 얻어진다는 데 어느 정도 의견이 모아졌다.[39] 향가가 개인 서정시가 아니라 연행되었다는 점을 고려하여 향가의 감동이 보다 직접적이고 전면적이었을 것임을 주장하는 논의도 있었다.[40] 노래 보편의 차원과 향가 갈래 특수의 차원에서 감동의 실체에 대한 논의가 있었다고 하겠다. 그러나 '감동천지귀신'론은 어디까지나 원론이자 본질론이라는 점에서 구체적인 작품을 통해 감(感)하고 동(動)한 실상을 드러낼 때 의미를 지닐 수 있다. 이러한 관점에 따라 필자는 현실 세계에 실질적인 영향을 미친, '감통' 편에 수록된 <도솔가>와 <제망매가>, <혜성가>를 대상으로, 그 노래들의 어떤 본질이, 어떤 감동을, 어떻게 가능하게 하였는지 논구해본 바[41] 있다.

　분명한 것은 언어가 실재를 만들어내고 언어가 믿음을 만들어낸다는 점이다. 그리고 그것이 바로 향가에 지배적으로 나타

---

39) 성기옥, 「'感動天地鬼神'의 논리와 향가의 주술성 문제」, 『古典詩歌의 理念과 表象』, 崔珍源博士停年紀念論叢刊行委員會, 1991, 59~80면. 양희철, 「鄕歌 感動論의 '能感動天地鬼神' 연구」, 『어문연구』 32, 충남대 어문연구회, 1999, 269~292면. 정운채, 「시화에 나타난 문학의 치료적 효과와 문학치료학을 위한 전망」, 『고전문학과 교육』 1집, 한국고전문학교육학회, 1999, 165~187면.

40) 김성룡, 「感動天地鬼神의 기능과 의미」, 『고전문학과 교육』 제7집, 2004, 99~138면.

41) 필자는 '감동천지귀신'이라는 향가 장르에 대한 논의를 정리하고, '감통'편 <도솔가>와 <제망매가>, <혜성가>에서 말이 실재와 믿음을 만들어내는 기제에 대해 살핀 바 있다. 염은열, 「향가의 실재와 믿음 형성에 대한 고찰」, 『문학교육학』 제40호, 한국문학교육학회, 2013.

나는 특징이며 향가가 우리 시대에 환기해주는 언어의 본질이라는 점이다. 향가의 정체성이자 지배적인 특성으로 현대 독자들에게도 의미 있는 통찰을 제공해줄 수 있는 내용이 바로 언어의 이러한 힘 내지 구성력과 관련된다. 이러한 향가의 지배적인 특성은 우리말의 뿌리에 보다 가까이 있음으로써 생겨난 근원성과 관련되며, 발생과 소멸을 마친 갈래라는 점에서 향가는 관찰과 분석이 용이한 정태성도 지녀, 교육 및 연구의 대상이 되기에 용이한 측면 또한 존재한다.

앞서 지배적인 특성이란 기이함이나 특이함이 아니라 역사적 특수성에 가깝다고 지적한 바 있다. 향가의 지배적 특성 내지 장르적 본질 역시 인간 활동의 한 본질이나 국면을 극적으로 보여주는 것이라는 점에서, 그러한 지배적 특성에 대한 이해를 통해 현대인들은 보다 수월하게 인간 활동의 한 본질 및 국면에 대한 이해를 할 수 있게 된다.

노래인 향가가 현실 세계에 미친 영향력은 배경설화에 잘 나타나 있다. 노래가 사(事)이고 행(行)으로 현실 세계에 개입한 정황을 여실히 보여주는 감통 편 <도솔가>나 <제망매가>, <혜성가>, <원왕생가>는 물론이고, <서동요>나 <헌화가> 등 짧은 형식의 노래로부터 <안민가>나 <우적가>, <원가> 등 사뇌가에 이르기까지 향가가 현실 세계에 미친 영향력이나 힘을 증거하는 작품이 적지 않다. 당시 기록의 대상이 되었다는 사실 자체도 향가라는 노래의 영향력을 증거해 주는 현상으로 볼 수 있다. 향가 교육은 이러한 향가의 지배적 특성 내지 특징을 포착, 그것의 의미를 공유하는 일이 되어야 할 것이다.

만약 지금처럼 <제망매가>를 수록하여 향가의 대표작으로 가르칠 경우에도, 비유의 탁월함이나 혈육의 죽음에 직면한 인간의 보편의 정서와 서정을 담은 노래라는 점뿐만 아니라 <제망매가>가 광풍이 불어 '지전'을 서쪽으로 날아가게 한, 현실 세계에서 실질적인 힘을 발휘한 노래라는 점에도 주목해야 한다. <제망매가>의 창작 동기 자체가 혈육의 죽음에 있었고 따라서 개인의 서정이 드러날 수밖에 없는 작품임은 사실이다. 의식의 노래가 아니라 개인 서정시가로 접근하여 <제망매가>의 서정성을 밝히고자 한 연구도 다수 있었다.

그러나 <제망매가>가 천도제 등에서 불린 노래임을 주장하는 연구들에서 이미 밝힌 바대로 망자(亡者)를 위한 제의의 전통이 지속되어 왔고 의식의 노래 또한 수준 높은 서정성에 도달할 수 있다. 그리고 무엇보다도 『삼국유사』에 '제사 의식을 운영(營祭)'했으며 '향가를 지어 제사(作鄕歌祭之)했고', '저승길 노잣돈(紙錢)'을 앞에 두고 의식을 행했다는 기록이 나온다. 기록을 존중하면 <제망매가> 역시 의식의 자리에서 실제 청중들을 앞에 두고 불려졌거나 적어도 공개적인 자리에서 청중들을 의식하고 불려졌을 것으로 추정할 수 있다. 그리고 노래를 부름으로써 누이의 왕생에 대한 믿음이 생겼다는 점에서 <제망매가>조차도 언어와 노래의 힘에 대한 믿음을 전제한 노래로 볼 수 있다. 따라서 <제망매가>의 서정성 또한 이런 의식의 맥락에서 다시 해석되어야 한다.[42]

뿐만 아니라 탁월한 비유가 돋보이는 <제망매가>나 <찬기 파랑가>에 국한된 향가 교육의 레퍼토리 자체에 대한 확장 및 조정도 필요하다. <도솔가> 등 이른바 '주술성'이 드러나는 향가 작품에 주목할 필요가 있다. 물론 이 글에서 당장 <도솔가>를 교과서에 수록하여 가르치자고 주장하는 것은 아니다. 다만, 교육 내용으로 응당 향가의 본질적 특성이나 지배적인 특징이 포함되어야 하고, 그런 점에서 <도솔가>와 같은 작품에 주목할 필요가 있음을 주장하는 것이다. 왜 <도솔가>와 같은 작품에 주목해야 하는지, 오늘날 교육되어야 할, 향가의 본질적 특성이나 지배적인 특징이 무엇인지 구체적으로 살펴보고자 한다.

<도솔가>는 삼국유사 '감통'편 '월명사도솔가'조에 수록되어 있다. 그 기록은 다음과 같다.

---

[42] <제망매가>의 마지막 부분에는, 누이의 죽음을 신체의 문제로 인식하였던 나와 같은 월명사가 미타찰 왕생을 의심 없이 받아들이며 정진을 다짐하는 모습이 나온다. 월명사와 내가 다르지 않다면 월명사의 달라진 모습 또한 '장차' 내 모습일 수 있고 월명사의 왕생에 대한 믿음 역시 나의 것이 될 수 있다. 그로 인해 의식에 참여한 모든 사람들이 미타찰에 왕생할 것이라는 믿음을 가지고 현재의 삶의 자세를 가다듬게 된다.

경덕왕 19년 병자 4월 초하루에 두 개의 해가 나타나서 열흘이 되도록 없어지지 않았다. 일관이 아뢰기를 "인연이 있는 스님을 청하여 산화공덕을 지으면 재앙을 물리치리이다."라고 하였다. 그래서 조원전에 제단을 깨끗하게 만들고 임금이 청양루에 나가 앉아서 인연이 있는 스님이 지나가기를 기다렸다. 마침 월명사가 언덕 남쪽 길로 가고 있었다. 임금이 그를 불러 제단을 열고 의식을 시작하게 하니, 월명사가 아뢰기를 "저는 다만 화랑의 무리에 속하여 있기 때문에 오직 향가만 알 뿐이고 범패는 익숙하지 못합니다."라고 하였다. 임금이 말하기를 "이미 인연 있는 스님이 되었으니 향가를 쓰더라도 무방하다."라고 하였다. 월명사는 이 말을 듣고 도솔가를 지어 불렀다.[43]

오늘 이에 散花 블러	(오늘 이에 散花 불러
보보술본 고자 너는	솟아나게 한 꽃아 너는,
고돈 ㅁᅀᆞ미 命ㅅ 브리이악	곧은 마음의 命에 부리워져
彌勒座主 모리셔 벌라[44]	彌勒座主 뫼셔 羅立하라.)

이 시를 해석하면 다음과 같다.

용루에서 오늘 산화가를 불러	(龍樓此日散花歌
푸른 구름에 한 송이 꽃을 날려보낸다	排送靑雲一片花
은근하고 곧은 마음이 시키는 것이니	殷重直心之所使

---

43) 김원중이 옮긴 다음 책을 참고로 하되, 어색한 부분이나 뜻이 분명하지 않은 부분은 수정하였다. 일연, 『삼국유사』(김원중 옮김), 을유문화사, 2002.
44) 이 글에서는 세 노래 모두 김완진의 해독을 따랐으며, 작품 해석과 관련하여 필요한 경우에는 본문에서 다른 연구자가 해독한 내용을 언급하였다.

도솔천의 대선가를 멀리서 맞이하라 　　　遠邀兜率大僊家)

지금 세속에서는 이 노래를 가리켜 <산화가>라고 하는데,
잘못된 것이니 마땅히 <도솔가>라고 해야 한다. 이와 별도로
<산화가>가 있으나, 글이 번잡하여 싣지 않는다. 얼마 후 해의
괴이함이 사라졌다. (이하 생략)

<도솔가>를 짓게 된 상황에 대한 기록은 물론이고 한역한
해시(解詩)까지 아울러 기록되어 있다. 창작 상황이 구체적으로
제시되고 해시가 덧붙여져 있어서 해독상의 어려움도 크지 않
으며 '월명사제망매가조'가 아니라 '월명사도솔가'조라는 제목
을 보면 월명사라는 승려와 <도솔가>라는 노래가 당시에 중요
하게 인식되었음을 확인할 수 있다.

배경 설명이 상세하여 <도솔가>가 당시 어떤 의미작용을 한
노래인지 파악하는 것이 용이하고, 해시가 덧붙여져 있어 해독
상의 어려움도 상대적으로 적다고 할 수 있다. 그럼에도 불구하
고 <도솔가>가 교육의 대상으로 한 번도 선택되지 않은 것은,
이른바 문자 중심의 문학성 내지 서정성이 우선시되고 주술 혹
은 주술적 표현이라고 명명된 향가의 특성이 뒤로 밀린 것으로
해석할 수 있다.

<도솔가>는 경덕왕이 친히 나가 인연 있는 승려를 기다린
끝에 얻은 노래이고 이적을 일으킨 노래로서 '감통' 편에 수록

되어 있다. 유리왕대의 '도솔가'의 전통과 관련되는 노래이며, 일연 역시 이례적으로 해시를 붙이고 '산화가'와 다름을 친절하게 밝히기까지 한 의미 있는 노래이다. 신라 사람들, 그리고 『삼국유사』의 저자 일연은 도대체 무엇 때문에 이처럼 <도솔가>에 의미를 부여했던 것일까. 현대 독자들에게는 왜 <도솔가>의 배경 설화나 언어 표현이 어렵고 낯설기만 한 것일까. 객체이자 타자가 되는 <도솔가>의 특수성과 정체성은 도대체 인식 주체인 현대 독자들에게 어떤 의미를 지니는 것일까. 그저 과거의 특이한 현상에 지나지 않는 것일까.

고전시가 연구의 장에서 <도솔가>는 주사 혹은 주술의 노래로 접근하는 것이 일반적이었다. 향가의 주술성을 논의할 때 빠지지 않고 <도솔가>가 언급되곤 했는데 일일이 열거하기 어려울 정도이다. 구체적으로 임기중은 <도솔가>가 천후조술에 속하며 소박한 욕망을 달성하기 위해 사용되는 위하형으로 다시 분류된다고 하였고,[45] 허남춘은 주술의 형식의 발달을 논하면서 <도솔가>가 요구 형식으로 미륵좌주를 대상으로 하는 환기 명령 주술 어법을 사용하고 있다고 보았다.[46] 그런가 하면 김학성은 <도솔가>의 주술성이 무속의 주술 가요나 주사와는 달

---

45) 임기중, 「향가의 주술성」, 『鄕歌文學硏究』(화경고전문학연구회), 일지사, 1993, 193~217면.
46) 허남춘, 「古代詩歌의 呪術性과 祭儀性」, 『慕山學報』 10집, 동아인문학회, 1998, 99~120면.

리 상징과 은유를 통한 간접적 표현을 사용하는 등 문학적 색채를 띠고 있음에 주목하였다.[47)

이러한 주사 혹은 주술적 노래가 지어진 배경에 대해서도 그 해석이 다양하다. 이 시기가 정치적인 혼란기였음을 들어[48) 이일병현(二日竝現)을 염상의 왕권도전 등 왕권에 대한 도전이나 위협[49)으로 해석하기도 하고 경덕왕이 왕자를 어렵게 얻은 사연과 의식이 행해진 곳이 용루, 즉 동궁(東宮)임 등을 이유로 <도솔가>가 세자 책봉이라는 중차대한 일을 치르기 위한 불양(祓禳) 의식이라고 해석[50)하기도 하였다. 민속학적인 관점에서는 유사 사건을 담고 있는 설화를 참고하고 용루나 꽃, 미륵이 모두 물과 관련된 이미지임을 들어 이일병현을 가뭄 등의 천재지변으로 뜻한다고 해석하기도 하였다. 그 어떤 해석도 결정적인 증거는 없지만 설득력이 있으며 가능한 해석이다.

---

47) 김학성, 「향가에 나타난 화랑 집단의 문화의미권적 상징」, 『성균어문연구』 30집, 성대 국문과, 1995, 21면.

48) '월명사도솔가' 조에는 경덕왕 19년(760) 경자 4월 해가 둘이 되어 열흘간 지속되는 변고가 있었다고 기록되어 있지만, 『삼국사기』에는 동년 동월 해가 둘이 나타났다는 기록이 나오지 않는다. 앞뒤로 검색 범위를 넓혀보면 경덕왕 때는 천재지변으로 인한 자연재해가 끊이질 않았으며 19년에는 정월 도성에 귀신의 북소리가 들렸고 4월에 시중이 교체되었으며 7월 세자 책봉이 있었다. 이 기록들은 역사학적인 관점에서 이일병현을 설명하는 근거가 된다.

49) 이도흠, 「도솔가의 和錚詩學的 硏究」, 『고전문학연구』 8집, 한국고전문학회, 1993, 50~91면. 황병익, 「<三國遺事> '이일병현'과 <도솔가>의 의미 고찰」, 『어문연구』 115집, 한국어문교육연구회, 2002, 152~154면.

50) 신재홍, 『향가의 미학』, 집문당, 2006, 387~392면.

이러한 <도솔가> 연구의 결과를 받아들인다면 <도솔가>는 특별한 정치적, 제의적 필요에 따라 불려진 주술적 언사의 노래가 된다. 그런데 이렇게 보고 말면 <도솔가>는 향가 시대에나 가능한 노래가 되고 만다. 상징적 언어관 내지 합리적 세계관에 입각해 있는 현대 독자들에게 <도솔가>는 문학 이전의 주사 혹은 근대로 넘어오면서 극복된 원시적 말의 흔적을 간직한 노래로 간주될 여지가 있다. 주술이라는 개념은 사실 근대와 전근대, 현대와 과거, 과학과 원시, 서구와 비서구 등의 이분법에 근거한 개념이며 진화론적 관점을 전제하고 있다는 점[51]에서, 주술로 접근하는 것은 향가를, 과거의 문학, 장차 합리적이고 상징적인 언어관 및 문학관에 의해 극복된 노래로 바라보게 할 가능성이 있으므로, 주술이라는 말의 자장을 벗어나 말의 본질적인 작용 혹은 행위에 주목할 필요가 있다.

<도솔가>에 구현된, 말의 본질적인 작용이나 힘은 무엇일까. 분명한 것은 그 본질이 주사(呪辭)로 보는 기존의 접근 방법이나 서정적 주체인 화자에 의해 통어되어 회감에 이르는 서정시로 접근하는 방법으로는 포착될 수 없다는 점이다. 그렇다면 우리는 어떻게 <도솔가>에 접근해야 할 것인가.

우선 <도솔가>가 단순한 주사도 아니고 그렇다고 해서 월명

---

51) 권용란, 2001.

사 개인의 노래도 아니라는 사실에 주목할 필요가 있다. 월명사가 당대의 상황과 독자를 고려하여 예견한, 타자의 말들과 목소리들이 섞여 있는 노래로 접근할 때, 즉 그 노래가 수행(performance)된 맥락에 주목할 때, 작품의 실상이 보다 잘 드러날 것으로 예상할 수 있다. <도솔가>가 수행된 맥락을 고려해볼 때, <도솔가>는 해가 둘이 나타난 위기의 상황에서 그 위기를 노래로써 극복해 보고자 지어졌으며 의식에 소용이 됨으로써 해를 사라지게 하는 이적을 행한 노래이다. 따라서 의식에 참여한 여러 사람들의 말이나 목소리(소망, 기원, 불안, 갈등의 목소리)는 물론이고 당대 여러 담론들이 어떤 방식으로든 침윤되어 있는 시가로 규정해야 한다. 그래야 <도솔가>가 '감통' 편에 실린 근거가 되는, 언어의 작용력이 보다 잘 포착될 수 있다. 월명사와 청중, 행해진 의식, 그 속에서 발해진 말 등이 짜여져(weaving), 제의의 맥락에서 특별한 소통의 의미를 만들어낸 것으로 보아야 한다.

그렇게 보면, <도솔가>는 인연 있는 승려를 기다린 경덕왕의 요청에 의해, 경덕왕을 비롯한 청중들의 요구를 잘 알고 있었던, 향가에 능한 월명사가, 현장의 공감적 흥분의 분위기 속에서, 노래를 통해 미륵좌주가 하토(下土)하여 중생들 사이에 나립한 형상을 만들어냄으로써, 당시 사회의 불안 심리를 언어로 극복한 노래라고 볼 수 있다. 왕을 비롯한 청중 모두를 의식의 자리로 환기하는, '오늘 이에'라는 말로 시작하여, 미륵좌주를 불러들이기 위한 공불(供佛)이자 사자인 꽃을 솟아오르게 함으로써, 그 꽃이 상천(上天)의 미륵좌주에게 다가가게 하고 그 꽃이 내려오면서 미륵좌주를 신라 사회에 하토하게 하고 있다. 의식의 자리에서 모든 불안이 불식되고 소망이 실현된 모습, 즉 미륵좌주를 중심에 둔 중생들(꽃)의 모습을 그려냄으로써, 청중들의 불안을 불식시키고 그러한 세상이 도래할 것이라는 믿음을 형성함으로써, 결국에는 해가 둘인 현상이 더 이상 문제가 되지 않도록 했다고 볼 수 있다.

이러한 언어의 작용력은 주사나 주술을 넘어선 말의 원초적인 구성력이라고 할 수 있으며, 그런 점에서 <도솔가>는 언어의 본질적인 작용력이자 말의 효능을 잘 보여준다. 특정한 의식의 자리에서 언어를 통해 심리적 실재를 만들어냄으로써 믿음을 형성하는 것은 종교의 장뿐만 아니라 오늘날 여러 소통 및 설득의 상황에서도 흔히 활용되는, 언어활동의 한 국면이다. 따라서 <도솔가>는 언어가 심리적 실재를 형성하고 믿음을 갖게 하는 기제에 대한 통찰을 제공해주는 사례로서의 의미를 지닌다고 결론 지을 수 있다.

<도솔가>라는 타자의 존재를 인정하고 그 타자가 오늘날 우리에게 어떤 의미나 통찰을 제공해주는지 끊임없이 물음으로써, 그리고 그 물음을 일관되게 유지함으로써 <도솔가>의 현재적 의미를 읽어내는 것, 그것이 바로 교육의 눈 혹은 시선으로 고

전시가를 읽어내는 일이 된다. 그렇게 읽어낸 결과가 새로운 가치나 내용의 창출로 이어질 수 있다는 점에서 교육의 눈 혹은 시선은 그 자체로 하나의 읽기의 관점 내지 방법이자 내용이 될 수 있다.

3) 고려속요 읽기

앞서 우리는 근대 이후 고려속요가 민족시가, 구체적으로 민족적인 정서를 담고 있는 전통시가로 발견되는 과정을 개략적으로 살펴보았다. <가시리>가 <진달래꽃>과 연결되고 현대 대중가요로 변용, 재구성되는 현상을 살펴봄으로써 한의 정서 혹은 전통적인 정서가 확대 재생산되었음도 살펴보았다. 그러한 발견의 결과, 교육의 장에서 오늘날 고려속요는 '한의 정서'를 보여주는 시가 혹은 '남녀상열지사(男女相悅之詞)'나 '충신연주지사(忠臣戀主之詞)'로 호명되어 가르쳐지고 있다. 한의 실체가 무엇인지, 남녀상열지사나 충신연주지사라는 말이 어떤 평가적 언급인지에 대한 설명은 거의 없고[52] 그 평가적 언급의 프레임으로 고려속요를 인식하고 있다.

그러나 필자는 그러한 평가적 언급을 뒤로 하고, 즉 근대 이

---

52) '남녀상열지사'나 '충신연주지사'라는 말은 역사적 맥락에 따라 의미하는 바가 달랐다. 염은열, 앞의 책(2013), 159~174면.

후 인식의 프레임으로 작동하고 있는 틀을 벗어버리고, 고려속요가 당대 혹은 이후 폭넓은 공감을 얻어 향유된 이유가 무엇인지 탐구해봄으로써 고려속요의 장르적 특성이자 미학적 지향으로서의 '공감력'을 밝힌 바 있다.[53] 타자로서의 고려속요의 역사적 특수성을 인정하는 입장에서, 고려속요를 인간의 언어활동이나 행위에 대한 인식을 넓혀줄 수 있는 과거의 시가로서 대상화함으로써, 고려속요 교육의 현재를 비판적으로 성찰하는 한편 고려속요 교육의 관점과 내용을 새롭게 확충할 수 있었다.

'남(男)'과 대응되는 '녀(女)'의 노래로, '임금(主)'를 연모하는 '신(臣)'의 노래로 규정되는 고려속요의 현상적 화자는 대부분이 여성 화자이다. 그 여성 화자가 절대적인 '님'을 상대로 이야기하는 구조로 되어 있다. 그런 이유로 고려속요는 오늘날 소극적인 여성 화자의 체념의 정서, 즉 한의 정서를 드러내는 역사적 갈래이자 남녀상열의 사건이나 주제를 주로 다루되, 군신간의 관계로 치환될 수 있는 구조를 간직한 역사적 갈래로 인식되어 왔다.

그러나 고려속요의 화자는 관계 속에서 약자의 위치에 있지만, 따라서 현실적인 힘은 없지만 그렇다고 해서, 소극적이어서 무조건 참고 견디는 그런 인물은 아니다. 그보다는 '나-너' 관

---

53) 염은열, 앞의 책(2013) 참고.

계와 '나-남' 관계라는 인간 관계의 기본에 매우 충실한 화자들이며 그 관계 속에서 건강하게 반응하는 화자들이라고 말할 수 있다. '충실하다'는 말은 전체 작품—단형의 노래인 경우—이나 한 연—연장체의 노래인 경우—에 여러 명의 '너'와 '남'이 등장하지 않는다는 점과 관련된다. 두 관계를 한꺼번에 드러낸다거나 중층적으로 배치하지 않고, 약자인 '나'가 오로지 '너'나 '남'과의 관계 및 그로부터 생겨난 갈등에만 충실한 모습을 보여주는 것이 고려속요 대부분의 작품이다.

그런데 관계에 충실한 이들 고려속요의 화자들은 외부에서 주어진 갈등으로 인한 원망과 슬픔은 물론이고 하고 싶은 말을 외부를 향해 적극적으로 표현하는 약자들로 나온다. 왜 가느냐고 묻고(《가시리》), 함께 있자고 우기던 사람이 누구냐고 따지며(《정과정》), 극단적인 상상을 동원하여 함께 하고 싶다고 말하는가 하면(《만전춘별사》), 심지어 아무 잘못도 없는 사공을 탓하거나(《서경별곡》) 그곳에 있었다는 이유로 새끼 광대에게 경고를 하는 형식을 취해서라도(《쌍화점》) 자신의 감정을 표현한다.

인간의 감정은 인간 내부에 존재하지만 외부 세계에서 비롯된 것이라는 점에서, 인간은 그 감정을 내부 세계에 가둬두지 말고 외부 세계를 향해 표현해야 한다. 그런 점에서 볼 때 고려속요의 화자들은 심적 갈등을 유발한 '님'을 물론이고, 청중을 향해, 자신이 경험하고 느끼는 감정을 진솔하게 표현하는 '건강함'을 보여준다. 자신이 처한 상황을 회피하거나 숨기지도 않고 자신의 감정을 솔직하게 인정하고 자신의 감정과 생각을 꾸밈 없이 말하는 특징이 있다.

현대 심리학에서는 부정적인 감정조차 우리가 살아 있다는 증거이며 그것을 건강하게 표현하는 방법을 배워야 한다고 말한다. 가장 위험한 것은 그 감정을 인정하지 않고 회피하는 것이다. 가령 화의 경우, 화를 억누르거나 가학적으로 풀거나 붙잡고 놓지 않거나 화를 이용해 다른 감정을 회피하거나 상대방과 멀어지거나 병적인 분노에 빠지는 것은 화가 부정적인 방향으로 진행되는 것으로 좋지 않다는 것이다.[54]

약자로서의 억울함이나 원망, 바람 등을 드러내는 데 거리낌이 없는 고려속요의 화자들은 그런 점에서 건강한 사람들이라고 할 수 있다. 따라서 고려속요의 화자들에 대해 '소극적이고 여성적'이라는 평가어나 '노골적이고 부끄럼도 모르며 대담하다'는 등의 평가어는 수정되어야 한다.[55] 이 둘은 고려속요의 여성 화자에 대한 서로 다른 평가어로, 고려속요의 여성 화자에 대한 일면적인 접근이라는 점에서 한계가 있다. 감정에 솔직하

---

54) 장 메종뇌브, 『화의 심리학』(김용민 옮김), 한길사, 1999.
55) '얼음 위에 댓잎 자리 보아 님과 나와 얼어죽을 망정 정둔 오늘밤 더디새라'는 소망을 유녀나 궁녀, 색정녀의 말로 볼 근거는 그 어디에도 없으며 사랑에 빠진 인간의 보편적 불안과 소망을 진솔하면서도 감각적으로 그려낸 것으로 보아야 한다. '쌍화점에 갔는데 회회아비가 내 손목을 쥐여이다'라는 고백 또한 욕망에 사로잡힌, 음탕한 여자의 말로 볼 근거가 그 어디에도 없다.

고 충실하다거나 진정성이 있다는 평가가 실상에 더 부합한다고 하겠다. 관계와 감정에 대한 진정성과 욕망에 대한 건강한 인정과 드러냄이 고려속요의 공감의 한 요인이 된다고 보아야 한다.

그러나 고려속요의 화자들은 외부 세계를 향해 자신의 감정을 표현하는 것에 그치지 않는다. 관계에서 약자에 놓여 있는 화자들에게는 늘 불안이 자리할 수밖에 없고 그 불안이 해소되어야만 감정의 평형 상태에 도달할 수 있다는 점에서 불안 해소를 위한 보다 적극적인 노력이 필요하기 때문이다. 불안은 심리학적으로 볼 때 현재 상태에 대한 불만족이나 미래에 대한 근심이라는 두 가지 측면이 있다.[56] 고려속요의 화자는 소망이나 자신이 지향하는 바를 언표화하거나 상상적으로 그려냄으로써 현상태에 대한 불만족과 미래에 대한 근심을 모두 해소하는 모습을 보여준다.

그런 점이 바로 고려속요가 지닌 지배적 특성이자 미학적 성취이며, 한의 정서나 소극적 여성 화자, 남녀상열지사, 충신연주지사라는 프레임에 갇혀 간과되었던, 교육적 가치라고 생각한다.

이상으로 볼 때 고려속요는 관계 속에서 약자인 '나'의 건강

---

56) 장 메종뇌브, 위의 책, 140면.

한 극복의 이야기라고 부를 만하다. 화자의 정체가 분명하고 화자가 처한 상황이 보편성과 구체성을 지님으로써 화자에게 동일시되어 약자로서의 화자가 심리적 갈등이나 감정을 해소해가는 과정, 순화되지 않은 감정 상태에서 성정의 순화로 나아가는 과정을 함께 경험할 수 있게 한다. 욕망이나 감정을 솔직하게 인정하고 드러냄과 동시에 그 욕망이나 감정을 건강하게 극복하는, 즉 성정의 순화와 조화를 지향하는 장르가 바로 고려속요이며, 음사나 남녀상열지사, 연정의 노래를 넘어, 성정을 바르게 하는 궁중악으로 쓰일 수 있었던 까닭 역시 바로 이러한 장르적 지향에 있다. 이러한 장르적 지향은 민요의 건강성에서 나온 것으로 민요가 변풍으로 자리 잡고 소악부로 번해하도록 한 힘이이기도 했다.

약자인 여성화자가 심리적 문제 상황이나 갈등을 건강한 방식으로 해소하여, 격한 감정을 순화된 감정으로 질서화하는 노래들이 바로 고려속요라 하겠다. 첫 연에서 쏟아냈던 감정이 마지막 부분에 어떻게 정리되고 있는지 비교해보면 고려속요의 이러한 특징을 어렵지 않게 확인할 수 있다. 그리고 화자가 처한 상황이 구체적·시각적으로 형상화되어 있고 화자의 성격과 감정이 명확하여 독자가 그 작품 세계 안으로 들어가는 것, 즉 화자에게 동일시하는 것이 비교적 용이하다는 것도 장점이 된다. 상상력에 의해 고려속요 작품 속 화자에게 동일시된 현대 독자들은 철저하게 약자의 감정 및 정서 체험을 따라가게 된다 (simulating).[57] 그러나 약자이기는 하지만 상대방에게 따지고 반문하고 요구하고 호소하는 적극적인 화자의 행동을 경험할 수 있고 그러한 과정을 거쳐 첫 연에서 보여주었던 격한 감정—슬픔이나 의문, 불안, 당혹—을 질서화하여 순화된 성정으로 바꾸는 경험을 할 수 있게 된다. 거듭 말하지만 고려속요의 화자들은 욕망과 감정을 드러내는 데 솔직하고 그 욕망과 감정을 극복하는 데도 적극적이다. 고려속요의 현재적 의의 또한 욕망이나 감정을 드러냄과 동시에 성정의 순화를 지향하는 고려속요의 장르적 특성에서 찾아질 수 있음은 물론이다.

이것이 고려속요가 민요에서 기원하여 고려 궁중에서 불리고 다시 조선 궁중을 거쳐 오늘날에 이른 동력이자, 고려속요의 공감 체험이 오늘날 우리에게 가치가 있는 이유이고 필요한 까닭이 된다. 약자의 상황 및 심리를 함께 경험하는 것은 그것이 동정에 그치든 공감에 이르든 간에 타자에 대한 이해의 지평을 넓히는 일임과 동시에 인간적인 연대감을 형성하는 일이라는 점에서 중요한 의미를 지닌다.

---

57) Amy Coplan & Peter Goldie ed., *Empathy : philosophical and psychological perspectives*, Oxford Uni. Press, 2012.

4) 악장 읽기

<용비어천가(龍飛御天歌)>은 창작 과정이 비교적 상세히 기록되어 전한다. <용비어천가>는 세종 24년(1442) 3월 1일부터 편찬 작업에 들어가, 27년 4월 정인지(鄭麟趾), 안지(安止), 권제(權踶) 등의 원고 상진(上進)이 있었고, 최항(崔恒) 등 집현전 학자들의 보수 작업을 거쳐, 세종 29년(1447) 2월 10권 5책으로 만들었고, 같은 해 10월에 출간되었다. 시가(한시와 국문시가)와 배경사화 부분으로 구성되어 있는데, 교과서에 실리는 부분은 그 중에서 국문시가에 해당한다. 국문시가는 총 125장으로 조선 왕조 창업의 사적과 후왕들에게 대한 권계의 내용을 노래하고 있으며, 그에 대한 자세한 설명은 배경사화를 통해 짐작할 수 있다.

<용비어천가>는 그 구성이 단순치 않고 제작 과정이 짧지 않으며 제작에 참여한 사람들의 수도 적지 않음을 알 수 있다. 이렇게 공을 들인 <용비어천가>는 송축시(頌祝詩)의 성격을 지니는 악장으로 궁중의례에 사용하려는 목적으로 제작되었다. 그러나 훈민정음을 적용한 최초의 문헌이라는 점과 전국에 사관을 보내 선왕의 행적을 모으는 등 제작 과정에서 세종이 기울인 노력이 예사롭지 않다는 점에서 보면 <용비어천가>의 제작은 송축시의 성격을 지니는 악장 제작 이상의 의미를 지니는, 일대 사건으로 보아야 한다. <용비어천가>의 제작은 새로 만

들어진 문자를 시험해보는 국어사적 의미와 더불어, 노래의 힘을 빌어 조선초 끊임없이 제기되었던 국가 정통성의 시비를 완전히 잠재우는 한편 조선 건국을 합리화하려는 이데올로기적 목적까지 지닌다고 할 수 있다.

<용비어천가>는 조선 초라는 시대적－공간적 맥락 속에서 분명한 의도를 가지고 제작된 목적 문학이라고 할 수 있다. <용비어천가>의 타자로서의 정체성에 대한 탐구는 이러한 창작 맥락의 역사적 특수성에 대한 이해로부터 시작되어야 한다.

그런데 <용비어천가>는 훈민정음으로 표기된 최초의 기록이기 때문에 15세기 중세 국어를 이해하기 위한 자료로, 주로 어학적 측면에서 집중적으로 연구되었다. 문학적 측면에서의 접근은 한동안 개론서에 언급되는 수준에 머물렀다가, 장덕순이 <용비어천가>의 서사시로서의 특성에 주목함으로써 논의가 촉발되었다.[58] 장덕순은 영웅의 탄생 과정이 신이하지 않고 여인과의 결연(結緣)이 드러나지 않는 등 공식적인 특성이 드러나지 않는다는 한계가 있기는 하지만 역사를 배경으로 하고 설화를 소재로 했다는 점과 영웅이 등장한다는 점, 영웅에 수반되는 조건을 갖추고 있다는 점, 어디까지나 주정적인 정서의 영탄이 아니라 사건의 서술에 중점을 두고 있다는 점에서 <용비어천

---

58) 장덕순, 「<용비어천가>의 서사시적 고찰」, 『도남조윤제박사회갑기념논문집』, 신아사, 1964.

가>가 서사시적 면모를 지닌다고 지적하였다. 4조의 행적이 태조 이성계의 '고귀한 혈통'을 강조한다고 본 논의[59] 역시 <용비어천가>의 서사시적 면모를 밝히려는 논의의 연장선상에 있다. 그러나 본론의 각 장이 단편적인 삽화의 제시에 그치고 있는바, 그나마 육조의 삽화가 섞여 있어 삽화의 제시 방식이나 장과 장의 연결 관계가 분명하게 파악되지 않는 등 <용비어천가>를 서사시로 보기 위해서는 해결해야 할 문제가 많이 남아 있었다.

이러한 문제에 대한 해결의 실마리를 제시한 것은 성기옥[60]이다. 성기옥은 <용비어천가>가 철저한 준비와 논의의 결과 만들어진 목적 문학이라는 점에서 나름의 질서가 숨어 있을 것이라고 추정하고 각 장의 삽화를 철저히 분석했다. 그 결과 삽화의 배열이 구체화 및 상세화의 방향으로 진행되는, 일정한 질서가 있음을 발견하고 <용비어천가>가 태조 중심의 영웅서사시임을 주장하였다.

그 내용은 다음과 같이 요약될 수 있다.

주 ① 사조 → 태조
기   (3-8)   (9-16)

---

59) 정병욱·이어령, 『고전의 바다』, 현암, 1977.
60) 성기옥, 「<용비어천가>의 서사적 짜임」, 『새터강한영교수고희기념논문집』, 아세아문화사, 1983.

적
순 ② 사조 → 태조 → 태종
환   (17-26)   (27-89)   (90-109)
의
원 ③ 사조 → 태조 → 태종
리   (110-111) (112-122) (123-124)
　　순차적 진행의 원리

　사적(史蹟)의 배열 순서가 순차적 진행의 원리에 따르고 있고, 육조의 사적이 일정한 주기에 따라 순환적으로 배치되고 있음을 알 수 있다. 이러한 주기적 순환의 원리는 지식이나 교육 내용을 일정한 주기에 따라 반복 노출하되 단계가 높아질수록 심화된 내용을 제시함으로써, 단계적으로 인식의 심화 상태에 도달하게 하려는 나선형 교육과정의 모습에 다름 아니다. 이데올로기적 목적을 달성하기 위하여, 교육 실천의 역사를 통해 그 존재가 인정되고 효과가 검증된, 나선형 교육과정의 구조를 취했다는 점에서 세종의 교육학자로서의 면모까지 확인할 수 있다.

　삽화 제시의 순서뿐만 아니라 각 연에 담을 내용이나 덕목 역시 계산된 결과임도 <용비어천가>의 특별함이다. 심경호[61]는 약간 다른 방향에서 <용비어천가>의 서사성에 주목하였는데, 世積累之久', '開國', '後聖持守之難', '盛德', '大功', '天命', '民

---

61) 심경호, 「<용비어천가> 소고」, 『한국고전시가작품론』 2, 집문당, 1991.

心' 등의 조목들이 상호 유기적으로 결합되어 있다고 한 세조 때 양성지(梁誠之)의 말에서 실마리를 찾아, <용비어천가>가 철저히 유교적 이념이나 덕목에 해당하는 사건들을 나름의 질서에 따라 배치하고 있음을 밝혔다.

각 연의 사건 서술이 삽화 처리에 그친 면이 있고 서사성이 다소 불완전하며 시간적인 순차 역시 모호한 구석62)이 있지만, 그럼에도 불구하고 이상의 논의를 통해 <용비어천가>에 나타나는 서사적 구조 혹은 이데올로기적 효과를 겨냥한 모종의 질서를 확인한 셈이다.

그렇다면 각 연은 또 어떻게 구성되어 있는지도 살펴볼 필요가 있다. 해동 육룡이 하늘로 오르고(1장-天), 땅에서는 축복이 내리고(2장-地), 3장부터는 예사롭지 않은 사람의 일(3장 이하-人)이 펼쳐진다.63)

다음에 제시되는 <용비어천가>의 1장은 일종의 서사로 송축의 말이면서 동시에 3장 이하 본사의 구성 방식을 암시한다.

海東六龍이 느르샤 일마다 天福이시니 古聖이 同符ᄒ시니

3장에서 109장에 이르기까지 해동 육룡과 관련된 일을 다루

---

62) 조규익, 「<용비어천가>의 장르적 특성」, 『국어국문학』 103호, 국어국문학회, 1990. 조규익, 『선초악장문학연구』, 숭실대출판부, 1990.
63) 조동일, 『한국문학통사 2』, 지식산업사, 1983.

고 있는데, 모든 장에서 관련된 중국 사적을 함께 제시하고 있으며 하늘 뜻이었다는 식의 평가어를 덧붙이고 있다. 서사에서 예고한 방식을 그대로 따르고 있는 것이다. <용비어천가>의 본사는 모두 해동 육룡의 사적을 소개하되 그 일이 중국에도 있었고 하늘의 뜻이라는 점을 반복해서 확인하는 내용으로 구성되었다고 할 수 있다.

이렇게 <용비어천가>는 중국 사적을 앞에 두고 그와 유사한 우리 사적을 뒤에 병치하는 서술 방식을 반복하고 있다. 중국의 권위에 기대고 하늘의 뜻이라고 해석하면서 목조, 익조, 도조, 환조, 태조, 태종와 관련된 사적들을 반복해서 배치함으로써, 조선의 건국을 세계사적인 선례를 가진 사건이며 오래 전에 준비되었고 하늘의 조력을 받아 완성된 자명한 역사로 형상화하고 있다.

<용비어천가>의 제작자들은 왜 모든 것을 하늘의 뜻이라고 말하고 조선의 사적에 상응하는 중국의 사적을 끌어오느라 그토록 애를 썼을까? 그 이유는 간단하다. 우리가 말이나 글의 설득력을 더하기 위하여 유명인이나 전문가, 외국의 사례 등을 인용하는 것과 다르지 않다. 오늘날 우리가 어느 권위 있는 기관에서 인정했다거나 선진 외국에서도 널리 사용되는 약품이라고 했을 때 그 약품의 성능을 신뢰하는 것처럼, 당시의 사람들은 하늘이나 중국을 끌어와 설명했을 때 마음을 움직였거나 움직

일 명분을 확보했던 것이다.

이러한 권위 끌어들이기는 설득력을 더하기 위해 보편적으로 사용하는 전략이다. 권위를 지니는 것, 즉 강한 것에 기대어 자기 합리화를 꾀하는 방법은 나약한 인간이 소기의 목적을 이루기 위해 일상적으로 사용하던 방법인 것이다. 다만 시대와 장소에 따라 강한 것(권위를 지닌 것)으로 상정되는 것이 달라서 표현 양상이 다를 뿐이다.

그런 점에서 볼 때 <용비어천가>와 오늘날 광고 표현은 매우 달라 보이지만, 사람의 마음을 움직이기 위해 상징적인 조작을 하고 있다는 점에서는 같다. 또 당대에 권위를 가진 것을 끌어들여 설득력을 높이고자 한다는 점도 같다. <용비어천가>의 제작자가 '중국'이나 '하늘' 등 당대 사람들에게 권위를 가지거나 선망이 대상이 되는 대상을 끌어들여 주장을 정당화하고 있는 것처럼, 우리 시대의 광고 표현 역시 유명 연예인 등 우리 시대의 권위를 끌어들여 적극 활용하고 있다.

이처럼 설득력을 더하기 위해 당대에 권위를 빌려 오는 행위는 일종의 '유권 해석'에 해당하는데, 유권 해석은 여러 설득적 상황에서 광범위하게 사용되는 방법이다.

이러한 유권해석에 대해 오늘날의 독자들은 다양한 반응을 할 수 있을 것이다. 유권해석을 통해 건국을 합리화하고 이데올로기를 유포하는 행위가 청중들의 비판적 사고를 봉쇄한다는 점에서 부정적인 입장을 취할 수도 있고 그와 반대로 긍정적으로 평가할 수도 있을 것이다.64) 평가를 어떻게 내리든 간에, 이렇게 접근함으로써 현대 독자들은 <용비어천가>에 나타나는 지배적인 특징에 대해 인정하고 충분히 이해하게 되고 나아가 오늘날의 언어 현상이나 국어 활동을 이해할 수 있는 안목과 앎을 확충하게 된다.

---

64) 학생들이 보인 반응을 정리하면 다음과 같이 세 가지 태도로 요약할 수 있다. '태도 1 : <용비어천가>에 등장하는 여러 사건들은 역사적 사실이라고 보기 어렵다. 또 사적의 주인공들인 육룡의 실제 모습이 노래에 형상화된 그런 모습일 리도 없다. 설혹 사실에 바탕을 두고 있다 하더라도 노래로 만들어지는 과정에서 부풀려졌을 것이고, 인물의 이미지를 구성하는 여러 사건들이 건국 영웅의 면모와는 무관하거나 거리가 먼 여러 사건들을 배제한 상황에서 선택되었을 것이다. 역사적 사실을 왜곡하거나 직시하지 못하게 함으로써 정권을 미화하고 정당성을 부여하려 한다는 점에서 문제가 있다.' '태도 2 : 긍정적인 이미지의 제시는 설혹 그것이 사실이 아니거나 사실에서 많이 벗어난 것이라 하더라도 긍정적인 효과를 불러올 수 있다. 건국 초 건국 주체들을 미화하는 것은 통치자는 물론이고 피통치자들에게도 국가 공동체의 권위와 정당성을 부여하는 과정이라고도 볼 수 있으며, 사회 결속과 안정에도 도움이 된다는 점에서 어느 정도 필요한 일이라고 할 수 있다.' '태도 3 : 노래, 즉 문학의 생산자와 수용자의 입장에 따라 태도가 달라질 수 있다. 문학 생산자의 입장에서 볼 때 문학의 이데올로기적 기능은 매우 유용하게 활용될 수 있다. 문학 작품을 통해 어떤 가치나 이념, 선호를 받아들이게 할 수 있을 뿐만 아니라, 상대방이 의식하지 못하는 사이에 그러한 의도를 관철시킴으로써 현실적인 저항 또한 줄일 수 있다는 이점이 있다. 그러나 문학 수용자의 입장에서 보면 문학의 이데올로기적 기능은 주의를 요한다. 자신도 모르는 사이 문학 생산자의 요구대로 움직일 수 있다는 점에서, 수용자는 문학의 이데올로기적 기능을 간파하고, 문학 작품에 숨어 있는 이데올로기를 알아채고 비판할 수 있는 비판적 읽기 능력을 길러야 한다.'

5) 시조 읽기

삼행시는 조선조 장안의 유행가요였고 민족 시련기 최고의 국민문학이었던 시조를 떠올려 준다. 다량 유포가 용이하지 않은 시대라는 점을 감안하여 향유 계층의 범위나 향유 지역, 향유 상황 및 지속 시기, 작품 세계의 다양성 등을 종합적으로 고려해 볼 때 시조의 유행은 오늘날 삼행시의 유행 양상과 흡사했을 것으로 짐작된다. 또한 향유 상황 역시 별반 다르지 않았을 것으로 추정된다. 오늘날 우리가 여러 모임들에서 삼행시를 향유하는 것처럼 조선조 문인들 역시 그 어떤 자리에서도 시조 한편을 거뜬히 지을 수 있었다. 벗과 수작하는 시조를 지었는가 하면, 기녀를 희롱하는 시조를 짓기도 했고, 임금에 대한 충정을 읊었는가 하면, 유행하는 레퍼토리를 부르게 하는 등, 오늘날 여러 모임에서 삼행시를 짓거나 알고 있는 삼행시를 구연하는 양상과 하등 다를 바가 없다. 연행성과 대중성, 즉흥성 등을 감안해 볼 때 시조를 조선판 삼행시라고 부를 만하다.

장르적 관습이 확고하게 고정되어 있다는 사실 역시 삼행시와 시조의 공통점이다. 삼행시가 '운'을 무시할 수 없었던 것처럼 시조 역시 3장 6구의 정해진 형식이나 종장 첫구의 제약 등에서 벗어날 수 없었다. 사설시조의 의미 역시 그러한 고정된 형식을 벗어버렸다는 사실에 있을 정도임을 생각하면 시조의 관습시로서의 제약을 짐작할 수 있다. 다시 한번 지적하지만 창작 관습 혹은 규칙은 답답한 틀로 제약이 되기도 하지만, 창작의 어려움을 경감시켜주는 장치일 수 있으며 역설적이게도 작품 세계의 다양함을 보장하기 위한 장치일 수도 있다.

동시에 형식적 제약, 다시 말해 창작 및 향유 문법은 공동의 약속이자 문화적 자산이기도 하다. 시조 공동체에 속한 사람이면 누구나 그러한 관습을 완전히 체화(體化)하고 있었고 따라서 유창하게 관습의 틀로 삼라만상을 담고 온갖 심회를 표현하며 자신의 정치적 입장까지 주장할 수 있었던바, 역설적이게도 형식적 제약으로 말미암아 시조 창작과 향유가 일상화되었다고도 말할 수 있다. 한 명의 사대부 문인이 고도의 정치적 비유나 현실지향성을 보이는 시조는 물론이고 관념 세계의 고고함을 노래한 시조를 짓기도 하고 음담패설에 가깝거나 말놀이에 가까운 시조를 짓기도 했다는 사실은 시조의 일상성뿐만 아니라 상황 대응력을 증거해 주는 사실이기도 하다. 어떤 상황이 주어지더라도 그 상황에 적절하고 효과적인 담론으로 시조를 지을 수 있었다고 볼 수 있기 때문이다. 시조가 장안의 유행가였으며 국민문학으로 칭송받는 이유 역시 이러한 일상성 및 상황 대응력과 무관하지 않을 것이다.

그런데 일상성이나 상황 대응력 모두 구술문학의 대표적인 특징이라는 점을 생각하면 시조 작품이 생산 및 유통·향유 상황의 측면에서 볼 때 구술문학이었음을 다시 한번 확인하게 된다. 여러 편의 이본 내지 각편이 존재하는 사실이나 한 작품의 작자 역시 여럿이기 일쑤라는 점 역시 시조의 구술문학적 성격 혹은 삼행시적 성격을 보여주는 것으로 볼 수 있다.

물론 시조와 삼행시가 아주 같기만 한 것은 아니다. 얼핏 보아도 <고산구곡가>의 정신적 경지와 관념적 승경의 표현은, 말장난에 가까운 오늘날의 삼행시와 구별된다. 시조는 삼행시와 같은 짧은 유머로는 담을 수 없는 완결성을 지니고 있을 뿐아니라 삶에 대한 진지한 고민이나 철학적 탐색을 보여주는 경우가 대부분이다.

삼행시는 진지함이 사라져가고 모든 것이 조롱의 대상이 되는 이 시대의 구술문학이며, 삼행시를 향유하는 집단은 시조 공동체처럼 문화적 정체성이 분명하지도 않다. 그런 이유로 삼행시에서는 문화적 역량을 거론할만한 대작을 찾아보기 어렵다. 그러나 수준의 차이나 질의 차이는 있지만 그것은 시대적 변화에 따른 정도의 차이일 뿐이며, 우리 삶에서 차지하는 비중이나 창작 및 향유·유통 방식으로 볼 때는 그 뿌리가 다르지 않다고 하겠다. 따라서 삼행시와는 그 수준이 사뭇 다르지만, 그럼에도 불구하고 시조의 완결성이나 예술성 역시 연행 문학으로서의 예술적 성취로 파악할 때 보다 실체적 진실에 근접할 수 있다. 창작 관습이 철저히 체화되고 일상화되어 그와 같은 표현이 가능했으며, 따라서 그러한 예술적 성취가 비단 한 작가의 탁월함뿐 아니라 시조 공동체의 문화적 역량을 반영한 것으로 봐야 한다.

그런데 오늘날 삼행시가 우리 생활에 활력을 주는 것과는 대조적으로 시조는 고리타분한 사대부 문화의 잔해로 간주되고 있다. 아직도 창작되고는 있지만, 시조가 오늘날에도 살아있는 문학이라고는 생각하는 학생들은 아마 거의 없을 것이다. 학생들이 가장 싫어하거나 재미 없어 하는 고전문학 갈래 중의 하나가 시조라는 통계 조사 역시 오늘날 시조의 처지를 짐작하게 해 준다. 이러한 기피 현상이 시조에 대한 이해 부족에서 나온 것임은 물론이다.

지금까지의 교육과정은 시조에 대해 매우 제한적으로 접근함으로써 시조라는 실체를 왜곡할 위험을 내포하고 있었으며 실제로 시조에 대한 현대 독자들의 이해를 방해하기도 하였다. 시조는 기록된 상태로 전해지고는 있지만, 구술성이 강한 '연행' 문학이라 할 수 있다. 따라서 상황에 따라 즉흥적으로 지어지고 불려진 문학이라고 할 수 있으며 그러한 연행 상황에 대한 재구나 이해는 개별 시조 작품을 이해하는 출발점이 되어야 한다.

그럼에도 불구하고 지금까지 시조는 서구적 문학관에 따라 고정된 문자 텍스트로 취급되는 경우가 대부분이었다. 근대 초기 '시'로 발견된 이래, 시조는 가창물이 아니라 독서물로 교실에서 가르쳐졌다. 노래로 불렸다는 사실 정도가 배경 지식으로 언급되고 말뿐, 연행문학으로서의 특질이나 소통적 의미 및 문화적 기능 등에 대해서는 거의 언급조차 하지 않은 것이 학교 현실이다.

초등학교에서 고등학교에 이르기까지 "3장 6구 45자 안팎의 정형시"이며 "종장 첫구의 제약이 있다"거나 "매화는 선비를 상징한다"거나 "이러이러한 내용을 읊었다"는 등의 고정된 내용을 작품을 바꿔가며 가르치고 배웠던 것이 사실이다.65) 그 결과 시조는 판에 박힌 정형시로 인식되었고 시조의 풍부한 의미 작용에 대해서는 접근조차 할 수 없었던 것 또한 사실이다. 필자 역시 대학을 졸업할 때까지 그러했다. 가슴을 적셔 오는 서정성이 부족한 것에 은근히 콤플렉스를 느꼈던 시절도 있었고, 의미를 부여하고자 시조의 문학성을 과장했던 적도 있었다.

시조를 둘러싼 콤플렉스는 시조가 조선조 삼행시였음을 인식하는 순간 어느 정도 해소될 수 있다. 시조를 보는 안경인 우리의 문학관을 반성하고 역사적 상상력을 발휘하여 시조의 소통 맥락을 복원함으로써 어느 정도 극복될 수 있다. 조선조 삼행시로서의 개성과 성취 수준을 탐색하지 않는다면, 조선조 삼행시

---

65) 시조 형식 교육의 현실에 대해서는 다음 논문을 참고할 수 있다. 염은열, 「시조 교육의 위계화를 위한 방향 탐색 : 시조 형식을 중심으로」, 『고전문학과 교육』 8집, 한국고전문학교육학회, 2004.

로서의 의미 작용에 대한 조망이 이뤄지지 않는다면, 시조는 언제나 틀에 박힌 문학, 무미건조한 정형시로 남아 있게 될 것이다.

시각의 전환을 위해서는, 시조가 왜 판에 박힌 정형시 내지 관습시를 고집했는지, 그러한 관습시가 왜 그렇게 당대에는 유행했는지 물을 수 있어야 한다. 그러한 질문들을 통해 연행 문학으로서의 시조에 대해 이해하고 이를 바탕으로 교육 내용과 방법을 재구성해야 할 것이다. 그럴 때, 시조의 정형성 내지 관습적 틀이 연행 상황에서 누구나 상황에 적절한 의미 내지 맥락적 의미를 변주할 수 있게 하는 장치로 기능하였으며 시조 작가로서의 정체성을 부여해주고 시조 짓기의 재미를 더해주는 규칙이기도 했음을 인식할 수 있을 것이고, 시조 작품들의 미세한 차이 또한 이해·감상할 수 있게 된다.

시조는 분명 연행 마당을 잃은 문학이다.[66] 문학사의 전개 과정을 보면 연행 마당을 살리려는 노력처럼 부질없는 것은 없으며 그 성과 또한 빈약한 것이 사실이다. 시조의 창작 관습을 가르쳐 시조식 표현을 여러 상황에서 적절히 자유자재로 활용할 수 있게 한다면야 좋겠지만, 그것 역시 기대하기 어렵다. 그

---

66) 시조에 대한 인식의 어려움이 생겨난 근원을 따지자면 복잡하다. 뼈아픈 역사를 떠올려야 하고 우리 교육 전반의 구조적 문제를 거론해야 할 것이다. 그러나 문제의 근원을 따져 해결의 실마리를 찾기에는 문제의 정도가 심각하다는 점에서, 문제의 근원을 따지는 노력과 함께 우리 문학이 지닌 가치 및 고유한 문법을 찾아 가르치는 일이 병행되어야 할 것이다.

러나 '상상력'이라는 절대적인 무기가 있는 한 구비문학이 지닌 재미와 교육적 가치는 무궁무진하다. 역사적 상상력을 발휘하여 각각의 시조 작품이 지닌 소통적 의미를 구성해낼 때 시조 역시 살아있는 문학일 수 있다.

한편 오늘날의 구비문학은 구어 시대의 문학을 이해하는 데 중요한 실마리가 될 수 있다. 삼행시 등 우리 시대의 구비문학을 알면 고전문학이 보일 수 있다는 말이다. 물론 그 역도 성립된다. 삼행시의 유행을 지켜보며 시조의 향유 상황을 짐작할 수 있었고, 시조 작품의 미세한 결을 연행문학의 관점에서 재조명할 수 있었다. 시조교육에 있어서도 시조를 삼행시와 같은 구술 연행문학으로 보는 관점의 도입이 필요하다고 본다. 그러한 관점에 따라 시조의 정형성이나 공식구, 이본들 간의 차이 등에 대해 재해석이 먼저 있어야 하고, 그 모든 시도들이 오늘날의 구술 문화 및 언어 생활에 대한 이해를 확장할 수 있는, 교육 내용 및 방법을 구안하기 위한 노력으로 이어져야 한다.

6) 가사 읽기

조선 후기 무명씨 금강산가사를 예술문학의 관점에서 보면 완성도가 떨어지는 작품으로 평가할 수 있다. 표현 및 인식의 상투성과 도식성, 관념성이 두드러지기 때문이다. 그러나 그러한 특성은 훈련 받지 않은 일반 대중들이 일상에서 문학을 생산하고 향유하는 방식과 관련된다는 점에서, 필자는 무명씨 금강산가사에 나타나는 그러한 특징들이 대중문화 혹은 생활문화의 측면에서 새롭게 이해되어야 함을 주장한 바 있다.[67] 나아가 문자 중심의 접근이나 그와 밀접하게 연결되어 있는 예술문화로서의 관점에 거스르는 교육적 관점에 입각하여 무명씨 금강산가사를 다시 읽어냄으로써, 무명씨 금강산가사에 대한 이해를 확장하는 한편 오늘날 일반 대중으로서의 현대 독자가 주체적으로 문학을 생산하고 향유하는 방법과 그 의미에 대한 관심을 촉구한 바 있다.

상투성이나 도식성, 관념적 인식 등이 비단 무명씨 금강산가사에만 나타나는 특징은 아니다. 오늘날 우리가 아름다운 풍경을 보고 "그림 같다"고 말했다면 우리는 이미 '그림'으로 구상화되는 관념의 세계를 기준으로 실경을 보는 셈이 된다. 그 '그림'은 여러 구체적인 실경들, 그림들, 문학 작품, 일상적인 담화 등을 통해 형성한 관념인바, 우리가 실경을 묘사하려 할 때는 아주 중요한 자원이 될 수 있다. 그런가 하면 익숙한 관념들을 도식적으로 배치하는 것 역시 일상인들의 표현 행위에서 비일비재하게 나타나는 현상이다. 특별한 훈련을 받지 않은 표현주

---

67) 염은열, 「19세기 무명씨 금강산 가사의 생활문화적 의미」, 『고전문학연구』 제8호 별집, 한국고전문학회, 2001.

체가 소외되지 않고 스스로 표현 행위를 수행하려 할 때는 '새로움'뿐만 아니라 익숙한 것을 활용하는 것 역시 중요한 표현 전략일 수 있기 때문이다. 대상을 새롭고 보고 새롭게 표현하는 것이 중요하기는 하지만 그렇다고 해서 모든 표현물에 대한 판단 기준을 새로움에 둔다면 자칫 일상인들을, 문학 작품은 물론 그들의 표현행위로부터 소외시킬 수 있다.

가사의 장르적 속성 자체가 공동 사회에서 함께 공유함을 지향하는 판찍힌 운문체[68]이기 때문에 어느 정도는 익숙한 관념에 기대어 표현할 수밖에 없지만, 무명씨 금강산가사만큼 철저히 관념에 입각하여 대상을 그려낸 가사 작품군은 없으며 도식적으로 관념을 배치하여 표현한 작품 또한 찾아보기 어렵다. 이러한 관념의 도식적 형상화는 진지한 예술을 보는 관점으로 보면 폄하될 소지가 있지만 직접 표현해 보기를 원하는 일상인들의 관점으로 보면 표현 행위에의 동참을 가능하게 하는 표현 문법으로서의 의미를 지닐 수 있다.[69]

요약하자면, 상투적인 관념 내지 익숙함의 구상화 역시 삶에서 어떤 의미를 지닐 수 있다는 것이다. 잘 만들어진 작품을 감

---

68) 김병국, 가사의 장르적 성격과 문학성, 『한국 고전문학의 비평적 이해』, 서울대출판부, 1995, 165~167면.
69) 같은 맥락에서 김종철 역시 문학을 진지한 문학을 담당하는 사람들의 시각으로만 인식해서는 사태의 변화를 직시할 수 없다고 말한 바 있다. 김종철, 앞의 논문 참고.

상하는 것뿐만 아니라 자신이 아는 것을 다소 도식적으로 적용해서라도 하나의 작품을 만들어내는 것 역시 의미 있는 일임은 분명하다. 이것이 바로 우리가 창의성 내지 예술성의 기준으로 보기에 미흡함에도 불구하고 대중문화를 향유하는 이유와도 관련된다. 또 창의성 내지 예술성의 기준으로 대중문화를 평가할 수 없는 이유가 된다.

사실 대중문화를 평가할 때는 '직접 수행함' 내지 '참여성'이라는 요소가 중요하게 부각된다. 따라서 익숙함 내지 도식성은 일상인들이 실제로 표현물을 만들어내고 표현물을 이해하는 중요한 방법일 수 있다. 그런데 익숙함 내지 도식성의 미학적 가치를 인정하지 않는 상황에서 창의성 내지 낯설게 하기를 강조하게 되면 문학 행위가 신비화되고 일상인들의 소박한 문학 실천의 의미가 평가절하될 소지가 있다.

무명씨 금강산가사에 나타난 구술 미학의 발견은 고전시가를 교육적 인식의 대상으로 바라본 결과이자 구체적으로 고전시가를 생활문화로서 접근한 결과이다. 이러한 접근 방법은 고전문학이 "사라져 버린 죽은 언어의 모습이 그 옛날의 언어문화가 오히려 우리의 언어문화를 설계하고 교육하며 습득하는 데 빛을 던질 수 있다."[70]는 김대행의 관점과 맥을 같이 한다.

---

70) 김대행, 앞의 책(1995), 250면.

이러한 관점은 국어교육 연구의 실천의 장에 자리하고 있던, 기능주의와 문학주의에 대한 반성과 성찰로부터 나온 것이었다. 독자가 문학으로부터 소외되어 문학 소비자로 전락하기 이전의 시기, 고전문학의 향유 방식과 의미작용 양상에 대해 성찰함으로써 기능 위주의 교육을 보완하고 문학을 다시 일상인의 것으로 돌려놓자고 주장하였는데, 그러한 주장이 '문화'라는 개념과 '문화론적 관점'이라는 방법론으로 구체화되기도 하였다.[71] 문학의 일상성을 회복하기 위해서는 문예학적 관점 내지 서구 문자 중심의 문학관이 해체되어야 하는바 이러한 해체와 해체를 통한 재구성에 유용한 도구가 바로 '문화'라는 개념 혹은 '문화론적 관점'이었던 셈이다.

문화론적 관점은 고전시가에 대한 기술 자체를 의도하기보다는 고전시가를 일종의 문화적 현상, 특정 맥락 안에서 나름의 의미작용을 일으킨 노래로 바라보는 관점이다. 따라서 고전시가의 역사적 특수성을 인정하는 태도이자 동시에 오늘날의 국어 현상을 이해하기 위한 현재적·교육적 의도를 전제한 접근이다. 그런 점에서 고전시가를 일종의 문화 현상으로 바라보거나 생활문화로 보는 태도는, 넓게 보아 교육적 인식론에 입각한 접근이라고 볼 수도 있다.

---

71) 염은열, 「고전교육의 문화론적 접근의 실태와 전망」, 『국제어문』 제24집, 국제어문학회, 2001, 85~103면.

4.
만남과 소통의 조력자, 교사

과거의 문학이 지닌 본질적인 가치에 대한 논의에서 시작하여, 고전시가의 '낯섦'이 곧 '새로움'이 될 수 있으며 그 낯섦에서 비롯된 인식의 어려움이 곧 배움을 촉발하는 인지적 곤란함이나 당혹스러움을 뜻하고, 그 어려움을 극복하는 것은 학생이 주체적으로 감당해야 할 과업임을 분명히 하였다.

다만, 지금까지 연구 및 교육의 장에서 확대 재생산된 고전시가를 보는 프레임과 정전 목록, 교육 내용이, 학생들이 타자로서의 고전시가의 정체성을 인정하고 그로부터 고전시가의 가치를 발견하려고 할 때 별반 도움이 되지 않거나 특정한 선입견으로 작동할 수 있다고 보았다. 그러한 생각에 따라 근대 이후 형성된 지배적 담론의 기원을 살피고 구술적 전통 속에서 향유되었던 고전시가의 역사적 특수성을 인정하는, 새로운 접근 방법을 모색해보았다.

새로운 접근 방법에 따라 고전시가 읽기를 시도함으로써, 상대가요, 향가, 고려속요, 악장, 시조, 가사 작품 혹은 갈래에 대한 교육 내용을 새롭게 제안했다. 그 과정에서 문자 중심·예술 중심의 문학관에 의해 후면으로 밀렸거나 제대로 조망되지 못했던 고전시가의 가치를 드러낼 수 있었다. 교육의 눈으로 고전시가의 현대적 가치와 교육 내용을 발견함으로써 고전시가교육의 지배적 관점과 그 관점에 따른 교육 내용을 보완하고 확대 재구성하는 데 기여하고자 하였다.

이제 연구에 바탕을 둔 교육 실천을 지향하는 교사로서, 현대 독자인 학생들과 과거의 문학인 고전시가와의 행복한 만남을 주선하고 조력하려면 어떻게 해야 할까에 대해 생각해보고자 한다. 그 고민에 대한 답으로, 고전시가에 대한 인식이나 발견이 학습자 자신의 자발적인 참여에 의해서만 가능하다는 점과, 교사에게 고전시가 작품을 성공적으로 이해한 학습의 경험이 있어야만, 학생들의 참여를 유도하고 학습의 과정에서 유연하게 도움을 줄 수 있다는 점을 밝히는 것으로 논의를 마무리하고자 한다.

고전시가 연구자와 고전시가 교육 연구자들이 고전시가의 가치를 발견하고, 학생들 또한 그 가치를 경험할 수 있도록 필요한 지식을 제공해주고 구조화된 활동을 제공한다 하더라도, 그

것이 학생들의 고전시가에 대한 배움을 보장하는 것은 아니다. 앞서 밝힌 것처럼 학생들의 배움에 대한 열정이 전제되어야 하고 상구(上求)함으로써 학생 스스로 깨우치는 것이 바로 배움의 본질이기 때문이다.

이런 교육의 본질을 생각해볼 때, 학생들이 연구자처럼 탐구하는, '연구자 되기'의 경험을 하는 것이 어느 정도 요구된다고 본다.[72] 그리고 그것보다 더 중요한 것은 그러한 학생들의 탐구 활동을 기획하고 조력할, 교사의 '연구자 되기' 체험이 선행되어야 한다는 점이다. 연구자 되기의 경험이라는 것은 연구자처럼 고전시가 작품에 대해 스스로 이해해본 경험, 작품과 관련된 지식이나 앎을 발견한 경험, 말을 바꾸면 여러 문학 지식이나 문학사적 지식을 활용하여 고전시가 작품을 깊이 있게 이해한 경험을 말한다. 이러한 경험을 통해 고전시가에 대한 이해의 수준을 여러 번 끌어올린 경험이 없다면 교사는 선진(先進)이 되어 후진(後進)인 학생들의 배움에 대한 열정을 자극할 수 없다. 고전시가 작품에 대한 이해를 도와주지 못하고 여러 관련 지식이나 정보들을 암기할 내용으로 중개하는 데 머물 수밖에 없게 된다.

---

72) 필자는 예비교사를 대상으로 하여 연구자 되기 혹은 학기 되기의 과정을 포함하는 교육과정을 운영하고 그 경험을 학계에 중간 보고한 바가 있다. 그에 대해서는 다음 논문을 참고할 수 있다. 염은열, 「문학교사 '되기'에 대한 치료적 접근의 필요성과 그 방향 탐색」, 『문학치료연구』 제14집, 한국문학치료학회, 2010. Thomas, C. Foster, *How to Read Literature Like a Professor : A Lively and Entertaining Guide to Reading Between the Lines*, Harper Perennial, 2003.

그런 점에서 고전시가를 가르치려면 당연히 스스로 지식을 구성해본 경험이 있는 지식 생산자여야 한다. 사실 지금도 많은 교사들이 가르치기 위하여 스스로 배우는 과정을 거듭함으로써 문학 향유자이자 지식 생산자로 성장하고 있을 것이다. 이러한 연구자 되기의 과정에 대해 이해하려면, 석사 논문이나 박사 논문 등을 통해 학술담론을 생산한 경험이 있는 연구자들의 경험에 대해 성찰해보는 것이 도움이 된다. 지식 생산자로서의 훈련을 수행한 필자 자신의 경험 또한 중요한 성찰 대상이 될 수 있다.

사실 문학연구자들이나 문학교육연구자들은 문학작품에 대한 감수성을 자득(自得)한 사람들이거나 자득하고자 여전히 노력하고 있는 사람들이다. 물론 경험적으로 볼 때 문학 및 문학교육 연구자들 중에는 어려서부터 문학에 남다른 관심을 가지고 있었던 사람들이 많다. 그러나 모두가 그런 것은 아니며, 문학에 남다른 관심을 지녔던 사람들조차도 관심의 폭과 열정이 제한적인 경우가 많다. 출발이 어찌되었던 간에 연구자들은 지식생산자가 되기 위한 일련의 과정을 통해, 애초에 있었던 문학에 대한 안목과 열정을 더욱 심화하고 발달시키게 된다. 나아가 그러한 성장 경험을 바탕으로 새로운 콘텐츠나 지식을 생산하는 연구자로 성장하게 된다.

연구자 되기의 과정은 좌절과 몰입(flow)[73]이 끝없이 교차되는 여정과 흡사하다. 연구자들은 여정의 전 과정에서 텍스트를 읽고, 읽기를 위해 공부하고, 그 공부를 바탕으로 텍스트를 다시 읽는 과정을 수십 번 반복한다. 수십 번의 '강독' 경험을 거치게 되는바, 이 회귀적 과정을 거듭하다 보면 어느 순간 텍스트의 세계와 텍스트에 대한 담론의 세계가 확연하게 이해되는 통쾌한 경험을 하게 된다. 부단한 회귀의 과정, 그 과정에서의 몰입과 몰입을 통한 성장을 거듭함으로써, 그러한 성공의 경험이 축적되어 현재와 같은 이해의 수준에 도달하게 된 것이다.

이러한 강독의 경험을 과제 수행의 측면에서 살펴보겠다. 혼자 읽는 경우도 있고 함께 읽는 경우도 있겠지만, 그 어떤 경우에도 자신이 읽어낼 수 있는 기능 수준 이상의 의미를 추구하

73) '몰입'이라고 번역되어 우리 교육에 영향을 미치고 있는 개념으로는 크게 세 가지를 들 수 있다. 'immersion', 'engagement'와 'flow'가 바로 그것인데, 여기서의 몰입은 'flow'를 뜻한다. 'flow'라는 개념은 미하일 칙센트미하이가 제안한 개념으로, 최적의 경험 상태(optimal experience)에 대해 연구하는 과정에서, '심리적 에너지가 자신이 설정한 목표를 향해 집중적으로 사용될 때 의식의 최적 상태'가 되는데 이때 사람들이 '마치 하늘을 자유롭게 날아가는 느낌, 물 흐르는 것처럼 편안한 느낌'을 경험한다는 점에 착안하여 이를 'flow'라고 명명하였다. 엄밀하게 말해서 'flow'란 몰입의 결과로 느끼게 되는 의식의 충만함과 자유로움, 황홀함 등을 지칭하는 말이라고 할 수 있다. '삼매경'이라는 말과도 일맥상통하는데, 어떤 것에 완전히 몰입하여 백퍼센트 주의 집중을 하게 되면 시간의 왜곡까지도 일어난다. 시간 가는 줄 모르게 되거나 감정이 충만하여 시간이 길게 느껴지는 등 시간 인식의 왜곡이 일어나게 되는 것이다. 황농문, 『인생을 바꾸는 자기 혁명 몰입』, 랜덤하우스코리아, 2008 초판 5쇄, 5-289. M. Csikszentmihalyi, 『flow-미치도록 행복한 나를 만나다』(최인수 옮김), 한울림, 2004. M. Csikszentmihalyi, 『Finding Flow, 몰입의 즐거움』(이희재 옮김), (주)해냄출판사, 1999. Csikszentmihalyi, *FLOW-The psychology of optimal experience*, New York : HarperPerennial, 1991.

기 때문에 강독은 언제나 어려운 도전 과제가 된다. 기능 수준에 비해 어려운 과업을 기꺼이 찾아내 주의를 기울이고 탐구를 거듭함으로써 이해와 해석의 심급을 한 단계씩 높여갈 수 있는데, 그 과정에서 경험하게 되는 몰입—연관성이 없던 여러 문학 지식이나 평가어들이 하나의 논리로 꿰어지는 통쾌함이나 어느 순간 작품의 의미가 확연하게 이해될 때어 기쁨을 느끼게 되는 상태—이 성취의 즐거움을 제공해줌으로써 다음 여정으로 연구자를 이끄는 동인이 된다. 도전 과제가 주어질 때마다 연구자들은 축적된 해석의 전통에 조회하고 도구가 되는 문학 지식이나 관련 정보 등을 정교하게 한다. 이처럼 해석 및 연구의 전통에 참여함으로써 연구자들은 개인 연구자로서만이 아니라 학술 공동체의 일원으로서도 성장하게 된다. 따라서 연구자 되기의 과정은 개인의 성장이라는 의미와 함께 역사 및 전통에서의 참여라는 사회적 실천으로서의 의미를 동시에 지닌다.

문학 연구자 되기란 계속 진행 중인 사건이라서, 연구자 자신도 그 끝을 알 수 없다. 그러나 연구자 되기의 과정에서 작품이나 장르, 문학사 전반에 대한 이해의 여러 심급이 있음을 인식하게 되어 겸손해지고, 상호텍스트성이 활성화되어 개별 작품을 읽을 때의 즐거움이 더 커짐에 따라, 배움에 대한 열정이 더욱 솟아나 탐구를 계속하게 된다. 그 과정에서 연구자들이 누구나 고백하는 것은 교과서에 박제되어 존재하던 개념이나 여러 지식들이 살아나는 경험을 하게 된다는 점이다. 최초의 서정

가요라는 평가어가 의미하는 바가 무엇인지 그제서야 깨닫게 된다는 것이다. 그런 깨달음이 있어야만 교과서에 나오는 여러 정보와 지식들이 전달해야 하는 내용이 아니라 살아 있는 해석의 도구이자 안목이 되고 새로운 변용을 가능하게 하는 바탕이 됨을 체득하게 된다. 그런 일련의 과정을 거치면서 교사는 진정한 '교사'로서의 성장을 거듭하게 된다.

물론 교사들은 자신이 증험한 도구인 지식이나 정보의 중요성을 힘주어 강조하며 받아들이라고 학생들에게 강요하지 말아야 한다. 언어화하기 어려운 감을 설명하며 문학을 신비화하거나 오랜 숙고의 과정을 거쳐 체험하게 된 결과를 몇 개의 개념어나 몇 마디 문장으로 추상하여 설명하려 해서도 안 된다. 자신의 주장이나 전달하고자 하는 문학사적 지식들은 오랜 탐색의 결과 도달한 인식의 수준을 반영하는 것인데, 대개의 학생들은 그러한 인식의 수준에 도달하지 못한 상황이기 때문이다. 그런 이유로 교사가 중요하다며 강조해서 설명하는 내용이 학생들에게는 별다른 감흥도 없이 외워야 할 지식으로 받아들여질 수 있다.

역설적이게도 교육의 가능성과 어려움은 이처럼 인식의 높이나 수준이 다르다는 사실에서 비롯된다. 차이에 대한 고려 없이 '이 작품이 이렇게 좋다'고 역설하게 되면 오히려 수혜자를 줄이는 의도하지 않은 결과를 낳을 수 있고 문학으로부터의 소외를 초래할 수도 있지만, 학생들을 다음 단계의 인식으로 끌어올 릴 때 즐거움과 보람을 느낄 수 있는 것도 이러한 차이가 있을 때 가능하기 때문이다. 따라서 우리는 이러한 차이에 대해 인식 해야 함은 물론이고, 각각의 인식의 단계에서 자신의 경험의 질 이 어떻게 달라졌는지에 대해 성찰할 필요가 있다. 즉, 우리 자 신의 주관적인 체험을 설명하고 객관화하려고 노력해야 하는바, 감상 방법에 대한 연구도 이러한 성찰로부터 시작할 수 있다. 교사 자신이 연구자처럼 한 작품이나 장르를 이해할 때 주목했 던 내용이나 거쳤던 단계들에 대해 성찰하고 그 내용이나 단계 를 구조화함으로써 감상교육의 내용과 방법에 대한 암시를 이 끌어낼 수 있을 것이다.

사실 4년간의 대학 교육과정을 통해 예비교사들을 문학 연구 자로 길러내는 것은 현실적으로 볼 때 불가능하다. 적절하지도 않다. 그러나 적어도 몇몇 작품들에 한에서는 스스로의 노력으 로 작품을 이해한 성공의 경험, 즉 몰입을 경험할 수 있도록 도 와야 한다고 본다. 적어도 몇 번은 몰입을 경험해야 하는바, 몰 입을 경험해야만 이전 학습을 통해 경험한 좌절감이나 거부감 이 치유되기 시작되고 그런 치유의 과정을 거쳐야만 배움에 대 한 새로운 열정과 자발성이 생겨나기 때문이다. 외부의 지식으 로 존재했던, 교과서의 여러 정보와 지식들이 작품을 보는 안목 이 되고 작품을 이해하고 설명하는 도구로 자기화되기 때문이다. 그래야만 지식 중개상이 아닌 가르치는 자가 될 수 있기 때문이다.

교실에서도 연구자 혹은 학자처럼 탐구할 수 있도록 구조화된 경험을 제공해주는 방법이 유용할 수 있다. 연구자들이 문학을 발견한 과정을 학생들이 추체험할 수 있도록 프로그램을 구상하는 방안이 있을 수 있는 것이다. 학습자들이 자신들의 내면화된 학습 방법을 성찰한 후에 학자처럼 여러 정보와 지식을 적용하여 작품 해석이나 문학사적 평가를 추체험하는 과정을 거침으로써 문학을 발견하는 즐거움을 경험하는 한편, 문학 지식이나 문학사적 지식을 당사사적 지식을 바꿀 수 있도록 하는 방안이 있을 수 있다.

'연구자처럼' 고전시가를 배우고 고전시가의 가치를 발견한 교사를 길러내면 그 교사가 학생들 또한 자신이 경험한 것과 유사한 학습 경험을 하도록 안내해줄 것이고, 그러한 안내의 과정과 결과로 학생들의 고전시가에 대한 이해가 깊어지는 것은 물론이고 현대 사회 또한 과거의 시가로부터 많은 통찰력을 얻을 수 있게 될 것이다.

제4부
결 론

오늘날 드라마와 영화는 물론이고 테마 파크나 지역 홍보 등 문화와 산업 전반에서 과거 혹은 과거의 문학이 새롭게 조망되고 있다. 단순한 흥밋거리나 소재로 활용되는 경우가 많기는 하지만, 과거라는 거인의 어깨 위에 올라섰을 때 우리의 현재가 풍요로워질 수 있다는 점에 대해서는 어느 정도의 암묵적인 합의가 자리한 것으로 해석할 있다. 또한 문화 산업의 차원에서 고전문학의 잠재적 가치에 대해 주목한 결과로도 해석할 수 있다.

이러한 사회 분위기에 비추어 볼 때, 초중등 학교와 대학교에서의 고전문학 기피 현상은 매우 대조적이고 또한 문제적이다. 어렵고 낯설어서 고전문학을 기피하고 기피함으로써 고전문학이 더 어려워지고 낯설어지는 악순환의 고리가 여전하다는 점에서, 학교교육은 사회적 요구와 변화에 부응하지 못하고 있다고 할 수 있다. 이러한 학교 교육의 부실 내지 문제점에 대한 해법을 찾지 않는다면, 장차 우리 사회는 고전문학의 현재화와 관련된 철학과 내용(contents)의 빈곤으로 말미암아 조급한 실용주의나 천박한 대중주의 및 상업주의에 휘둘리게 될 가능성이 높다.

이에 우리 학생들의 문화적 상상력과 감수성을 발전시키기 위한 인문교육이 새롭게 기획되고 시도될 필요가 있는바, 인문교육의 설계와 실천에 앞서 교육의 대상으로서 고전문학을 어떻게 바라볼 것인가의 문제에 대한 논의가 먼저 있어야 한다고 생각하였다. 개인의 성숙과 사회의 발전이라는 측면에서 현대의 독자들에게 고전문학이 어떤 고유한 인식적 가치가 있으며 그 가치에 도달하기 위하여 어떻게 접근할 것인가 하는, 교육적 인식론과 관련된 여러 쟁점들이 부각되고 논의되고 그 논의가 공유됨으로써, 우리 사회의 공적 실천으로서의 교육이 기획되고 실행되어야 한다고 생각했다. 그리고 이러한 교육적 대상화의 문제를 고전문학에 대한 교육적 인식론의 문제로 보고, 이에 대해 깊이 있는 일관된 탐구를 시도해 보고자 하였다.

사실 고전문학교육과 관련된 논문들이 대거 쏟아져 나왔고 그 논의들에 기반한 실천의 경험이 축적되어 가고 있다. 그럼에도 불구하고 제도 교육의 현실이 개선되지 않고 있다는 점은 우리 연구자들이나 교사들이 반성할 대목이다. 돌이켜보면 우리의 것을 가르쳐야 한다는 당위론에 입각하여 '이미' 있는 고전작품을, 고전문학 연구를 통해 '이미' 밝혀낸 여러 지식이나 정보들을 바탕으로, 설명하고 전달하는 방법을 찾는 데만 초점을 둔 점이 없지 않았다. 고전문학을 교육하려고 할 때 생겨나는 인식의 문제나 철학의 문제 등을 새롭게 제기하고 그 문제에 대한 답을 마련하는 가운데 고전문학교육 지식과 이론을 새롭게 도출하고 체계화하려는 논의에 적극 뛰어들지 못한 것이 사실이다. 그로 인해 교육이 고전문학과 현대의 독자들과의 소통을 조력하는 데 실패함으로써, 오늘날은 물론이고 장차 고전문학의 가치를 누리고 활용하는 데 더 큰 문제가 생겨날 소지를 안게 되었다.

이에 본 연구자는 과거의 문학과 현대의 독자 사이에 가로놓인 인식의 거리를 인정함으로써 해결의 실마리를 찾아보고자 하였다. 시공간적 거리로 인해 생겨나는 낯섦이나 차이의 실체는 무엇인지, 거리나 차이로 인해 생겨나는 인식의 어려움이나 문제점은 또 무엇인지, 그 문제점이나 어려움을 해소하기 위한 방안은 없는지, 나아가 그러한 어려움을 무릅쓰고 현대의 독자가 과거의 문학을 배워야 하는 까닭은 무엇인지 등 철학적이면서도 실천적인 질문에 대한 답을 찾아보고자 하였다. 그 결과 '교육'이라는 목적 혹은 시선으로 고전시가를 다시 발견할 것을 제안하였으며 그 내용을 1부에 담았다.

교육의 눈이나 시선으로 고전시가를 읽어낸다는 것은, 1) 객체이자 타자가 되는 고전시가의 정체성, 즉 역사적 장르로서의 지배적 특징을 존중하되, 2) 그러한 고전시가가 타자로서 인식 주체인 현대 독자들에게 던지는 통찰이나 의미를 읽어내는 것을 말한다. 교육의 눈 혹은 시선이란 결국 타자로서의 고전시가의 특수성을 인정하는 바탕 위에서 고전시가를 왜 배워야 하는지, 우리들의 삶에 어떤 의미를 주는 언어활동 내지 행위인지에 대해 끊임없이 묻고 답을 찾는, 인문적 탐구의 시선에 다름 아니라고 할 수 있다. 이러한 교육의 시선이 현대인들의 인식의 지평을 넓혀줄 교육 내용의 확충을 가능하게 할뿐만 아니라 과거에 대한 이해를 깊게 해줄 것이라고 보았다.

필자는 교육이란 '이해하기 어려운 것'은 '이해 가능한 것'으로 바꾸는 경험이고 인식의 수준을 한 단계 끌어올리는 성장의 체험이어야 한다는 관점을 가지고 있다. 그러한 관점에 따라 학교 안팎에서 드러나게 혹은 드러나지 않게 일어나고 있는 고전문학교육 행위가 학습자들에게 과연 성공적인 교육 경험을 제공해주고 있는지 살펴 왔고, 동시에 연구자 자신의 연구나 교육 행위가 그러한 교육 경험의 양상을 띠고 있는지에 대해서도 성찰해왔다.

그 결과 제도교육을 통해 재생산되는 문학관이 고전문학을 인식하는 데 별다른 도움이 되지 않고 오히려 고전문학에 대한 편견이나 오해를 불러오는 면이 있다는 생각에 이르게 되었고, 학자로서의 상당한 인식의 수준에 이른 사람들이 도출한 결과로서의 지식이 구조화되지 않은 채 한꺼번에 고립된 정보들로 제시되는 교육 내용 및 방법 때문에 인식의 어려움이 일부 생겨난 것으로 진단하였다. 고전문학을 기피하고 어려워하는 현상이 학생이나 교사 개인의 열정이나 학습 태도에서 비롯된 문제가 아니라 교육의 메커니즘 속에서 발생한 문제라고 보는 것이다.

그러한 진단은 자연스럽게 교육의 장에서 현대의 독자가 과거의 문학을 만나려고 할 때 개입하는 담론에 대한 비판적 고찰로 나아갔다. 근대 이후 국문문학으로서의 고전시가가 민족시가로 발견된 맥락에 대해 살피는 것으로 시작하여, 교육의 장에 편입되어 지배적인 교육 담론으로 자리 잡은 학술 담론에 대해 비판적으로 살펴보았다. 그 내용은 2부에 담겨 있다.

5차 교육과정을 전후하여 국어교육학의 학문적 정체성에 대한 논의가 본격화되었고 그로 인해 국어교과서와 수업에 있어서 많은 변화가 있었지만, 고전문학교육의 장만큼은 큰 변화가 없었다. 그로 인해 4차 이전 시기까지 고전문학은 민족문학이자 전통문학이라는 논리에 따라 전통론이 교육의 장에 편입되었고 오늘날까지도 영향력을 행사하게 되었음을 주장하였다. 그리고 교육의 장에 편입된 전통 논의 중 우리가 눈여겨 살펴봐야 할 세 가지 사건을 추출하여 그러한 사건이 오늘날 고전시가에 대한 인식에 어떤 영향을 미쳤는지 살펴보았다. 1) 민족문학으로서의 고전시가의 발견, 2) 전통 시가로서의 고전시가의 특징이나 정체성에 대한 탐구, 구체적으로 한의 발견과 한의 미학을 담지한 고려속요의 발견, 3) 민족 형식으로서의 시조 형식의 발견이 바로 그것이다. 이러한 전통 논의의 도입과 맞물려 교육의 장에서 고려속요와 시조 등을 중심으로 정전의 목록이 만들어졌고, 정전 목록에 오른 작품들이 현대시 등 문자로 된 문학작품과 마찬가지 방법으로 가르쳐져 왔음을 또한 논증하였다.

사실 현대 독자가 고전시가를 낯설어하거나 어려워하는 것은 자연스럽고 의미 있는 교육적 사태이며, 그러한 어려움을 해소해주기 위한 공적 실천이 바로 제도교육으로서의 고전시가교육이다. 그런데 제도교육의 장에서 확대 재생산된 고전시가 이해의 프레임이 고전시가 학습의 어려움을 해소해주지 못한다는 데 문제가 있었다. 이에 필자는 구술 전통 속에서 향유되었던 고전시가의 미학을 발견하기 위한 새로운 접근이 요청된다고 보았다.

구체적으로 고전시가가 근대 이후, 항간의 노래가 아니라 민족시가로, 특히 '시'로 발견된 맥락을 살펴봄으로써 제도 교육의 장에서 고전시가를 인식하는 프레임이 문자 중심, 예술 중심의 문학관에 입각한 것임을 밝혔다. 현대 독자가 고전시가를 만날 때 겪는 인식의 어려움이나 곤란함을 해결하기 위해서는, 지배적인 담론에 의해 형성된 관점과 교육내용을 해체함으로써,

그동안 간과되었거나 폄하되었던 고전시가의 가치를 발견하여 교육 내용으로 재구성하는 일이 필요하다고 보았다. 나아가 '교육의 눈 혹은 시선'으로 상대가요, 향가, 고려속요, 악장, 시조, 가사 작품을 읽어냄으로써 새로운 교육 내용을 도출하였다.

마지막으로 학생은 물론이고 교사에게 연구자 되기의 경험이 필요하다는 주장을 덧붙였다. 고전시가 연구자들이나 교사들 역시 현대의 독자이라는 점에서 우리 학생들과 마찬가지로 고전문학을 인식하는 데 어려움을 겪었을 것이고 그 어려움을 해소하기 위하여 분투하는 가운데 상당한 인식의 수준에 도달하였고 그로 인해 고전문학을 즐길 수 있게 되었으리라고 보기 때문이다. 고전시가에 나타나는 비일관성이나 상투성 등에 대해 고심한 경험, 이해하기 어려운 작품을 앞에 두고 고심한 경험, 나아가 그 고심을 해결한 성장의 경험을 가지고 있을 것이기 때문이다. 나아가 고전시가 교육은 인식의 수준이 다른 선진인 교사와 후진인 학생들과의 만남을 통해 가능하며, 구체적으로 선진이 후진의 발달을 조력하는 양상이 되어야 함을 주장하였다.

1980년대 말 필자를 포함하여 대한민국 청춘들은 <해리가 샐리를 만났을 때>라는 영화에 열광했다. 해리는 남자고 샐리는 여자이다. 영화의 내용도 내용이지만 여자와 남자가 만났다는 제목 자체가 매력적이라고 생각했다. 만남은 갈등과 모든 가능성을 잉태하는, 매우 매력적인 사건이다.

　고전시가와의 만남 또한 인식의 어려움과 발견의 즐거움을 모두 잉태하고 있는 사건이라고 생각한다. 그리고 그 만남을 통해 내가 변화하고 풍요로워진다고 믿고 있다. 충분히 논증하고 보여주지 못했지만, 이 책에서의 도전은 연구자의 이러한 평소 생각을 담은 것이다. 그리고 고전시가를 처음 접하고 겪었던 교육적 곤란함과 그 곤란함을 해소해가는 과정에서 경험한 발견의 즐거움을 나누기 위한 시도이다.

참고문헌

강상순, 「<한국문학통사> 다시 읽기」, 『고전문학연구』 제28집, 한국고전문학
　　　학회, 2005.

고정희, 『고전시가 교육의 탐구–시공간적 거리감, 전유, 정서를 중심으로』,
　　　소명출판, 2013.

권오경, 『고전시가작품교육론』, 월인, 1999.

김대행, 「내용론을 위하여」, 『국어교육연구』 제10집, 서울대 국어교육연구소,
　　　2002.

김대행, 「문학교육론의 시각」, 『문학교육학』 2호, 한국문학교육학회, 1998.

김대행, 「수행적 이론의 연구를 위하여」, 『국어교육학연구』 제22집, 국어교육
　　　학회, 2005.

김대행, 「현대시 전통론을 위하여」, 『한국 현대시사의 쟁점』, 시와 시학사, 1991.

김대행, 『고려시가의 정서』, 개문사, 1985.

김대행, 『국어교과학의 지평』, 서울대학교출판부, 1995.

김대행, 『문학교육의 틀짜기』, 역락, 2001.

김대행, 『통일 이후의 문학교육』, 서울대학교 출판부, 2007.

김동욱, 『한국 가요의 연구』, 을유문화사, 1967.

김병국, 「가사의 장르적 성격과 문학성」, 『한국 고전문학의 비평적 이해』, 서
　　　울대출판부, 1995.

김사엽, 『향가의 문학적 연구』, 계명대출판부, 1979.

김석회, 「고전시가 연구와 국어교육」, 국어교육 107호, 한국어교육학회, 2002.

김승호, 『고전의 문학교육적 이해』, 이회, 2000.

김용직, 『文藝批評用語辭典』, 탐구당, 1985.

김재홍, 「국문학의 전통」, 『韓國 文學史의 爭點』(장덕순 외), 집문당, 1986.

김종철, 「도남 국문학의 성격」, 『고전문학연구』 27집, 한국고전문학회, 2005.

김종철, 「문학교육의 문화론적 관점」, 『국문학과 문화』, 한국고전문학회, 2001.

김창원, 「고려시대 '평양'이라는 공간의 탄생과 고려가요의 서정」, 『국제어문』 47집, 국제어문학회, 2009.

김창원, 「고전문학의 생활화에 관한 하나의 단상 : 鄕歌를 예로 하여」, 『문학교육학』 10호, 한국문학교육학회, 2002.

김창원, 「고전문학의 생활화에 관한 하나의 단상」, 『문학교육학』 10호, 한국문학교육학회, 2002.

김창원, 「전통 논의의 전개와 의의」, 『한국현대시사의 쟁점』, 시와 시학사, 1991.

김창원, 『문학교육론 : 제도화와 탈제도화』, 한국문화사, 2011.

김풍기, 『한국 고전시가 교육의 역사적 지평』, 월인, 2002.

김학성 편, 『고전시가론』, 새문사, 1984.

김학성, 「21세기 고전 시가 연구의 이념과 방법」, 『고전문학연구』 18집, 고전문학회, 2007.

김학성, 『한국 고시가의 거시적 탐구』, 집문당, 1997.

김학성, 『한국고전시가의 연구』, 원광대학교출판부, 1980.

김흥규, 「古典文學 교육과 歷史的 理解의 원근법」, 『현대비평과 이론』 봄, 한신문화사, 1992.

김흥규, 『욕망과 형식의 시학』, 태학사, 1999.

나정순, 『한국 고전시가문학의 분석과 탐색』, 역락, 2000.

류수열, 「매체 경험의 국어교육적 의의」, 『선청어문』 29집, 서울대 국어교육과, 2001.

류수열, 『고전시가 교육의 구도』, 역락, 2008.

민현식 외, 『미래를 여는 국어교육사 Ⅰ·Ⅱ』, 서울대학교출판부, 2007.

박경주, 「고전문학교육의 연구 현황과 전망」, 『고전문학과 교육』 창간호, 청관문학회, 태학사, 1999.

박노준, 『新羅歌謠의 硏究』, 열화당, 1982.

박노준, 『고려가요 연구』, 새문사, 1990.

박병규, 「역사적 사건의 상징화와 집합적 정체성」, 『한국사회과학』 vol. 23 No. 2, 서울대학교 사회과학연구원, 2001.

박인기, 『문학교육과정의 구조와 이론』, 서울대학교출판부, 1996.

서영채, 「민족, 주체, 전통 : 1950~60년대 전통 논의의 의미」, 『민족문학사연구』 34권, 민족문학사연구소, 2007.

성기옥, 「<용비어천가>의 서사적 짜임」, 『새터강한영교수고희기념논문집』, 아세아문화사, 1983.

성기옥, 「<공무도하가>와 한국 서정시의 전통」, 『고전시가 엮어 읽기 상』(박노준 편), 태학사, 2003.

성기조, 『한국문학과 전통 논의』, 신원문화사, 1989.

성무경, 『조선후기 시가문학의 문화담론 탐색』, 보고사, 2004.

성호경, 『한국시가 연구의 과거와 미래』, 새문사, 2009.

손동현, 「역사성의 존재론적 기초와 구조」, 『인문과학』 26집, 성균관대학교 인문과학연구소, 1996.

신동욱, 「歷史主義的 批評」, 『文藝批評論』(한국문학비평가협회 편), 백문사, 1993.

신동욱, 「전통의 문제」, 『한국문학 연구 입문』, 한길사, 1990.

신두원, 「전후비평에서의 전통 논의에 대한 시론」, 『민족문학사연구 9권』, 민족문학사연구소, 1996.

심경호, 「<용비어천가> 소고」, 『한국고전시가작품론 2』, 집문당, 1991.

심명호 · 노저용 편, 『T.S. 엘리엇을 기리며』, 도서출판 웅동, 2001.

양주동, 『조선고가연구』, 박문출판사, 1957.

양주동, 『증정 고가연구』, 일조각, 1965.

엄태동, 『교육적 인식론 탐구』, 교육과학사, 1998.

여증동, 「西京別曲論考」, 『김사엽박사송수기념논문집』, 학문사, 1973.

염은열, 「시교육과 고전—韓國詩(歌)傳統教育의 방향」, 『현대시교육론』(김은전 외), 시와시학사, 1996.

염은열, 「19세기 무명씨 금강산 가사의 생활문화적 의미」, 『고전문학연구』 제8호 별집, 한국고전문학회, 2001.

염은열, 「시조 교육의 위계화를 위한 방향 탐색 : 시조 형식을 중심으로」, 『고전문학과』 교육 8집, 한국고전문학교육학회, 2004.

염은열, 「교육의 관점에서 본 고전시가 해석의 다양성」, 『韓國詩歌研究』 24집, 한국시가학회, 2008.

염은열, 「고전시가 교육의 내용 탐색 ─<고산구곡가(高山九曲歌)> 읽기를 예로─」, 『선청어문』 36집, 서울대 국어교육과, 2008.

염은열, 「고전시가 연구 및 고전시가 교육 연구에 대한 비판적 고찰」, 『고전문학과 교육』 제18집, 한국고전문학교육학회, 2009.

염은열, 「문학능력의 신장을 위한 문학교육 지식론의 방향 탐색」, 『문학교육학』 28호, 한국문학교육학회, 2009.

염은열, 「문학교사 '되기'에 대한 치료적 접근의 필요성과 그 방향 탐색」, 『문학치료연구』 제14집, 한국문학치료학회, 2010.

염은열, 「<국어국문학>을 중심으로 본 국어교육 연구의 흐름과 과제」, 『국어국문학』 160호, 국어국문학회, 2012.

염은열, 「향가의 실재와 믿음 형성에 대한 고찰」, 『문학교육학』 40호, 한국문학교육학회, 2013.

염은열, 『고전문학과 표현교육론』, 역락, 2000.

염은열, 『고전문학의 교육적 발견』, 역락, 2008.

염은열, 『공감의 미학 고려속요를 말하다』, 역락, 2013.

우한용, 「국어국문학의 경계와 융합」, 『국어국문학』 158호, 국어국문학회, 2011.

유효석, 「<서경별곡>의 편사의식」, 『고려가요 연구의 현황과 전망』, 집문당, 1996.

윤여탁, 「문학교육 연구사의 비판적 검토」, 『문학교육학』 창간호, 한국문학교육학회, 1997.

윤영옥, 『한국의 고시가』, 문창사, 1995.

이병철, 「근대 담론 형성과 국문운동 연구」, 『한국사상과 문화』 제58집, 한국사상문화학회, 2011.

이상숙, 「1950년대 전통 논의에 나타난 '저항' 연구」, 『현대문학이론연구』 25

집, 한국현대문학이론연구회, 2005.

이상익 외,『古典文學 어떻게 가르칠 것인가』, 집문당, 1994.

이상익 외,『고전산문교육의 이론』, 집문당, 2000.

이신성,『한국 고전문학의 현장과 교재 연구』, 보고사, 2008.

이창배 편집,『T.S. 엘리엇 문학비평』, 동국대 출판부, 1997.

이홍우,『개정·증보판 지식의 구조와 교과』, 교육과학사, 2006.

임경화,「향가의 근대 : 향가가 '국문학'으로 탄생하기까지」,『한국문학연구』
　　　32집, 동대 한국문학연구소, 2007.

임주탁,『옛 노래 연구와 교육의 방법』, 부산대학교 출판부, 2009.

임형택,『한국문학사의 시각』, 창작과비평사, 1984.

장덕순,「<용비어천가>의 서사시적 고찰」,『도남조윤제박사회갑기념논문집』,
　　　신아사, 1964.

장덕순,『국문학 통론』, 신구문화사, 1960.

장상호,「교육활동으로서의 언어적 소통 : 그 한계와 새로운 가능성의 탐색」,
　　　『교육원리연구』제3권 1호, 교육원리연구회, 1998.

장상호,『폴라니 인격적 지식의 확장』, 교육과학사, 1994.

장정호,「T. S. 엘리엇 비평의 대화적 상상력」,『T.S. 엘리엇을 기리며』(심명호,
　　　노저용 편집), 도서출판 웅동, 2001.

정범모,『미래의 선택』, 나남, 1989.

정병욱,『(증보판) 고전시가론』, 신구문화사, 1983.

정병욱,『한국시가문학사(상)』, 고려대민족문화연구소, 1967.

정병욱·이어령,『고전의 바다』, 현암, 1977.

정병헌,「고시가 연구의 시각과 전망」,『고시가연구』19집, 한국고시가학회, 2005.

정병헌,「고전문학 연구의 위상과 지향」,『고전문학과 교육』1집, 태학사, 1999.

정병헌,『한국고전문학의 교육적 성찰』, 숙명여자대학교, 2003.

정운채,「고전문학 교육과 문학치료」,『국어교육』113호, 한국국어교육연구학
　　　회, 2004.

정운채,「문학치료학의 서사이론」,『문학치료연구』제9집, 한국문학치료학회,
　　　2008.

정운채, 『문학치료의 이론적 기초』, 도서출판 문학과 치료, 2006.

정재찬, 「21C 문학교육의 전망」, 『문학교육학』, 한국문학교육학회, 2000.

정재찬, 「현대시 교육의 지배적 담론에 관한 연구」, 서울대 박사논문, 1996.

정재찬 외, 『문학교육개론 Ⅰ』, 역락, 2014.

정재호, 『韓國 歌辭 文學論』, 집문당, 1982.

조규익, 「<용비어천가>의 장르적 특성」, 『국어국문학』 103호, 국어국문학회, 1990.

조규익, 『선초악장문학연구』, 숭실대출판부, 1990.

조동일, 「시조의 이론, 그 가능성과 방향 설정」, 『우리 문학과의 만남』, 홍성사, 1978.

조동일, 『한국문학통사 1~6』(제4판), 지식산업사, 2005.

조세형, 「문학문화 논의와 문학교육의 방향」, 『고전문학과 교육』 제5집, 월인, 2003.

조윤제, 『국문학개론』, 탐구당, 1984.

조윤제, 『韓國詩歌史綱 (改題)』, 을유문화사, 1954.

조희정, 「고전 리터러시의 '시공간적 거리감' 연구」, 『국어교육』 119호, 한국어교육학회, 2006.

조희정, 『고전문학 교육 연구』, 한국문화사, 2011.

최규수, 「고시가 연구의 '현재적' 위상과 '미래적' 전망」, 『한민족어문학』 38집, 한민족어문학회, 2001.

최재남, 『서정시가의 인식과 미학』, 보고사, 2003.

최지현, 『문학교육과정론』, 역락, 2006.

최지현, 「근대 문학 정전의 형성과 소월시의 탄생」, 『독서연구』 22호, 한국독서학회, 2009.

최진원, 「도남의 시가 연구」, 『한국 고전시가의 형상상』, 성대대동문화연구원, 1996.

최희섭, 「엘리엇의 '전통'의 형성과 발전」, 『현대영미시연구』 7호, 한국현대영미시학회, 2001.

한국 T.S. 엘리엇학회 편,『T.S. 엘리엇 批評』, 동인, 2007.

한국 고전문학회 엮음,『국문학의 구비성과 기록성』, 태학사, 1999.

한국고소설학회,『고전소설 교육의 과제와 방향』, 월일, 2005.

한창훈,『시가교육 가치론』, 태학사, 2001.

한창훈,『시가와 시가교육의 탐구』, 월인, 2000.

한창훈,「초창기 한국 시가 연구자의 방법론」,『고전과 해석』창간호, 고전문
        학한문학연구학회, 2006.

황농문,『인생을 바꾸는 자기 혁명 몰입』, 랜덤하우스코리아, 2008.

허왕옥,『고전시가교육의 이해』, 보고사, 2004.

홍성식,「1950~60년대 전통 논의 연구」,『한국문예비평연구』제7집, 한국현대
        문예비평학회, 2000.

문교부, 건국과도기의 국정 중등 교과서(1~8권)(허재영 해제), (주)역락, 2011.

데이비드 로웬덜,『과거는 낯선 나라다』(김종원·한명숙 옮김), 개마고원, 2006.

르네 웰렉·오스틴 웨렌,『文學의 理論』(김병철 역), 을유문화사, 1982.

살바토레 세티스,『고전의 미래』(김운찬 번역), 박우정, 2009.

바슐라르,『공간의 시학』(곽광수 역), 문예중앙, 1981.

시안 존스,『민족주의와 고고학』(이준정·한건수 옮김), (주)사회평론, 2008.

베네딕트 앤더슨,『상상의 공동체』(윤형숙 옮김), 나남, 2007년 7쇄.

D. W. 함린,『經驗과 理解의 成長』(이홍우 외), 교육과학사, 1990.

E.H.카,『역사란 무엇인가』(박성수 역), 민지사, 2005.

E. W. 아이즈너,『질적 연구와 교육』(박병기 외), 학이당, 2004.

에드워드 렐프,『장소와 장소상실』(김덕현 외 옮김), 논형, 2005.

에릭 홈스봄 외,『만들어진 전통』(박지향·장문석 옮김), (주) 휴머니스트출판
        그룹, 2010년 7쇄.

이푸 투안,『공간과 장소』(구동회 외 옮김), 대윤, 1995.

장 메종뇌브,『화의 심리학』(김용민 옮김), 한길사, 1999.

Louise M. Rosenblatt,『탐구로서의 문학』(김혜리/엄해영 역), 한국문화사, 2006.

M. Csikszentmihalyi, 『flow-미치도록 행복한 나를 만나다』(최인수 옮김), 한울림, 2004.

M. Csikszentmihalyi, 『몰입의 즐거움』(이희재 옮김), (주)해냄출판사, 1999.

죠지 레이코프, 『코끼리는 생각하지 마』(유나영 옮김), 삼인, 2006.

죠지 레이코프·로크리지연구소, 『프레임 전쟁』(나익주 옮김), 창작과비평사, 2007.

존 듀이, 『경험과 교육』(엄태동 편저), 원미사, 2001.

존 듀이, 『경험으로서의 예술』(이재언 옮김), 책세상, 2003.

하비케이, 『과거의 힘-역사의식, 기억과 상상력』(오영인 옮김), 삼인, 2008 4쇄 판.

Polanyi, M., 『개인적 지식』(표재명·김봉미 역), 아카넷, 2001.

Ryle, G., 『마음의 개념』(이한우 역), 문예출판사, 1994.

Amy Coplan & Peter Goldie ed., *Empathy : philosophical and psychological perspectives*, Oxford Uni. Press, 2012.

Csikszentmihalyi, *FLOW-The psychology of optimal experience*, New York : HarperPerennial, 1991.

Denis E. Cosgrove, *Social Formation and Symbolic Landscape*, Sydney : Croom Helm, 1984.

David Nunan, *Research Methods in Language Learning*, Cambridge Uni. press, 1992.

Egan, K., *Educational Development*, Oxford Uvi. Press, 1979.

Egan, K., *Education and Psychology*, Methuen & Co. Ltd, 1984.

Egan, K., *Teaching as Story Telling*, Routledge, 1988.

Egan, K. & Nadaner,D. ed., *Imagination and Education*, Open Uvi. Press, 1988.

Moore, Henrietta L. & Sanders, T. ed., *Anthropology in Theory : Issues in Epistemology*, Blackwell, 2006.

Thomas, C. Foster, *How to Read Literature Like a Professor: A Lively and Entertaining Guide to Reading Between the Lines,* Harper Perennial, 2003.

찾아보기

ㄱ

〈가시리〉 평설	89
가창(歌唱)이나 음영(吟詠)	27, 100
감동천지귀신	187
건축가처럼 읽기	175, 177
경(景)	177
경험의 '계속성의 원리'	150
고려속요의 공감	166, 200, 203, 205
고전문학 교육 연구	69
고전문학교육	18, 63
고전문학의 창안	52
고전시가 교육 담론의 기원	77
고전시가 레퍼토리	106, 109
고전시가 이해의 '어려움'	148
고전시가 해독 능력	151
고전시가 인식 프레임	80, 91
고전시가가 지닌 역사적 특수성	155
고전시가를 통한 교육	39, 41, 45
고전시가에 대한 선입견이나 편견	103
'고전시가'와 '디지털 시대'	158
고전시가의 '낯섦'	33
고전시가의 교육	26, 39, 41
고전시가의 연속성	35
고전시가의 완료성	34
고전시가의 태고성	34
고전시가의 특수성	57
공학적 교육관	152
과거가 낯선 나라라는 인식	49, 50
'과거'라는 유령	16
과거에 대한 노스텔지어(nostalgia)	16
과거와 현재의 연속성	15
과거의 문학	19
관계와 감정에 대한 진정성	203
관념의 도식적 형상화	222
관습시로서의 제약	215
교과서 수록 양상	110
교육본위론	145
교육의 눈 혹은 시선	61, 70, 71, 151, 155, 199
교육적 곤란함	145
교육적 대상화의 문제	70
교육적 인식론	60, 238
교육적으로 가치가 있는 인간 활동이자 언어 활동	153
구술 미학과 전통	156, 158, 166, 223
구조화된 경험	233
'구지가'식 표현	182
국문 고전시가의 발견	83, 85
국수주의적 당위론	81
근원성	36

기능적 문식성　　　　　　　171
기획적 이론　　　　　　　　154

ㄴ

나선형 교육과정　　　　　　209
남녀상열지사　　　　　199, 203
낭만적인 인문주의　　　　　　51
낯선 나라　　　　　　　　　　58
낯선 타자　　　　　　　　　　50
노래의 힘이나 작용력　　　　187

ㄷ

당위론　　　　　　　　　　　81
대중가요 '가시리'　　　　　　165
동일한 구조의 반복적 확장　　162
디지털 상상력　　　　　　　160

ㅁ

만들어진 전통　　　　　　　　47
말의 힘　　　　　　　　　　196
맥락 끌어오기　　　　　　　170
메시지 사냥　　　　　　　　120
목적 문학　　　　　　207, 208
몰개성의 문학　　　　　　53, 54
몰입(flow)　　228, 230, 232
문자 중심의 패러다임 130, 138, 151, 168
문학 활동　　　　　　　　　153
문학사 교육　　　　　64, 67, 132
문학사적 의미망　　　　　63, 67
문학의 일상성　　　　　　　224
문학적 경험　　　　　　　　141

문학현상　　　　　　　　　153
문화적 문식성　　　　　　　171
민족 보편의 정서　　　　　　87
민족 정서['恨']의 발견　　　　86
민족당위론　　　　　　　　　81

ㅂ

'발견' 혹은 '창안'　　　　　　79
발달론적·진화론적 관점　　　135
발생적 인식론　　　　　　　181
보편적인 정서　　　　　88, 89
복종의 태도　　　　　　39, 41
부단한 회귀의 과정　　　　　229
비선형적(non-lineary)으로 즐기기
　　　　　　　161, 168, 169

ㅅ

사회적 교육관　　　　　　　153
삼행시　　　　　　　　　　214
상투성과 도식성, 관념성　　　220
상황 대응력　　　　　　　　215
서구 문자 중심의 문학관　　　148
서정적 서정　　　　　　　　130
선진(先進)으로서의 교사　　　146
성정의 순화　　　　　　　　204
수행적 이론　　　　　　　　154
시가사적 지속과 변모　　　　134
시공간적 거리감　　　　　59, 66
'시'로서의 발견　　　　　　　98
시조 형식　　　　　　　　97, 98
시조부흥운동　　　　　　　　94

시조의 기본형 99
시조의 발견 97
시조의 일상성 215

ㅇ

악장 206
암묵지(tacit knowledge) 142
어려움과 낯섦 32
언문 자료의 발굴과 정전화 28
언문으로서의 고전시가의 발견 82
언어를 통한 심리적 실재 198
엘리엇의 전통론 55
여러 해석 서사의 각편 170
역사 환원주의 43
역사적 개인 17
역사적 이해의 원근법 63, 65, 66
역사적 특수성 33, 36, 56
역사주의적 비평 42, 132
연구자 되기 227, 228, 230
연행 마당을 잃은 문학 219
예술로서의 문학관 129, 130
예술문학의 관점 220
5차 교육과정기 81
완벽한 재구 45
외부의 지식 232
욕망에 대한 건강한 인정 203
〈용비어천가(龍飛御天歌)〉 206
〈용비어천가〉의 타자로서의 정체성 207
유권 해석 212
의도된 개방성 175
의미 있는 타자 33

이론에 기반을 둔 교육
  (theory based education) 36, 62
20세기 이전 시가 문학 20, 23
2차적 구술성 157
익숙함 내지 도식성 223
인간 관계에 충실한 화자 201
인간적 교육관 152
인격적 지식 혹은 당사자적 지식
  (personnal knowledge) 143, 150, 223
인문교육 238
인식의 높이나 수준 차이 231
일상인의 문학 130
1950~60년대의 전통론 75

ㅈ

자수율 99
작품 이해의 성공 경험 232
잠행성(潛行性) 유산 22, 134
장르적 문식성 171
전통 단절론 혹은 부정론 78
전통과 개성 55
전통론 53, 75
전통을 담지한 텍스트 80
전통의 발견과 재구성 77, 79, 102
전환의 시기 78
정복의 태도 39, 41
정전 110
정태성 36
정형시로서의 시조의 발견 100
제2의 구술성 158
조선적인 것 85, 89

조선조 삼행시   214, 218

주기적 순환의 원리   209

주사 혹은 주술의 노래   194, 195

주술   183

주제 중심 혹은 주제 편향   118

죽은 문학   21

지금−여기   66

지배적인 교육 담론   82

지식 생산자   228

직접 수행   223

진보주의적 관점   138

진화론적 관점   49, 135, 149, 196

ㅊ

차이   33

참여성   223

처방적 이론   154

충신연주지사   199, 203

ㅌ

타자로서의 고전시가   31

ㅍ

판소리 미학   162

ㅎ

하나의 '작품Werk'   166

하나의 해석 서사   167

하이퍼링크 만들기   170, 175

학습자 자신의 자발적인 참여   226

학습자의 '당혹스러움'   144

'한(恨)'의 발견   82

한의 정서   87, 92, 93, 199, 203

합가 가능성   167

해석 및 연구의 전통   230

해석의 과잉 현상   44

해석의 다양성   172

해석의 미결정 부분   38

향가 교육의 내용   186, 191

혁신의 과정   143

현대시 교육   26

호고(好古) 취향   16, 51

화자의 교체나 비일관성   168

회감   130

T

T. S. 엘리엇   53